戯曲を読む術《すべ》
——戯曲・演劇史論

林廣親

笠間書院

戯曲を読む術《すべ》——戯曲・演劇史論

◉目次

はじめに

はじめに

　本書は折々に発表してきた論考の中から、戯曲論および演劇史論を編んで一本としたものである。メインタイトルを「戯曲を読む術」としたが、読者については演劇のみならずおよそ文字テクストの読み解きに関心を持つ人々をひろく意識したつもりでいる。

　まずタイトルについての話から始めたい。新劇史の立役者の一人として知られた千田是也に、「戯曲を読む術――文学的感受」（田中千禾夫編『劇文学』近代文学鑑賞講座22　角川書店　昭三四）という文章がある。これを初めて読んだのは一九七〇年代、まだ学生の頃だったと思う。最近読み返してみて、ちょっと考えさせられて、それがタイトルのヒントになった。千田のエッセーから題を借りたと書けばよさそうなものだが、そう単純なものではない。と言うのは、本文中にも「術」の語に振りガナがないため、このエッセーの題の読み方がそもそも不明だからである。

「術」は「ジュツ」なのか、それとも「スベ」と読むのか。「術」は「ジュツ」と読めば「技術」や「方法」「わざ」といった意味で、おのずとハウツーのニュアンスをともなった言葉となる。千田の文章を初めて読んだ時になんだかはぐらかされたような気がした記憶がぼんやりあるから、おおかたそんな内容を期待して失望したのに違いない。

　しかし「術」を「スベ」と読むのならどうか。『精選版日本国語大辞典』によれば、「術《すべ》」には「なすべき手だて」「そうすればよいというしかた」「手段」「方法」などの意味があるが、「多く打消を伴って用いられる」と但し書きされている。『広辞苑』では慣用表現として「なすーを知らない」という用例が挙がっている。つまりそれはしばしば手に入れようとして得がたいものに関係した文脈で用いられる。私流に敷衍すれば「術《すべ》」は「術《じゅつ》」を求めながら、それが得られぬ切なさのニュアンスを帯びた言葉であると言えそうだ。

勝手な推量に過ぎないが、千田は「術」の読み方を読者にゆだねることで、いわばハウツーの光と影を暗示したかったのかも知れない。つまるところ戯曲を読むには文学的感受性が必要だと説くに過ぎないこの古いエッセーが、今改めて読み返してみると味わい深いものに感じられるのは愉快だ。「生きた肉体、作者の思想、感情を直感する文学的感受性」と説かれたところで、戯曲を読む方法が分かるわけではない。しかしむしろそこまでで良いのだという気がする。

ハウツーで教え、また教わるような読みの方法は在り得るかもしれないが、自立した個々の作品の味解にそうしたものがどこまで役立つのか疑わしい。また方法への関心がすなわち読みへの関心ではないだろう。プロットとストーリーを区別するセンスさえ体得していれば、むしろ戯曲のことばを前にして「なす術を知らない」思いにとらわれてこそ、読みへの意欲は動き出すに違いない。拙著の題は「戯曲を読む術（すべ）」と読んでいただきたい。所収の作品論は何れも作品を前にした際の徒手空拳の思いから始まっている。作品を読み解く「術（じゅつ）」は、個々の作品のありように即してそのつど編み出されるしかない。本書の内容は基本的に模索の集積であり、一般的な読みの方法を説こうとしたものではない。

*

本書は三部より構成されている。四篇の戯曲論を収録した第Ⅰ部は、〈読みによる戯曲研究の射程〉と題したように、総合的で徹底的な読解を通じて従来の作品観の更新を目ざした試みである。第一章の森鷗外「仮面」論は、本書に採った論文の中では最も古く二十年近く前に書いたものだが、この試みを通じて内的実証を柱にした戯曲研究の必要性と有効性を自分なりに確信できた。その意味で筆者にとってはとりわけ愛着深い論文である。第Ⅰ部と第Ⅱ部の論文はそれぞれ戯曲史の時間軸に沿って配列した結果、この論文がたまたま巻頭の位置を占めることになったのだが、筆者の仕事の原点を理解いただくためにも好都合と考えている。

第二章の岡田八千代「黄楊の櫛」では、女性劇作家の嚆矢である八千代の代表作の読み解きから森鷗外や木下杢太郎の影響を論じている。第三章の岸田國士「沢氏の二人娘」は、この戯曲が菊池寛の「父帰る」のパロディとして読めることを論じて、従来はっきりしなかった岸田の菊池評価の問題に一石を投じ、戯曲の読みの可能性を追求することが演劇史の論点に通じることを示し得たものと考えている。第四章の井上ひさし「紙屋町さくらホテル」では、現代演劇の代表的な作者としての井上ひさしのドラマトゥルギーを詳しく分析して新劇の伝統との距離を論じている。

第Ⅱ部の〈読みのア・ラ・カルト〉は、大正から平成までにわたる近現代の戯曲六篇につき、それぞれの作品にふさわしいアプローチを試みたものである。第Ⅰ部の総合的な作品論の試みに対して、いわば手綱をゆるめて馬を自由に走らせるようなつもりの読み解きであり、第三章と第五章、矢代静一「絵姿女房」と渋谷天外「わてらの年輪」はいささか感傷的な読みが目立つがあえて採ることにした。第二部では読者も読む楽しみを共にしてくだされば と願っている。

第一章の谷崎潤一郎「お国と五平」は、合評会の記事で作者自身が自分の劇の魅力をよく心得ているのに他の出席者がそうでないのが興味深く、この仕事を通じて谷崎戯曲の魅力について遅まきながら得心がいった記憶がある。第二章の横光利一「愛の挨拶」は、代表作と目される戯曲ながら味わいに乏しい印象を否めず、こういう作品に惹かれないのは読み手の自分に問題があるのかも知れないという気がした。第四章の田中千禾夫「マリアの首」は「白鞘の短刀」という象徴をどう理解するか、その難解さに苦しみ抜くうちに読みの鍵となるインスピレーションが浮かんで書くことができた論文で、コロンブスの卵に等しい成果と自負している。その解釈については大方のご批正を待ちたい。第六章の恩田陸「猫と針」は、現代の推理作家の手になる戯曲処女作を対象としたもの。収録論文の内では最も短いがそれなりに読み切れた気がした仕事である。

第Ⅲ部には演劇史や戯曲史に関係する論文を収めた。第一章の「近現代演劇史早分り上・下」は概論ながら明治維新から現代まで史的展開の原理に関わる統一的な理論の試みでもある。名は体を表す表題と受け取って読んでいただければ幸いで、演劇の専門家でない読者にも興味深く読めるものと考えている。第二章の山本有三論は、本書の中では唯一の作家論で、第一章の演劇史の補いになるものと思う。第三章は木下杢太郎と久保田万太郎のいずれもよく知られた作品を読み込み比較することによって、日本の近代戯曲が負わされた宿命的な困難を明らかにし、戯曲のことばに関わるその問題への対処の仕方を論じて、戯曲史の新しい発想を示そうと試みたものである。第一部の「黄楊の櫛」論や「沢氏の二人娘」論でも、読みによってしか発見できない作品の関連性を論じたが、この章ではより大きなスパンを扱って仮説を提示した。戯曲の読みの研究がそこで終らず、さらに新しい歴史的視界を開く可能性を見出し得た点でこの論文は筆者にとり意義深いものである。本書を締めくくる位置にふさわしいと思っている。

＊

ところで、「劇文学」という言葉は使われなくなって久しい気がする。先に挙げた千田是也のエッセーを収めた本のタイトルは『劇文学』だったが、昭和三十四年の初版である。ちなみに越智治雄の名著『明治大正の劇文学』（塙書房）は一九七一（昭四六）年に刊行されているから、少なくとも七〇年代までは述語として一般に通用していたのだろう。

今日それが顧みられないのは一九八〇年代以降、作者が演出家を兼ね自身も出演するような演劇が一般化したことと無関係ではあるまい。戯曲がおのずと台本化し、文学としての自立性が見失われて演劇の中心にあって動かしがたいものでなくなったからである。それに拍車をかけたのは一九七〇年代以降の演劇研究における記号論的発想だろう。上演を中心にしてそれ全体を一つのテキストと見なす記号論的発想は演劇が総合的な芸術である以上むしろ本来的なものかも知れない（マービン・カールソン／岸田真訳「演劇研究の新しい状況」毛利三彌編『演劇論の変貌』論創社　二〇〇七など参照）のだが、こうした演劇や演劇研究の大きな潮流変化は「劇文学」という言葉をいつか彼方に押しやってしまった。

しかし私自身は「劇文学」という言葉が生きていた時代の作品に魅力を感じる。

日本における〈劇文学〉の概念は、鷗外が演劇改良の要件として戯曲中心主義を唱え、坪内逍遙がシェークスピアの没理想を説いた頃から一般に浸透しだしたと考えられる。戯曲中心主義の理念は言うまでもなく近代演劇の主要な特徴の一つであり、明治後半から昭和戦後までの劇作家は、それに抗するような試みも含めて総じてその支配下にあったものと思われる。レーゼ・ドラマなどという概念があるために誤解されやすいが、彼らの目指したものが劇文学として自立しうる作品であったことは疑えない。千田是也のいわゆる「文学的感受」をもってして読まなければならない戯曲なのだが。演劇研究者は習い性としてどうしても舞台にこだわり劇評に頼ってしまう。結果的に戯曲の読みの可能性をめぐる関心も興味も育ちにくいのが一般で、それが演劇研究に一種の盲点をもたらしてきたといえるのではないか。研究者のみならず演劇に関心を持つ人々の中に戯曲は上演されて初めて完成するものだという考え方が広く行き渡っていて、記号論的発想が一般化する中で読みを柱とした戯曲論が市民権を得ることは容易ではなさそうだが、幸いにしてそうした現状にあき足らぬ読者の目にとまれば、それだけで本書を編んだ意義はあるものと考えている。

第Ⅰ部◉読みによる戯曲研究の射程

第一章◉森鷗外「仮面」論――〈伯林はもつと寒い……併し設備が違ふ〉

一

明治四十二年四月、『スバル』に発表され、六月に新富座で新派により初演された「仮面」[注1]は、鷗外初の現代劇であり、またいわゆる学者小説の系譜に連なる唯一の戯曲でもある。創作活動再開当時の鷗外文学を考える場合、まことにユニークな位置を占める作品だが、従来の「仮面」論は、その特異な題材を鷗外自身の病歴や思想の問題と直接結び付けようとする作家論的関心が先立った結果、作品構造全体を視野に入れたアプローチをほとんど欠いた次元で推移している。

ニーチェの〈仮面哲学〉による生の危機の克服を説くところに作品のテーマがあるとする通念も、実はそうした研究史の跛行状態によって受け継がれてきたと言うべきで、当否はともかくそれを導いている視界はいかにも狭い。テキストの引用範囲も、杉村医師の〈仮面哲学〉の台詞と、植木屋の死およびその妻の登場の場に関わる箇所にほぼ限られている。そうした先行研究の視野に止まる限り「仮面」はまことにシリアスなドラマというほかないが、それがこの作品の魅力であるとは思われない。むしろ私がまず心ひかれるのは、従来の視野の外側に在って、ドラマの枠組みに関わっている多様な小プロットである。

たとえば終幕を支配する浮き浮きとした、いささか軽佻に過ぎる杉村と栞の気分。「これから君と一緒に精養軒へ往つて飯を食つて、それからChopinを聴かう。君、いやとは云ふまいなあ。」という杉村の若やいだ台詞によって醸し出されるのは、いわば二人だけの祝祭への期待感に外ならない。日々の仕事に追われ、新着の書物に目を通す暇も無いと嘆いていた杉村が、なぜ栞と連れ立ってChopinを聴きに行かねばならないのか。

この終幕の気分から振り返って見るなら、杉村が結核の発病を知って絶望した栞を説得する場でもっとも興味深く思われるのは、〈仮面哲学〉をめぐる杉村の台詞よりも、一連の対話の末尾にある「学生」（山口栞）の次の台詞である。

学生　僕は心から先生に感謝します。僕に父がないとは今日からは云ひません。

ここで栞が口にする「父」という言葉はいかにも唐突であり、杉村がそれを平然と受け入れているのも奇妙といえば奇妙なことだ。文字どおり芝居じみて、観客を白けさせかねない科白がなぜここで必要なのか。とりあえずの仮説を立てるならば、この突然の〈父と子〉関係の成立は、親和感に満ちた終幕の気分を先取りしながら、〈仮面哲学〉を説く長者の導きによる若者の蘇生という表層のプロットを支えて来た相互的な同類発見の物語を浮上させるものではないのか。作者鷗外とほぼ重ねて見られる習慣によって肥大化した杉村は、その物語りの中でこそ劇中人物としての姿を現すはずである。そのような〈読み〉の可能性に向けてまず取り上げたいのは、物語の容れ物としての劇空間構築に関わるドラマトゥルギーのありようである。

二

「仮面」は、雑誌発表後まもない六月に新派の舞台で上演されているが、管見に入った舞台評の中で殊に興味深く思われるのは、〈春波生〉の署名による「『仮面』立見の記[注2]」である。「新富座に往きて伊井一座の仮面を演ずるを見る。大向の見物騒擾す。」という周知の『鷗外日記』記事（明四二・六・六）とは異なって、ほとんど反応を示さない見物の様子を記録しているのも異色だが、それよりもこの〈春波生〉が見た舞台（十四日目）では、冬の話を夏場に演じたために衣装が戯曲と異なり、さらには東京の寒さやベルリンの厳冬が話題に上る金井婦人と杉村の対話の部分を、「全く省いて了った」と記されているのである。

従来の「仮面」論でも、幕開きから始まるこの世間話めいた対話部分はほとんど問題にされていない。そうした研究者の読みの態度もまた、冬の物語を冬の物語として演じない舞台と同じく、作品に対して極めて乱暴なものではなかったのか。そう思いながら改めて見直せば、ドラマの冒頭の場では寒さをめぐる話題がはたして目立つのである。琹がしきりに気にしていた「**和歌山**の母」の存在にしても、寒暖の挨拶に絡めた金井夫人の次のような台詞によってドラマの世界に持ち込まれて来るものだ。（引用文中の太文字は筆者）

夫人　ほんたうに**東京**は随分お寒い処でございます。母なんぞは、**東京**の冬には一ぺんでこりごりしたと申して、何と申しても出てまゐりませんのでございます。それに**駒込**は一層ひどいかと存じます。宅の庭なんぞは、今朝も霜柱が一杯でございますよ。宅に寒いと申しますと、この位な事で寒がつては、**伯林**なんぞにはいられないと申して笑うのでございます。

博士　（窻の下に立つ）そりやあ**伯林**はもつと寒いのですとも。併し設備が違ふのです。外へ出れば、厚い外套を着る。内の中へはいれば暖炉がある。暖炉と云つてもこんな**佛蘭西**あたりで洒落に焚くやうなのとは違ひますからなあ。

なぜ栞とその姉である金井夫人の「母」は遠い「和歌山」の地に籠もり続ける者でなければならないのか。と言ってもモデルを詮索しようというわけではない。問題は作品内でのその意味だが、とりあえず留意したいのは栞の母が寒さをのがれた遠い土地にいる人として、「**駿河台**杉村博士宅の応接所」の中で話題にされるという関係である。それと意識して見るなら、この戯曲の冒頭の場の対話や会話には、寒さの感覚によって差異化される遠近の場所のコードが巧みに組み込まれているようなのだ。

さて、和歌山の母について語った栞の姉、文科大学教授金井湛夫人の家は駒込にある。ちなみに森林太郎立案の『東京方眼図』（明四二・六）を参照してみると、そこは東京市街と郡部の境界に接した内側の地に当たっている。それに対して杉村の家がある駿河台はもちろん東京の中心により近い。というより、「東京は随分お寒い所」だが「駒込は一層ひどい」という台詞の感覚にそって受け取るかぎり駿河台は東京の同義とみてよい。おそらくそれは当時の観客にも共有される感覚であったに違いない。だとすれば登場人物が口にする地名が寒さの差異を伴いつつ語られることによって、舞台と対している観客の身体感覚は、その〈応接所〉を基点として、戯曲の世界に組み込まれた空間の広がりをおのずと区切りださずにはおかないだろう。

この種のトポグラフィックな空間意識を導く台詞の仕掛けこそ、「仮面」固有のドラマトゥルギーに関わるものであり、〈物語〉の大枠としての劇空間を作り出すものと考えられる。なお空間の区切りは必ずしも寒暖の感覚によるもののみではない。夫の事故を知らされたみよはどこから駆けつけるのか。「**巣鴨**」からである。明治後半から大正にかけて、巣鴨は園芸をもって知られた土地柄▼注[3]であり、植木職の妻がそこから来るのは当然なのだ。その地名は当時の観客の日常的な生活感覚に由来する想像力を刺激し、駒込に接して郊外に広がる自然豊かな空間の存在を想わせたに違いない。

冒頭の杉村と金井夫人の対話は、栞の病をめぐる危惧を提示するものであることはもちろんだが、それと同時に舞台の背後に広がる世界へと、観客（読者）の想像力を促す機能をもっている。寒さの感覚による差異化は、「東京」＝「駿河台」―「駒込」―「巣鴨」そして「和歌山」へという、中心から周縁に、あるいは都会（人工）から田舎（自然）に向うその世界のトポグラフィーを浮上させている。

さらにそれに加えて、「カミン式の暖炉に火を焚」いた「応接所」の舞台面に対している観客に「こんな佛蘭西あたりで洒落に焚くやうなのとは違」う暖炉を備えた「伯林」という、「駒込」よりもっと寒く、そして「和歌山」よりはるかに遠い場所の存在が、隔絶的なイメージを帯びつつ語られることによって、ドラマの後景としての世界は完成するのである。

三

さて、舞台を中心にした世界の空間的広がりを差異化しつつ秩序付けることが「仮面」のドラマトゥルギーの特徴であるとすれば、舞台面そのものはそれにどう組み込まれているのか。

舞台正面は「駿河台杉村博士宅の応接所」、右手は「戸ありて、博士の為事部屋に通」じ、左手も同様に戸を隔てて「患者待合と診察所に通」じている。この三個の空間を観客に意識させる舞台面の構成だが、その関係には明らかに一種のヒエラルキーが見て取れる。

まず、冒頭の看護婦と金井夫人の会話から、「応接所」が「據ない方」にのみ開かれた場所であることが分かる。しかし、そこに通される客も右手の「博士の為事部屋」には入れない。栞がそこに入り得たのは偶然の結果である。一方、左手には一般の患者たちがいる場所がある。幕切で戸外へ出掛けようとする杉村と栞の「左手の戸の方に歩む」という動きから言って、その「患者待合」のさらに左手の方向に「家畜の群の凡俗」がひしめく東京の街の広がりが想定されてよいだろう。

舞台のイメージスケッチ（筆者作）

ドラマ中に生じるもっとも目立った動きは、瀕死の植木屋が「応接所」に運び込まれた際の、左から右へそしてまた左へという動きである。その際のト書に「男女の患者大勢戸口より押し合ひ覗く。四五人間の中に入る。」という指示がある。開かれた左手の戸口に群れ、応接所にまで入り込む勢いを見せて、ふたたびもとの空間に追いもどされるという彼らのその動きにも、「為事部屋」を奥にひかえた空間秩序の暗示を読むことが可能だろう。

「仮面」の舞台を構成する三つの空間の象徴的な差異は、患者に対する杉村博士の処遇によっても示唆されている。「患者待合」に止められる種類の人々に対しては、彼は「病名は言はない」方針で臨んでいる。「応接所」への出入りを許される金井婦人には、「外の婦人とは違いますし」と言いつつも、「結核」ではなく「慢性気管支炎」という偽りの病名を告げている。その「応接所」に備わっているのは、「こんな佛蘭西あたりで洒落に焚くやうな」「カミン式の暖炉」、つまり杉村に言わせれば紛い物にすぎない暖炉なのである。さしずめ、まがいものの病名が、いかにも本物らしく明かされるのに似合いの場所が「応接所」というわけであろう。

実際、「カミン式の暖炉」という道具の使われ方にはまことに注目すべきものがある。そのまがい物性は、偽りの病名のもっともらしい告知と対をなして「応接所」という場所の象徴的意味を暗示し、同時にそれはまた「伯林」という場所のイメージを、まがい物に対する本物の「設備」と結びつけつつドラマの中に呼び込んでいる。つまり、この「カミン式の暖炉」に媒介されて、舞台面の空間とその背後の世界に意味的照応が生じるのである。

道具と舞台空間の結び付きによるドラマトゥルギーを想定した場合、「カミン式の暖炉」にもまして重要なのは「顕微鏡」という小道具に託された役割に違いない。「応接所」がまがい物と偽りの病名に見合う場所ならば、真実に見合う場所はどこなのか。

言うまでもなくそれは上手奥の方向にある、杉村以外には閉ざされた場所としての、「為事部屋」でなければならない。栞の病名を明かす手帳はそこに置かれていた。しかし、記された病名の真実性がはたして何によって保証されうるのか、その答えを求めようとすれば、近代医学の象徴的道具としての「顕微鏡」の存在に行き着かざるを得ないだろう。

ちなみに、「鷗外博士の『仮面』談」▼注[4]には、上演に際しての主要な役柄をめぐる注文が述べられているが、医師杉村の役についてのみ「しつかりと落ち着いた腹のある人にして」という性格づけに加え、「顕微鏡の取扱いだけはおおいに研究して貰ひたいのだ」という例外的な付言があって、一見瑣事に過ぎない小道具の扱いに対することさらな言及が気になるのである。

役者への注文という形ではあるが、雑誌で公にされている以上、それはそのまま観客（読者）の理解を誘導するメッセージと受け取ってよいのではないか。ちなみに幕切れのト書でも、「右手の戸を開け、退場。直に外套を着、帽を被り、手套とステツキとを持ちて出で、長椅子にステツキを立て掛け、卓の上に手套を置き、顕微鏡の筒を螺旋にて上げ、鞣革にて油浸装置の油を拭ひ、手套をもち、ステツキをもつ。」というしぐさが要求されている。「『仮面』談」での注文を思い返せば、杉村博士の動作一つ一つを細かに刻むこのしぐさは、このドラマにおける「顕微鏡」という小道具の象徴的意味を終幕において念押しするものに外ならぬ気がする。

さて、以上述べて来た観点に立てば、「仮面」のドラマ空間を論理的に統合された入れ籠の構造として理解することが可能となる。「寒」さをめぐる対話は、観客の身体感覚を通じて、眼前の舞台とそれを包む遠近の世界の連続性をおのずから想起させる力を持っている。そのような空間構造の中に在る限り、舞台で生じる左右の動きは、実際的であると同時に象徴的な意味を帯びるものとなるだろう。

左の戸を通じた方向には「東京」の中心から周縁に広がりゆく空間がある。ひるがえって右手は、「博士の為事部屋」行き止まりになる。しかしながら、現実の空間としては閉ざされたその方向性は、杉村にのみ許された特別な場所という暗示と、「顕微鏡」の存在とによって、彼の自信に満ちた生を支え続ける力の淵源をまっすぐに指し示すものに違いない。

杉村博士と金井婦人の世間話めいたやり取りの中には、次のような台詞としぐさがあった。

博士　（略）船の著く度に来る本が、（右手の戸を指さす）あの部屋に一ぱい溜まつても、読む暇が無いのです。

「右手の戸」、すなわち「博士の為事部屋」は、どこへの通路でもない奥部屋であることで、かえってここではない世界につながる象徴空間のイメージを帯びている。おそらくその壁の背後には、病に対処する武器としての「顕微鏡」を生みだした西欧そのものが息づいているに違いなく、杉村と栞の出会いの意味はこのような劇的空間の論理の中で考察されねばならないはずだ。

四

「仮面」の山場をなすプロットは、植木職人の事故のために栞が杉村博士の仕事部屋に入る出来事を契機として展開する。発病の事実を知って絶望する栞を見た杉村は、奥の仕事部屋から持ち出してきた「顕微鏡」で結核菌を視認させてから、自らの結核菌の写真を示しつつ、かつて同様の危機に見舞われた自分がその事実を秘して生きてきた事を打ち明ける。その沈黙の動機にかかわる仮面の哲学が説かれるうちに、栞が生気を恢復し「(意気軒昂の態度)」に至るというのが、おおよその経緯である。

この展開については、一方的な杉村の「お談義」に栞が素直すぎるほど素直に反応して、あまりにも速やかに危機が乗り切られるという印象を否めない。「静かに聞き惚れてた伊井(蓉峰)の学生は俄に伸上がつて一寸頸を振つて序に肩を一振り揺つて『先生分りました』と嬉しげに心機一転した、随分早解りのする男だ。」という舞台評[注5]があるが、それもあながち皮肉とは思えないほどで、一見いかにもご都合主義的な心理転換のプロットである。対話が生み出す劇的葛藤がほとんど感じられないそのスムーズさが、この作品のドラマとしての評価の低さの一因であるには違いない。しかしながら、そのプロットをどう読むかについては二つの態度がありうるのではないか。

選択肢の一つは、ドラマとしての物足りなさには目をつぶり、そこで語られた思想のみを問題にする行き方である。すなわち、結核を発病した医師がその事実を隠し、健常人の仮面を被って社会に立ち交じってきたという杉村の過去は常識的に見てほとんど有り得べき事とは思われず、さらにそれを支える仮面の哲学も、独善的と言われればそれまでの危うさがある。にもかかわらず、舞台上の二人はそうした問題にはまるでおかまいなしに共鳴しあっている。だとすれば、一方を絶対的な導き手とし他方をひたすら導かれる者として、そこに生じている出来事を理解せよというのが書き手の意図だろう。

要するに「仮面」の対話は、劇的対話というよりモノローグに近いものと受け取るべきもので、二人の登場人物は共に作者鷗外の分身と見ておけばよい……。従来の「仮面」論が暗黙のうちに継承してきたのは、まずこのような了解ではなかったか。しかしながらそれは、事が鷗外の秘められた病歴に通じ、かつまた当時の彼の思想への手掛かりと見られるものであることによって、かろうじて通用してきた了解と言うべきで、それを踏襲する限り「仮面」の新しい読みが開かれるはずはない。杉村の処世の特殊性やその思想の独善性の印象は修正されるべくもないのである。

さて、もう一つの選択肢は、杉村と栞をあくまで別人格として扱いつつ、栞が精神的に蘇生するにいたるプロットの論理を追究するという行き方である。一章で述べたように、この一連の対話が結ばれる所には「僕には父が無いとは今日から云ひません」という、唐突でしかし極めて興味深い栞の台詞があるが、それに先立つ杉村博士の申し出のありように改めて注意を向けてみたい。

博士　（略）医者としてのおれなら、君に学校も止めさせねばならない。転地もさせねばならない。併しそれは家畜の群を治療する時の事だ。君に君の為るが儘の事をさせて置いて、おれは、おれの知識の限りを尽して、君の病気が周囲に危険を及ぼさないやうにして、（間）そして君の病気を治して遣る。おれは君と共に善悪の彼岸に立つて、君に尽して遣る。

杉村は、ここで医師と患者という関係を越えて栞に手をさしのべている。彼に向けた栞の「父」という言葉は、その破格の好意にこそ見合うものだと言ってよい。もっとも、その呼びかけの必然性は最終的にはそれに止まらぬ次元で了解される必要があるが、とりあえず、一般の社会的関係を超えた場所で二人の人物が出会うというプロットの浮上をここに認め得る。

そこで当然問題になるのは、二人が互いに相手を認め合う経緯とそこに働く論理である。まず、杉村はどうして栞を破格の待遇に値する相手と見なしたのだろうか。栞が「家畜の群のやうな人間」の一人ではないという判断が、何によってなされたのかという問い方をしてもよい。

いわゆる〈仮面哲学〉の意味にしても、杉村が栞に破格の好意を寄せる必然性の問題と切り離しては解かれようがないはずである。偶然病名を知られてしまったからといって、わざわざ自己の病歴を明かす必要はなく、まして仮面の哲学が持ち出される必要もない。栞の知的水準を考えれば、「Nägeli《ネエゲリイ》」の報告に言及してとりあえず彼を安堵させるという手もある。また彼が友人の義弟だからといって、人生の秘密を明かす動機にはなるまい。己の生き方を語るに値し、仮面の哲学を理解するだろう相手として栞を見込んだ杉村の判断は、その種のものとは別になされていたはずである。

五

金井夫人が退場した後、栞と杉村がよもやまの話をする場面がある。その対話が栞の健康状態に対する観客の関心を促しつつ、それと平行して彼の性格を次第に明らかにするものでもあることに着目したい。

彼は義兄の金井博士と姉の懸念に押し切られて杉村の診療を乞い、処方にしたがって薬は飲んでいるものの、日常の行動を控えようとはしないと言う。その理由として、彼の卒業をひたすら心待ちにしている故郷の母親を失望させたくないという事情が語られているが、栞の行動にはそれだけでは必ずしも説明しきれぬものがある。

博士　うむ。そのぷつぷつと云ふ処が悪くなつてゐるのだ。狭い間のやうだ。おれの云ふ通にしただらうね。
学生　フランネルも遣つてゐます。薬はポッケットに入れて講堂へも持つて出て、正確に飲んでゐます。併し学校は休みません。
博士　どうもそれでは困るなあ。
学生　（熱心に）併し、先生、僕はどうしても今度卒業しなければならないのです。

杉村と栞のこのやり取りを、結核の懸念からひたすら杉村の言葉に縋ろうとしたその姉金井夫人の場合に引き比べて見れば、栞がもともと医師の言葉に盲目的に自己をあずける種類の人間ではなかったのだということが分かる。それは人生に対する基本的態度一般にも通じる問題であり、おそらく次の対話はその意味をより明確にするものに相違ない。

博士　それだからどうも学校に往くのは、君の体のために好くないといふのだよ。君のねえさんも休ませたいやうに言つてゐた。
学生　そりやさう云ふでせう。誰でも人の事だとさう思ふのです。姉だつて内にゐれば金井先生のおつかさんに遠慮をしてゐて、外にでるのは、学校の教師の内へ頼みに行くとか、教科書や学校道具を買いに行くとかいふやうな用を足しに出るばつかりです。あんなに音楽が好きなのだから、今日の音楽学校の演奏会なんぞには往けば好いのです。金井先生の所へはいつも優待券が来るのですから。今日のプログラムにはChopin《ショパン》が三つもあります。僕は是非往く積です。
博士　往き給へ往き給へ。学校とは違つて、おれもそれには反対しないから。何でも体に悪い処のある時には精神を疲れさせないのが第一だからなあ。

栞の眼に映じた姉の人生とはなにか。鷗外訳によるリルケの「家常茶飯」中にある言葉を借りるなら、〈「因襲の外の関係」を夢想だにせぬ人生〉ということになるだろう。金井家の嫁であり子供たちの母であるという役割に日々を費やすばかりで、大好きな音楽を聞きにゆくことさえ良くしないという栞の批評は、関係性に埋没した彼女の生き方を突いて、おそらくはこの作品のテーマの根底に関わるまでの意味をもっている。

姉を反面教師と見なすような栞のその台詞が、杉村の長い沈黙の契機をなしたという、「なんだか自分の運命は自分で掌握してゐたいといふやうな心持」に通ずる栞の資質を暗示していることは明白である。杉村の説く仮面の哲学は、自らが自らの人生の主人公であり続けるためには「仮面」が必要だという認識に基づいている。それは、強いられた関係性の中での人生とはまた別の、自律的な人生が有り得ると夢想しうる意識があって、初めて生じるものに違いない。

問題はそれを意識し、さらに「今日のプログラムにはChopin《ショパン》が三つもあります。僕は是非往く積です。」というように、それに従って行動しうる種類の人間であるかどうかだが、栞が病名を知る以前の場面のよもやま話めく対話の中で、杉村はすでに己の同類としての栞の資質を見いだしていたと言うべきだろう。後の場面で、秘密の暴露を伴う杉村の説得が、確信に満ちて進められるのはそれゆえなのだと考えられる。栞の反応が速やかなのも不自然と見なされるべきではないのだが、そこにひとつの飛躍が介在したことも見ておかねばならない。

六

学生　（略）実は僕の煩悶は僕自身のための煩悶では無いのです。和歌山の母が此事を聞いたら、どんなにか歎くだらうと思ふと、目が昏《くら》むやうな心持がしてならなかつたのです。誰にも言はない事は母にも言はない。その代、先生、僕が学校に往くのを留めはなさりますまいね。

義母と夫と子供に仕えるばかりの姉の人生を批判ながら、母が自分に寄せている期待には囚われざるをえない。その期待を裏切る不孝には耐えられない。それが過去の栞を苦しめていたジレンマであったとすれば、彼はここで血のゆえに相対化することの最も困難な関係性への囚われから全く自立したというべきだろう。「誰にも言はないことは母にもいはない」という、その決意への飛躍を導く形で置かれているのが、ニーチェの「Jenseits《イエンザイツ》 von《フォン》 Gut《グウト》 und《ウンド》 Böse《ビヨオゼ》」に言及して説かれる杉村の〈仮面哲学〉である。

博士　さうか。あの中にも仮面といふことが度度云つてある。善とは家畜の群のやうな人間と去就を同じうする道に過ぎない。それを破らうとするのは悪だ。善悪は問うべきでは無い。家畜の群の凡俗を離れて、意志を強くして、貴族的に、高尚に、寂しい、高い処に身を置きたいといふのだ。その高尚な人間は仮面を被つてゐる。仮面を尊敬せねばならない。どうだ。君はおれの仮面を尊敬するか。

人を「家畜の群の凡俗」に属するものと、それとは無縁の場所に身をおこうとする「貴族」とに分かつ論理は、これまでに考察してきた〈関係性〉に対する意識のありようとの絡みで解しうる。しかし台詞の後半は論理的説得というより、〈関係性〉の中での自立を希求する存在の「高尚」さと、それが尊敬に価するのだというドグマの主張に終始している。無論栞にとって、杉村の最後の問いかけは、彼自身の生き方の問題として受け止められている。彼は杉村のドグマを直ちに受け入れるのだが、読者はその必然性をどう理解すればよいのか。

栞の飛躍を促したのは、一見したところ「高尚」という言葉による価値付けである。しかしながら、人の生き方を二種に分かつ論理は、それだけでは必ずしもその価値の高低の判断にはつながらない。その価値付けのためにニーチェの権威が持ち出されたのだとすれば、それが作品の限界だということになりそうだが、おそらくそうではあるまい。ニーチェの引用は説明の便のためであって、杉村はニーチェに倣ってその生き方を選んだ訳ではない。それなら、仮面を被った生の価値に対する杉村の自負は、どのような論理を背景にしているのか。その疑問については、結核という病に基づくシチュエーションの意味をほりさげておく必要がある。

ドラマの冒頭から登場人物がこだわり、観客の関心を引くのは栞の病名の問題である。金井夫人の追及に対して杉村は、「わたくしの処では、病名は言はない事にしてあるのですが、」と言いつつ、わざわざ「外の夫人とは違ひますし」と断って、それにもかかわらず「慢性気管支炎」という偽りの病名を告げている。つまり杉村は親しい彼女に対しても医者としての方針を曲げてはいない。そこに在るのは現代にも通じる病名の告知をめぐる難題なのだが、そもそも杉村はなぜそのような方針を持つ医者として造型されているのか。

いわゆる病名告知の問題は、その時代に死病として信じられている病に罹った患者と対する時に先鋭化せざるを得ない。真実の病名を告げるか否かの判断に関わる最も重要な要件は何か。それは患者がその事実にどう対処するかの見極めに違いないが、杉村の採って来た方針は、患者の自己決定権に対して彼が一貫して懐疑的であったことを示している。金井夫人に対する彼の態度は、栞の口を通して語られた彼女の生き方との関係で了解できよう。つまり日常の関係性が人生のすべてであるような種類の人間は、その正常な展開を不可能にする事態に対処しうる強靭な己れを持っていないというのが「家畜の群を治療する時」「病名は言はない」という方針の論理に相違ない。

人が社会的な関係性の中に在る以上、致命的な伝染病に罹患するという事態は、それが他人に知れた瞬間から彼と世界との関係を変容させる。その場合、健常者の「仮面」を被ることで、彼は結核患者という立場がすべてに優先される関係から自由でありうるが、それは同時に自らの運命を自ら引き受けるという意味での孤立を余儀なくされることである。「母」という存在に対してさえ自己を預け得ぬ不安と寂しさに耐えることは、選ばれた強者にのみ可能なことだ。そう考える時、はじめてその少数者を「高尚な人物」と称する価値の感覚がそこに導かれることになるだろう。

栞の「母」から「父」への飛躍は、こうした選良の論理への共鳴を意味している。とりあえず、杉村の側から見るならば、彼の資質を見抜いた杉村の巧妙なそそのかしによって、彼は杉村と等しい場所に至り得たのだと言ってもよい。医者と患者という関係を超えて彼に尽くそうという杉村の申し出と、終幕の祝祭めく行事（それは栞の自律的行動を象徴するChopinを聞きに行くという行為で完成するものだが）への誘いは、まさにそれにふさわしい贈り物なのである。

七

さて、杉村と栞の同類としての出会いについては、その選良としての自負心の由来をなお問題にしないわけには行かない。「仮面」を被った生の孤独に耐えてでも「自らの運命を自ら掌握していたい」という希求を貴いとするドグマへの共鳴が、詰まるところそれを支える全てであるならば、二人の出会いのドラマはやはりいかにも観念的であり、独善的なものにすぎぬという批評は免れないだろう。

栞の飛躍に関わる作品の論理がそこに止まるものかどうか。出会いの問題について、ここでは栞の側に立った考察を加えねばならないが、その際に見逃せないのは、終末部にある次のやり取りであるにちがいない。

博士　そりやあ仮面が分からないから、其筈さ。（間）それとも。（学生の顔を鋭く視る）君はおれの結核の歴史も一《いつ》の即興詩で、其意味での仮面だと思つてゐるのぢやあ無いか。どうだい。

栞　（少し考へて）そりやあ、先生、どの意味の仮面でも、僕の感謝の情に厚薄はありません。

博士　ふむ。旨い事を言ふなあ。（間）これから君と一しよに精養軒へ往つて飯を食つて、それからChopin《ショパン》を聴かう。君、いやとは云ふまいなあ。

この対話は、自己の過去の病歴とニーチェばりの仮面哲学を結んでなされた杉村の熱心な談義が、栞の蘇生にとって、はたしてどれほど決定的な意味を持っていたのかという疑問の余地を生む。先ほどそそのかしという言葉を使ったが、栞の側から言えばそそのかしに乗ることは必ずしも無条件の承服を意味しはしない。「どの意味の仮面でも、僕の感謝の情に厚薄はありません」つまり仮面の意味にはこだわらぬと言う以上、おそらくそこには彼なりの判断が加わっているのである。では、杉村は何によって信じるに足る相手として栞に認められたのか。

栞が真の病名を知る契機は、植木屋の事故という偶然によっている。このような展開は劇としてほめられたものではなく、たとえば楠山正雄は「作者はこの単純な、かなり退屈な対話劇に構成上の変化を与へるつもりで、植木屋の急死という事件を挿入した[▼注6]」と述べ、それを死の現前により主題の深化を図るための方法と見なしているが、一般論としては頷けても物足りなさが残る。出会いの物語という観点からすれば、その突発事によって栞が杉村の「為事部屋」に入り得たことが重要だと思われる。

すでに述べたように、このドラマの空間を象徴的な秩序によって構成されたものと見なすならば、この事件に伴う移動によって栞は杉村にのみ許された空間に立ち入り得たことになる。「応接所」から「為事部屋」へそして再び「応接所」へという彼の動きを、それぞれの空間の象徴的意味と結んで見れば、真実を宿す場所に足を踏み入れ、そこからまた立ち戻ったということになる。なおそこで博士の手帳を眼にした彼が真の病名を知るという設定は、ドイツ語を解し得る知性の点でも彼自身がそこに立ち入る資格の持ち主であったことを示すものと受け取れる。

とは言え、「応接所」に立ち戻った直後の彼はなお、時代が作り出した死病としての結核のイメージにおののく者に過ぎない。その「Chaos《カオス》」状態から彼を救済しようとする杉村の行動がそこで始まるが、仮面を被った自己の人生の秘密を明かすことが、必ずしも栞を決定的に動かしていないことは、前掲した終末部のやりとりによって暗示されている。

杉村自身の結核が直ったという話も、発病を知ったばかりの栞にとっては所詮半信半疑の他人事であろう。ならば「君に君の為るが儘の事をさせて置いて、おれは、おれの知識の限を盡して（略）、君の病気を直して遣る。」という杉村を「父」と呼ぶような、全面的な信頼感がなぜ彼をとらえるのか。その疑問を解く鍵は、言葉にもまして説得の過程で用いられた方法にあるのではないか。

その過程の最初にあるのは、杉村が奥の仕事部屋から「顕微鏡」を持ち出し、それによって栞に結核菌を確認させるという行為である。それについてのト書はまことに事細かで、しぐさには時間が掛かる。

博士　（略）饒舌はしない。君に見せるものがある。まあ、其帽を置いて、そこへ腰を掛け給へ。

（学生腰を掛け、俯向く。博士静かに右手の戸を開け入り、暫くして顕微鏡標本を入れたる畳《たとう》と顕微鏡写真一枚とを持ち出で、卓の上に置き、再び入りて顕微鏡一台を持ち出で、見物に背を向けて、担架と卓との間に立ち、顕微鏡を窓に向けて据ゑ、鼻眼鏡を振落し、油浸装置を調へ、畳を引き寄せ、中より厚紙製の標本挟を四五枚出し、一枚を選り分け、それより標本を一つ取り、顕微鏡に掛け度を合わせ置き、写真をその側に置き、学生に。）

これを見てくれ給へ。

このようにして舞台に登場した「顕微鏡」こそ、手帳に記された言葉の動かしがたい真実性を保証する唯一のしかも決定的な道具であることは繰り返すまでもないが、それが自身の過去について語った杉村の言葉の真実性を保証するものでもあることに留意する必要がある。かつて彼が己の発病を自ら確認し、それを秘密にしおおせたのは、この道具を扱う特権を有していたからこそではないか。

杉村が栞に「顕微鏡」によって結核菌を視認させる場面には、彼のみが通じている世界を栞にも覗かせるという意味を読み取り得る。選ばれた少数の者のみが眼にしうる世界を覗くというプロットは、まさに神話的な象徴性を帯びている。「結核」という言葉に戦慄し、盲目的な恐れに支配される世間一般の人々と同じく、増殖するイメージの悪夢の中にいた若者に対して、杉村がまず最初に行った処置は顕微鏡を覗かせることだった。科学の武器を通じて恐怖の正体を視認したことで、栞は「Chaos《カオス》」の闇の世界から理知の光の中に抜け出すのだと言ってよい。

彼をそこに導いた者を呼ぶのに、「父」という以上にふさわしい言葉はないだろう。彼は杉村によって示しされたその光の世界をこそ信じたのである。栞にとって決定的なのはその体験であり、それゆえもはや彼にとっては、杉村の説くところが「どの意味の仮面でも」「感謝の情に厚薄は」無いということになる。

顕微鏡が、近代科学の確立にとってどのような位置を占めた道具であるかについては多言を要しない。その輸入は明治二十年代後半から本格化したとされるが、杉村が所有しているような油浸レンズを備えた高級品はライツ社、ツァイス社をはじめとするドイツ製品がその代名詞と言ってよかった。▼注[7]

そうした事実を踏まえてこの作品を読むなら、それを送り出した場所を他の場所と差異化する伏線がすでに張られていたことに想到するはずである。金井夫人と杉村の寒さと場所をめぐるよもやまの対話の内にそれがあったことは言うまでもない。「伯林はもつと寒い（略）併し設備が違ふ」という言葉の背後には、「寒さ」＝「自然」の脅かしに抗する人知の在りようをめぐる思考がある。「寒さ」を杉村が克服して来た「病い」と置き換えてみればよい。その設備が「こんな佛蘭西あたりで洒落に焚くやうな」「カミン式の暖炉」とは違う、本物だという杉村の「伯林」賛歌は、ドイツ産の顕微鏡に象徴される西洋の科学文明への彼の信仰に近い思いを暗示するものに相違ないのである。

栞の杉村への信頼を支え、同時に彼らの〈出会いの物語〉のリアリティをを根底で支えているのは、端的にいうならまさに西洋からもたらされたこの道具である。自らの生の主人公であるために「仮面」を被るという仮面哲学の論理が、「健康人の仮面」を被って人々の間に立ち交じるという現実の処世にまで敷延されうるのも、その道具の背後にある近代科学の力への確信のゆえであろう。

八

「仮面」のドラマに見え隠れしているのが、「母」からの自立による「父」との出会いのプロットであることについては、すでに何度か指摘した。このドラマの設定に沿って考えれば、その移行は血で繋がるがゆえに断ちがたい関係性への囚われから自己の精神を解き放つという飛躍的な出来事に外ならず、おそらくそれこそが、この作品の真のテーマへの視野を開くプロットなのである。

同時代の世間一般が死病と信じて疑わない病に罹った者は、関係性の中での自律という問題と否応なく向かい合わざるを得ない。このドラマのシチュエーションはそこに設けられている。科学的理知への信頼に媒介された「父」との出会いの物語は、ともかくもその可能性をめぐる一つの解答であり、それに媒介されたことによってこそ、「自分の運命は自分で掌握してゐたい」という欲求の実現はまことらしさを帯び、同時に俗衆に対するいわば選良としての彼らの自負心が何に由来するものかの疑問も解ける。

しかしながら、杉村と栞の関係に関わるプロットを一応読み終えたところで、改めて気になるのは終幕部における彼らのあまりにも屈託のない態度である。皮肉と称するには当たらないとしても、観客を戸惑わせるニュアンスが終幕に付与されていることは否定できないだろう。

「精養軒へ往つて飯を食つて、それからChopin《ショパン》を聴かう」という杉村の提案[注8]について、「精養軒」を「西洋」のシャレとしては牽強付会めくが、その台詞の指向性は明白である。同類としての彼らをささえる意識が、詰まるところは西洋というコードに行き着いて終わるのだとすれば、自らを「凡俗」と区別する彼らの自負心は、所詮理想化された西洋近代への信仰の裏返しに過ぎぬということになりかねない。

その特権的な拠り所あってのものである以上、杉村が体現する「仮面」の思想は本質的に一種の脆弱さをはらんだものとして受け取られざるを得ないのである。それにもかかわらず、杉村と栞の出会いの物語は、その種の危うさとはまるで無縁であるかのように、二人だけの祝祭にむけた期待感の内に円環を閉じてゆく。

遥か海の彼方にある世界への憧憬に身を預けて自己完結する類いの、彼らの意識の在り方を批判することは容易であり、その高揚した気分に冷水を浴びせるどんでん返しのプロットを終幕に用意することで、よりドラマティカルでかつ大方の評価を得やすい劇が出現したはずである。しかし作品はその可能性を自ら禁じて、杉村と栞の高揚は高揚のままにおき、その大団円に添えてもう一つの出会いを描いて見せることを選んだ。このドラマのそうした行き方から何を導き出すかが、「仮面」の読みの最終的な課題になる。

＊

彼らの前に現れるみよという人物の意味を理解する手掛かりは極めて乏しい。まずは夫の事故の知らせで、巣鴨から駆けつける若い女である。彼女が到着したとき既に夫は事切れていて、言葉が交わされる場面はない。観客が目にするのは、「(半襟を掛けたる新しい銘撰の綿入れ。同じく半襟を掛けたる新しき半纏。余所行きの前掛。白足袋に赤緒の上草履。)」など職人の妻としては精一杯の身だしなみと、きわめて自己抑制的な言動である。着の身着のまま、見も世もない体の振る舞いが当然の場面であり、観客にとってはその予想外の印象が違和感として記憶されるだろう。しかしそれ以外には、彼女が退場して後に交わされる杉村と栞の対話があるだけである。

「本能的人物には、確かに高尚な人物に似た処があるなあ。家畜の群の貴夫人に、あの場合をあの位に切り抜けて行けるものは、たんとあるまい」。

みよについてのもっとも纏まった批評には違いないが、杉村のこの台詞は実のところまことに曖昧である。無論既に『善悪の彼岸』が持ち出されていることから、それをニーチェ的な概念と結び付けて行きたい誘惑はあるが、その追究はドラマの読みからの逸脱を招くだろう。一般の観客にとって、「本能的人物」が初耳のことばであることを思えば、舞台にあらわれたみよの姿と、これまでの劇の流れに沿う範囲での理解に努めることこそが必要だ。

「本能的人物」という言葉は、一般に職人の妻という階級的立場が示唆する無教養と結び付けて了解されて来たようだが、そうした階層に属する者が皆「本能的人物」であるとすれば、その希少性を説く理屈が成り立たない。したがってその意味は、「家畜の群の貴夫人」の対比から解くほかない。先に「家畜の群の凡俗」という言い回しがあり、言葉のイメージの上では「貴夫人」とは結び付きにくいが、それが栞の姉の金井夫人を暗示していることは明白だろう。

では、金井夫人とはどのような存在だったか。彼女に対する栞の批評が、この戯曲の中で極めて重要な意味を持つことはやはり先に指摘した通りである。因習的な家族関係に埋没し、その中での自己の役割を生きる外に自己の人生のありようを思わぬ存在として彼女をとらえることで、杉村と栞の出会いの論理を解いて見たのだが、この場合にもそれを手掛かりにした読みが要求されているようだ。金井夫人の場合、仮に夫の死によって日常生活における関係性が突然断たれたら、それが全てであった彼女に己を支える拠り所は無いはずである。

杉村と栞の出合いのドラマは、日常の関係性の中の習慣的な役割に盲目的に従う「家畜の群」の生き方を批判し、自己決定権の確保を希求する意識あってこそ生じ得た。そのような資質を備え、また生の危機に際して科学的理知への信頼を拠り所となし得ることが、彼らが他を「凡俗」と呼び得る条件であり、少数の選ばれたものとしての彼らの自負は、生を脅かす事態と遭遇しても、それと対峙して自己を失わない態度によって証明される理屈である。

さて、ふたたびみよとは何者なのか。夫の死は彼女の生にとっては、これまでの生の関係性が断ち切られる決定的な出来事との遭遇を意味している。夫の死に顔に見入ってその事実を確認しながら、彼女にはいささかも取り乱す様子が無かった。その振る舞いにおいて「確に高尚な人物に似た」態度を示したのである。植木職の若い妻でしかない彼女が、日常の関係性に支配されぬ自己などというものを夢想だにするはずはない。また彼女が科学的理知への信頼といった拠り所ともまったく無縁の存在であることも明らかだろう。「十八、九歳」の彼女は、頼るべき人生経験にもおそらく乏しい。にもかかわらず彼女は見事に「切り抜け」た。

そのような存在としてのみよと並んだ時、杉村たちの姿は、あたかも大仰すぎる装備に身をかためて気負い立つた武者のようにおのずと想われてくる。「伯林はもつと寒い（略）併し設備が違ふのです。」という杉村の台詞をふたたび呟きたくなるのだが、彼らの持っているものを何ひとつ持たぬみよが、「高尚な人物」に見まがう態度を示しうるのなら、彼らが特権的に有していると自負するものの意義は何なのか。みよという人物がドラマの世界に持ち込まれることによって、杉村と栞の存在はにわかにドン・キホーテ流の仰々しさを帯びて見えるのである。

何も持ち合わせぬはずの若い女が、凡俗にはあり得ぬ態度を示した時、杉村は彼女を「本能的人物」と称した。舞台空間の論理でいえば都市の周縁からやって来た彼女の背後には、〈自然〉に繋がる世界があると言えるのかもしれないが、それ以上の手掛かりはない。むしろ、彼女の属性がその夫の死に際して見せた態度の一点を除いて凡俗と区別しえないことが興味深い。とにかくこの作品の範囲では、彼女の出現が杉村や栞の属性を相対化する属性の可能性を暗示し、それが「伯林」に象徴される世界とはまったく逆方向に向けられているという了解だけで十分である。

杉村と栞は「本能的人物とは結婚」できぬと言う。それは彼らにとってみよの存在が謎に外ならないからだろう。たしかに〈謎〉と結婚することはできまい。彼らはみよの「高尚な人物」に似たその態度に打たれはしても、その意味にこだわろうとはしない。感銘は冗談に紛れて忘れられ、彼らは意気揚々と二人だけの祝祭へと向かう。彼らとみよの出会いは一瞬の交叉である。彼らには彼らの時を共に歩ませ、みよはまた彼らの批評とは関わり無く彼女の時を歩んでゆく。ドラマが行き着くところは、観客（読者）のイメージの中で、それぞれの世界にむかって舞台から遠のいて行く彼らの対照的な後ろ姿であるはずだ。

*

さて、書き残した問題はなお少なくないが、そろそろ纏めに掛からなければならない。杉村と栞の出会いのプロットを、彼らとみよとの出会いのプロットに重ねる形で作品が閉じられたとき、「仮面」は、人生に関わる態度の根底を支配するさまざまな対立概念にわたるドラマとしての相貌を現す。ただし、例えば理知による対処と本能による対処といった対立項は示されても、作品がその何れかに与して行くわけではない。

出会いのプロットを連続させるという方法は、〈作者〉が望みさえすれば、前者を通じて描かれた視界の意味が、後者によってまったく否定されるドラマの出現につながるが、そのような行き方をしなかったことに「仮面」の独自性が認められるのである。なぜそうしなかったのか、またそれから最終的にどのようなテーマを読み得るのかが問題である。西洋の科学的理知、ひいてはその文明というものをめぐる杉村と栞の意識は、懐疑とはおよそ無縁のところに定位されている。その彼らに対して、科学的理知では図りきれぬ本能的存在が配されているのだから、〈作者〉はむろん杉村たちのオプチミズムを共有してはいない。しかし〈作者〉はそれをあからさまにはしないし、まして否定に及ぶこともない。「伯林」という隔絶した地への杉村の信仰に似た思いと切り離せない形で描かれている以上、それは埋めようのない距離ゆえに生き続ける美しい夢なのだ。

留学と科学者といえば、「妄想」の主人公の自然科学にかかわる屈折した思いが想起される。「仮面」はその一歩手前で、憧憬としてなお息づくものを、美しい夢として描き切ることで封じた作と言えるのではないのか。鷗外自身の病歴と結び付けるなら問題はさらに広がるが、ここではその世界に対する憧憬があえてそのような形で封じられたからこそ、以後、日本の近代という現実の中でそうした精神が強いられるさまざまな困難と矛盾を大胆にテーマ化してゆく鷗外の現代小説の展開があったという見方をしておきたい。「仮面」はその意味でも注目されるべき戯曲である。

おわりに、関係性の中での個の自律および自立をめぐる問題は、明治末の時代におけるイプセンへの高い関心が示すように、文学的〈近代〉の主要テーマの一つに相違ない。杉村と栞の出会いのプロットはまさにそれに関わるものとして読める。そこで何より興味深く思われるのはみよという女性の登場である。彼女は関係性をめぐる意識や自律への希求とはおよそ無縁の存在である。しかし夫の突然の死に処する彼女の態度は彼らの心を打たずにはおかなかった。みよという〈謎〉は、さまざまな思考を誘う契機として鷗外文学の女性の中でもまことに魅力的なものと思われる。

【注】

［1］『演芸画報』（明四二・六）「六月狂言」の記事によれば、「新富座の伊井村田一座は一番目「逸見の貞蔵」六幕、中幕「仮面」一幕」とある。

[2]『演芸画報』（明四二・七　「芝居見たまゝ」）。
[3] 川添登『東京の原風景』（一九七二・二　NHKブックス、一九九三・一一　ちくま学芸文庫）。
[4]『歌舞伎』（明四二・六）。
[5] 水谷竹紫「六月の劇界」（『早稲田文学』明四二・七）。この評者はその前の対話についても、「ニーチェの仮面説を借りて来て病苦を超越せねばならないと云ふ御談議が始つた」という言い方をしており、ドラマとしての「仮面」に対する違和感を伝えている。
[6] 楠山正雄「鷗外の戯曲」（『文藝評論』昭二三・一二）。
[7] 小池猪一『図説日本の医の歴史　上　通史篇』（大空社　平成五年一〇月）など参照。ちなみに、『獨逸日記』明治十八年八月二十三日の記事に、避暑に出掛けなかった理由の一つとして、「曰余は近ろ一顕微鏡を購求す。器械の精良なる、以て人に誇示す可し。然れども其価も亦廉ならず。約五百麻（百二十五円）を費やせり。」とある。
[8] 作中の出来事と鷗外における事実を結び付ける必要はないのだが、杉村の「千八百九十二年十月二十四日といふのは、僕にとつては重大な記念日の一つだ。」というあまりにはっきりした日付に引かれて、『観潮樓日記』を繙いたところ、二十三日に「中濱東一郎胸膜炎に罹りて臥床にありと、その舅柳正蔵知らせに来ぬ。」とあるのを受けて、当該の日の記事には次のようにある。「中濱を見舞いて、帰途原田が家に到る。原田も多病なりとて、母に勧められて「イボタ」の虫を食ふと聞きしが、往きて見ればまことに病めるにはあらず。兄の病など気遣ふあまりに、心鬱して自らあらぬ病兆を見出すことあるのみ。伴いて出で、西洋料理を食ひ、若竹亭に入りて小さん等が話を聞く。」
杉村が栞の姉を安心させるために告げた病名が「胸膜炎」であったこと、事が一段落して西洋料理を食べ、さらに演奏会に行くという成り行きの符合が面白い。それが意識してなされた日付の仕掛けなら、「小さん」が「Chopin」に入れ替わったわけで、作者の遊び心に驚く。もっとも、その符合に頭を捻る者といえば、後年の詮索好きな読者以外にあるはずもないわけで、事に興じながらも判断に苦しむ。

第二章◉岡田八千代「黄楊の櫛」論 ——鷗外・杢太郎の影

一 劇作家としての八千代について

岡田八千代は長谷川時雨と共に女性劇作家の〈草分け〉として知られた存在である。小説、戯曲の創作と劇評に加えて、新派との関わりを主とした演劇人としての活動、あるいは『青鞜』の賛助員に始まるフェミニストとしての発言などその業績は多岐にわたる。また兄小山内薫の影響から始めた創作が森鷗外の弟である三木竹二に評価され、雑誌『歌舞伎』の劇評などで文壇の注目を集めながら、鷗外の世話で十六歳年上の洋画家岡田三郎助に嫁ぎ、その画のモデルとして美しさを世間に知られながら後に別居生活に至ったということを含めてまことに興味深い存在に違いないが、その研究は時雨に比べてほとんど進んでいない。▼注[1] さまざまな角度からのアプローチが待たれるところだが、本稿では代表作として知られる「黄楊の櫛」の読み解きから見えてくるものについて考えてみたい。私見ながら八千代の劇作家としての個性はおよそこの作一つで評価し得ると思う。

ちなみに『文学散歩』（昭三七・六）の追悼集「回想の岡田八千代」で久保田万太郎は次のように書いている。

不思議なのは、この人に、演劇的作品の乏しいことである。
聞かれても、ぼくには、〝黄楊の櫛〟と〝まぼろし牡丹〟とがあげられるだけである。
さがしたら、ほかにもあるかも知れない。いいえ、あると思ふ。が、すくなくとも、とツさにぼくにこたへられ
るのはこの二つだけである。
（「記憶にのこつてゐるだけを」）

「まぼろし牡丹」は最後の作であり、その舞台が記憶に新しいところから挙げられたものか。ならば万太郎による劇作家八千代の記憶は「黄楊の櫛」一篇に尽きるわけである。これは戯曲の数からすれば案外なことだが、それらを読み進むにつれ万太郎の言にも肯けるものがある気がしてくる。通覧の便に仮に作った戯曲年表[注2]をたどると何度かの休止期間を含む創作歴を持つ作家であることがよく分かるが、休止期間が新たなテーマ展開と結びついた形跡はほとんどない。もともと八千代は劇作家として段階的に成長していくタイプではなかつたようなのだ。ただし彼女の場合それは必ずしも欠点ではない、その変わらなさが個性の主張そのものであるようにも思えるのである。

秋庭太郎によれば、「灰燼」（徳冨蘆花原作の脚色）「黄楊の櫛」「おまん源吾兵衛」「静夜」が八千代戯曲の代表作とされている。[注3]これはおおむね妥当な評価で、劇作家としてのピークは明治末から大正一〇年頃までと見てよさそうだ。その後の作品は、新派からの求めで無理をしたもの、[注4]あるいは「芽生座」や『アカンサス』主宰者の立場から書かれたものが目立ち充実度は薄れている。

ピーク時の作品に眼を向けてみると、その最初に位置し『青鞜』に寄せた一幕劇が「習作」と題されていたことが興味深い。つまり「灰燼」も含めたそれ以前の仕事とはみずから区別して、本格的に戯曲創作と取り組もうという意欲を反映した題と見られるからである。なお、処女短編集『絵具箱』（大正一・一二　籾山書店）には、これに多手を加えた作が「習作戯曲の第一」として収録されている。そこから見れば『三田文学』の「しがらみ草紙」は内容からも

〈習作戯曲の第二〉、そして〈三度目の正直〉？が「黄楊の櫛」であろうか。

二　八千代戯曲の個性と「黄楊の櫛」

「習作」は、あるアトリエで起こる悲劇を描いた象徴劇で、暗示された死の実現をめぐるドラマである。肖像画のモデルが急死した後、新しく雇った娘に、不吉とは感じながらも同じポーズを取らせた画家が、以前のモデルと女が瓜二つであることに気付いて動揺する。その娘は実は死んだモデルの姉で、画家に恋してその仕事の完成を願っていた妹の心を哀れみ、秘かにその遺志を継ごうとしたのだが、その彼女もまたポース中に急死するというプロットである。

八千代ドラマの特徴の一つである息苦しいようなサスペンスの味わいに、ポースするモデルによる舞台効果の魅力も備わったドラマで、当時のメーテルリンク流の象徴劇としては水準以上の出来映えと言える。運命や死への恐れをテーマとするその種の劇の鋳型に、所詮報われることのないのが女の思いだというテーマを重ねたユニークさがある。とにかく翻訳から学んだ西欧近代劇のドラマトゥルギーを取り込もうとした形跡は明らかであり、その意味での「習作」と受け取られてよい。

「習作」に続く「しがらみ草子」は、姉妹の遊女それぞれの馴染客が敵同士であったという歌舞伎的な〈実は〉の趣向による時代物だが、全ての登場人物が死んで閉じられる思い切った筋である。死という決着は、次の作に当たる「黄楊の櫛」も同様で、また振り返つてみれば、デビュー作の「灰燼」もまた、死による解決を必然とする物語だった。秋庭太郎が代表作の一つに挙げている「おまん源吾兵衛」は西鶴を下敷きにした作。すでに死んだ衆道の相手が二人まで登場して、おまん・源吾の恋にからんでくる話であり、ここまで辿ってくると、男女の愛欲に死がからむ物語へ関心には、劇作家としての八千代の個性に深く関わるものがあると感じられてくる。

劇作の最初の休止期にかかる直前の「春が逝く」は、姦通のために離縁されながら、いつか迎えに来ると言った相手のことばを頼りに、狂気を装いながら夫と妹が結婚して住む家に留まっている女の話。約束は果たされるが、結局二人は心中する。死ぬために再会の時を待っていたに過ぎぬと言われかねない話だが、緊張した筆致から、自身のテーマを追究するためには、設定の不自然さも他人の評価も意に介さない作者の強さが思われる。

「春が逝く」の次は五年の休止期をおいて「帰京」（のちに「静夜」改題）が発表されている。二組の男女が愛のしがらみを超えて再出発するドラマで、一般にこれも代表作の一つとされている。新しい境地への移行を思わせる内容だが、以後の作風を見ると必ずしもそうではない。次の「蛇遣ひ」は被差別民の問題を扱って、新しい試みを思わせながら、つまるところはやはり主人公達の死がカタルシスなのである。

以上のように、劇作家としての八千代が最も意欲的であつたと見られる時期の作品は、救いとも現実的解決とも無縁のままで終わるものがほとんどである。男性作家なら鈴木泉三郎を想わせる体質で、男女の愛欲に死がからむエキセントリックなドラマにこそ、他の女性劇作家には見いだせない八千代の個性がある。

「黄楊の櫛」はそうした彼女の本領が戯曲としての高い完成度のうちに発揮された作品であるに相違ない。テーマに関わる方法意識の周到さは他の作には見られないような高いレベルにあって、満を持して自身の個性を世に問うた意欲作であったと考えられるのである。

三　作品論への視界

まず「黄楊の櫛」の先行研究を視野に入れながら、アプローチのあり方を探りたい。「家族制度といふものを批判した一種の社会劇」「結婚制度の桎梏に苦しむ女房おつなは当年の新しい女で、それが為に惹起した悲劇」という秋庭太郎の評言は[注5]、「家族制度」や「結婚制度」ということばによって、この作品を社会劇ないしは思想劇として評価しようとする見方[注6]を代表するもの。次に引く藤木宏幸の作品論[注7]は、そうした通念の到達点と見なせるだろう。

舅にタテついて三度も家を出されたおつなは、気性の激しい一途な女性である。ほとばしる情熱を抑えることができない。夫への愛は、親思いで一家の対面を重んずる夫の前に、しだいに歪みを見せてくる。家を出されれば、反省もし、謝って、当たり前の女になれるつもりで帰ってくるのだが、よその嫁のように従順になれない。そういう自分に愛想が尽きているが、どうにもならない。豊之助とて、おつなの気持ちは分かるが兄や姉に対する意地があった。男の面子も一家の主人としての世間体もあった。妻に対して強くならなければならなかった。おつなのせっぱつまった思いは「あゝ気もふれる、鬼にもなる」と叫んで、無理心中の悲劇をひき起こしてしまうが、そこには、何より〈親が大事〉、夫婦より〈家が第一〉と考える、明治期の半封建的な家族制度に対する、作者の反抗の叫びと呪いの声がこめられている。

「黄楊の櫛」は、下町に生きる職人の世界を、夏祭りを背景に、不吉な櫛の因縁をからませて古い江戸情緒の中に描いた点では、明治末年に流行した気分劇系の戯曲のように見えるが、そこには「青鞜」にも寄稿していた作者の、女性としての問題意識が明らかに読み取れる。おつなの悲痛な叫びは、家族制度の軛のもとに苦しむ同時代の女性の声を代弁するものであった、といえよう。

極めて巧みなプロット把握にひかれていささか長い引用になつたが、後半にはこの戯曲をめぐる論点がよく見えている。ドラマの読みとしては「よその嫁のように従順になれない。そういう自分に愛想が尽きているが、どうにもならない」というおつなの性格の要にも目配りが利いている。ただしそれを「家族制度の軛」と結びつけて一般化するという公式で結ばれているのは物足りない。作品の独自性は何と言ってもおつなという女性の特異な性格の造型にあり、それをどういう観点で評価するかになお読みの余地が残されているのではないか。

おつなの性格については、当時社会的関心を集めていた〈新しい女〉、すなわち「人形の家」の主人公ノラと結びつけて了解しようとする発想がすでに秋庭論にも見えていたが、この通念を否定する読みが、近年井上理恵によって試みられている。▼注[8]

> このドラマは新しい女の悲劇ではない。新しい女になることのできない沈黙を強いられた女の悲劇なのである。岡田八千代は体面を気にする男の世界を否定し、親孝行という名の自己欺瞞性をついた。

フェミニズムの立場から、豊之助の性格の問題性を掘り下げ、おつなとノラの違いを明らかにしたもので、おつなの性格を「人形の家」と関連させた角度からの読みとしては、これ以上のものは必要がないだろう。しかし、おつなをノラとは別の意味での〈新しい女〉と見ることもできる。ノラは情理共に兼ね備えた優等生であるが、おつなは我と我が心をもてあましている女であり、作中人物としての性格《キャラクター》がそもそも違う。それは同じくイプセンの作品でも「ヘッダ・ガブラー」のヘッダに通じるものではないか。

＊

日本の作品に目を向けてもおつなのようなタイプには実は先例がある。八千代の結婚に関わった森鷗外の小説「半日」（『スバル』明四二・三）の「奥さん」がまさにそうではないか。

奥さんは此家に来てから、博士の母君をあの人としか云はない。博士が何故母さまと云はないかと云ふと、此家に来たのは、あなたの妻になりに来たので、あの人の子になりに来たのではないと答へることになつてゐる。

「あんな声の人があるでせうか。」奥さんは突然かう云ひ出した。「折角お休であなたが御所へ往くのをよして内に入らつしやつても、今に又お午だと、茶の間であの声がする。わたしはきつと気違になつてしまふ。」

夫の母がゐさへしなければ好いのだと思ふ。どこぞへ往つてしまへば好い。夫の姉の内へでも往けば好い。いやあそこにも姑があるから、所詮往かれぬ。いつそ死んでしまへば好いと思ふ。かう思つて、自分で怖ろしい事を思ふとも何とも感ぜぬのを、不思議に思ふのである。

娵に来た当座に、どうも夫と姑君とが話をするのが見てゐられぬので、席を起つと云ふことを、里へ帰つて話すと、「それは嫉妬だな」とお父様が道破したと云ふことである。

博士は此時こんな事を考へてゐる。一体おれの妻のやうな女が又と一人あるだらうか。（略）若し又精神の変調でないとすれば、心理上に彼女をどう解釈が出来よう。孝といふやうな固まつた概念のある国に、夫に対して姑のことをあんな風に云つて何とも思わぬ女がどうして出来たのか。西洋の思想から見ても、母といふものは神聖なものになつてゐるから、夫に対して姑を侮辱しても好いと思ふ女は先ずあるまい。東西の歴史は勿論、小説を見ても、脚本を見ても、おれの妻のやうな女はない。これもあらゆる値踏を踏み代へる今の時代の特有の産物なのかしらんと、博士はこんな風な事を思つてゐる。

夫の親が嫉妬の対象になり、その人さえ居なければ夫婦の幸せがあると信じ込む短絡性と、それの思いを表出することをためらわない言動に「半日」の「奥さん」とおつなの共通性が認められよう。鷗外との関係から見て、八千代が「半日」を読まなかつたことはあり得ない。おつなの性格造型に際してこの「奥さん」の〈新しさ〉が意識されていた可能性も十分に考えられるのである。ただし、おつなの性格は「奥さん」の引き写しではない。

「いつそ死んでしまへば好いと思ふ。かう思つて、自分で怖ろしい事を思うとも何とも感ぜぬのを、不思議に思ふのである。」という「奥さん」をなぞったように、「あのお父さんが居さへしなければこんな事になりはしなかつたのだよ、だからあたしはお父さんが憎らしくてたまらない。あたしは誰にも彼にもみんなあのお父さんをいぢめさしてやり度い。優しくなんかして貰ひたくないのだよ……」とおつなも言い放つのだが、この台詞の後「(急に声を放って泣く)」彼女には、「奥さん」とは異なり「自分で自分に愛想がつきて」いるという心の動きがある。「孝」の概念と無縁の心を持つているわけではないところにおつなの苦しみがある。「半日」の「奥さん」に似ながら、しかし旧さをも抱え込んだこの性格によってどんな主題が浮上し得るのか。それが「黄楊の櫛」をめぐる興味である。

鷗外作品の影は「半日」の他にも窺われるし、また後述のようにおつなの雄弁な台詞には、木下杢太郎の「和泉屋染物店」(明四四・三『スバル』)の主人公幸一のそれとの共振を感じさせるものもあって、「習作」から「黄楊の櫛」にいたる時期の八千代が周囲から吸収したものの多さを思わずにはいられない。

四　おつなの性格造型について

ドラマは櫛製造所の店先で主人豊之助が「お店《たな》」の小僧為吉を相手にしている場面から始まる。二人のやりとりから、義理ある「お店」の若旦那が嫁を迎えようとしていて、豊之助が今夜その娘を先方へ連れて行く予定であること、また花嫁への贈物として注文された櫛の作り直しを求められていることが分かる。この場の焦点は、三十三枚歯の櫛にまつわる話にある。

為吉　なぜ三十三枚歯のある櫛は縁起が悪いんだい？
豊之助　知らねえな。なんでも此歯をかうして指の先で撫でながら、年越の晩に四ッ角に立つて願ふと、どんな呪いでも利くといふんだ。まァ昔者の迷信さ。

三十三枚歯の櫛にまつわる迷信の由来は分からない。辻占の俗信[注9]による作り事だろうか。観客に不吉な予感をもたらし、豊之助の死によってそれが現実のものになる結末は、先にふれた「習作」と同じく教科書通りの気分劇（メーテルリンク流の象徴劇）の手法である。しかし、どうしてこんな禍々しい作り事の話を設ける必要があるのか。八千代は芝居をよく心得た作家だと言われている。不吉な予感を持たせるだけなら、同じ小道具にせよ、もっと自然で効果的な台詞があるだろう。櫛の歯が不意に欠けたという話にすればよい。敢えてそうしなかったのは、三十三という数字と櫛と呪詛の組み合わせにこだわったからではないか。

河合武雄と中村鶴蔵による松竹座の舞台[注10]を見た感想として、八千代は次のように記している。

此の黄楊の櫛は、いたづらに心中の芝居ではなくのろひの利くと言ふ三十三枚の櫛を偶然に造った職人が、元の女房の痴情の為に刺されるといふ処に一つの面白みがあるので、すべて小僧の白にまつ処が多いのに、その作者の心持が、全体の俳優に行き届いて居なかつた（略）あれは、ひゆでも寓意でもない一つのあの芝居の大切な象徴だということを全体の俳優に呑み込んで貰はなくてはならない。

（「独白と傍白」『劇と評論』昭二・五）

心中の悲劇を予告する大事な場面というのはその通りだろうが、象徴としての意味にはそれ以上のものがあるのではないか。櫛をめぐるやりとりの中で繰り返される三十三という数は、いわゆる女の大厄に通じている、これは当時の観客には直感されたに違いない。また櫛は古代から女性あるいはその形代と見なされてきた。[注11] 櫛＝女性という連想が、三十三という数で念押しされたかたちである。要するに三十三枚歯の黄楊の櫛は、出来損ないの、不幸な運命に支配された女としての、おつな自身の象徴なのだ。したがって、この一場の終わりに置かれた「（ぢつと考へて櫛の歯を数へる）ちよッ、如何したつて三十三枚だ。今迄にこんなに気に入つた出来の櫛はねえのになァ」という、豊之助の台詞に託された意味は大きい。

続いて第二場では、おつなに頼まれて掛け合いに来た老女おさつと豊之助、父親のやりとりを通して、おつなが家に入れられない事情が明かされる。「お前さんだつておつなさんにや惚れてるぢやないか」と言われながら、父親を突き飛ばして怪我させたのが許せないとして、彼女を拒み通さねばならない事情には、親や兄姉に対する立場と、腕のよい職人としてだけでなく孝行で律儀な人柄を見込んで店を持たせてもらえたという「お店《たな》」への義理立てが絡んでいる。そうした関係性を優先せざるを得ない豊之助なのである。またこのやりとりでは、「あの女の癇癪と来た日にや、他人の思ふやうなもんぢやねえんだからね。」や「亦いつかのように刃物ざんまい」、といった台詞が、観客にサスペンス含みの期待をもたらす。

噂の人物がやがて登場し悲劇が起こるという展開は、これも気分劇の手法と見なされてよい。彼女は剃刀を忍ばせて、そのイメージにふさわしい登場の仕方をする。こうしたやり方は一つの挑戦でもあって、観客の先入観を主人公に対する共感に転じられるかどうかで作者の力量が正確に測られてしまう。後半の豊之助とのやりとりの分析が重要な所以だが、彼女を支配している狂気に改めて気付かされながらも、事は無理心中のかたちでしか終わりようがなかつたのだと納得されるところに、この戯曲の対話劇としての水準の高さがある。

*

おさつが腹を立てて去った後の親子二人のやりとりでは、父親藤平の穏やかで控えめな人柄が強調されている。

父親（略）なア豊。己《おい》らはもう老人《としより》だ。ちつとやそつと邪魔にされたつて当前だと断念《あき》らめて居るんだから、なア、真実《ほんたう》の総領にだって娘にだつて邪魔にされぬいた己だ。末ツ子のお前がこんなに孝行してくれるんだもの。その嫁に少しぐらゐ邪魔にされたつて己らは決してお前を何とも思やしねえ。決して思やしねえから、少しでもあの女が可愛さうだと思ふなら、も一度呼びかへしておやり、よく〱不可なけりや、己らは何処へでも行くから。

この台詞はこの作品が「家族制度といふものを批判した一種の社会劇」（秋庭太郎）という見方で片付けられないものであることを示している。父親は〈敵役〉としての性格に欠け、また「制度」から言えば豊之助に父の世話をする義務はない。ここにあるのは、老いた親の世話を誰が引き受けるかという、制度では解決しがたい問題である。だからこそ「孝」の観念が必要ということになるが、鷗外の「半日」はそれを欠くタイプの出現を問題化していた。おつなの言動との類似性も先に指摘した通りである。

それとの関わりで想起されるのは、同じく鷗外による（対話）「現代思想」である。リルケの戯曲（Das tagliche Leben）を翻訳した「家常茶飯」の付録[注12]とされた解説で、鷗外はこの戯曲の興味がその中に登場する「姉」の言動にあるとし、「われわれの教へられてゐる孝という思想は跡形もなく破壊せられ」ていると言う。すなわち老いた母親を献身的に世話をする姉が、その孝行ぶりに感心する弟に対して〈母親だから世話をしていると思いたくない、かわいそうな年寄りの面倒をみていたら、偶々それが自分の親だつたということであつて欲しい〉という意味の台詞で応えるエピソードがそれに当たる。

鷗外が指摘したのは、孝という観念の因襲的支配が問題化しつつある時代に向けての、一つの処方箋としての興味であろう。「家常茶飯」の「姉」は老いた親の世話をする必然性を、伝統的な徳目にではなく、自らの心が命じるところに従った行為として納得したいと言うのである。しかしながらこの処方箋にはジレンマを免れないところもある。それは〈では、心が命じなかったら？〉という問いの余地に関わっている。おつなの性格造型に関わる主要なモチーフは、まさにそこに見出されるべきではないか。本稿では踏み込まないが、結婚を世話されたことも含めてさまざまな意味での鷗外への意識性の問題は八千代を理解する鍵の一つであるに違いない

五　私は私でいたい――おつなの悲劇

父親とお袖の噂をして豊之助が風呂屋に出かけた後、「お店《たな》」の嫁候補の娘お袖が来て、店先での二人のやりとりになる。そこでの「父親　そんなに脹れちやお嫁ひ貰い手がなくなりますぜ／お袖　いゝわなくつたつて／父親　夫では一生兄さんのやつかいものかな」というやりとりは二人にとっては冗談口に過ぎないが、そこに作品のテーマに通じる、望ますして「やつかいもの」になる可能性は誰にでもあるのだというメッセージを読むこともできる。その

終わり方に、帯に剃刀を手挟む格好で店を「（密かに窺う）」おつなの登場があり、「お嫁さん」ということばに聞き耳を立てるしぐさから、おつの話から生じた誤解のために焦慮に駆られる彼女の心が見て取れる。そして藤平とお袖が二階に上がるのと入れ違いに銭湯から戻った豊之助がおつなに掴まって、以後はほとんど彼ら二人の対話のみで展開するドラマの後半に入る。

そのはじめは、自分の代わりにお袖が豊之助の嫁に来るのだというおつなの思い込みをめぐる押し問答で、「おともあるべきものが、あんな処の娘を貰ふもんかね。」「たとへどんな処の娘だらうが気に入りや貰はねえとは限りやしねえんだ。」という応答が興味深い。と言うのは、自分を捨てるつもりかとおつなに問われ「己れの心はお前も知つてる筈ぢやねえか」と答える台詞と重なつて、豊之助にも制度や世間の習わしは心次第でどうともなるという意識のある事が示されているからである。その心を無理に押さえつけて生きようとする彼に、自分を嫌つていないならその心に従つた行動をして欲しいとおつなは訴える。その対立が以後の対話の基線である。

嫌われているわけでは無いと知つて、おつなの態度は「（や、安堵せる如く）」変化し、台詞は半ば甘えを含んだ恨み言のニユアンスを帯びる。緩急の波が巧みに配された対話によって、観客は次第におつなの心の揺れに引き込まれて行かざるを得ない。

「今度だつて、きつと何とかするからつてお言ひだから帰つたんだよ。もう三月にもなるのに何とも言つて来ちや呉れないんだもの。おまけに私に内證で家中で越して終《しま》ふんだもの。」という台詞から口約束を心頼みにしてきたあわれな立場が見える。

「親父の気に染まねえ家に片時だつて住んでりや不孝ぢやねえか。」、どうして「己れの万分の一も親父のことを思つてくれねえのか」という豊之助の恨み言に、「あ、何故。あたしにはお前さんのやうな優しい心を持つ事が出来ないんだらうね。何でもない事ぢやないか。あの袖ちやんのやうにおとなしくやりや好いんだもの。」と自分を責めてみせるおつなのだが、まだ望みを捨ててはいない。

豊之助　する気が無えから出来ねえんだ。己らだつてお前に袖ちやん位の優しい心がけがありや何も好んで別れるたア言やアしねえんだ。

おつな　ぢやお前さんは私を嫌つてるんぢや無いんだね。

豊之助　当前《あたりめえ》ぢやねえか。

おつな　あゝ嬉しい。ぢやアお父さんの前だけであんな事ををばさんに言つたんだね。

豊之助　分かりきつてるぢやねえか。

おつな　ぢやア、私と此処を逃げておくれ

豊之助　〈驚きて〉馬鹿な事を言ふな。親を捨て、女房と家を出られるもんか。考へても見ろ。

おつなの要求はまことに短絡的で豊之助でなくても驚くが、おそらく彼女にとつては心と行動が一致しない方がおかしいのだ。二人のすれ違いに心と行動の関係をめぐる異質な考え方の対置を読む必要がある。それゆえおつなは豊之助の心を測りかねて、なお希みをつなごうとする。

豊之助　何も袖ちやんが特別優しい訳ぢやありやしねえんだ。お前さへ当前《あたりめへ》の女になつてくれりや好いんだ。

おつな　今迄にだつて何度も何度もあたしは当前の女になれるつもりで帰つては来るんだけれ共。なぜ外《よそ》の女は私よりも優しいんだか。あたしはもう自分で自分に愛想がつきて居るんだよ。さうかと言つて、如何してもお前さんに別れちやア。あたしは淋しくつて淋しくつて、暮しちや行かれないんだから。お願いだお金丈の事なら、私が又師匠をするなり何なりしてお父さんの世話はするから。さア直ぐに逃げておくれ。

再び一緒に逃げてくれと迫って拒絶された時「それぢやア私は如何したら好いんだらうねえ」とおつなは言う。それは掛け値なしの困惑を伝える台詞なのである。

しかし、それに対し「親父の言ふ事なら、どんな事でもするやうな女にならなくちや、とても添つて行く事は出来ねえのだ。」と言い放った豊之助の言葉で、自分の望みが容れられることの困難さがようやく彼女にも見えてくる。

＊

二人の間が緊張したところで、二階から下への動きがあり、豊之助はおつなを物陰に隠してその場を取り繕い、父親とお袖は一足先に「お店」に出かけることとなる。この場面を経て、対話は破局に向けて大きく旋回し出す。

和気藹々の二人の後姿を見送つて、「如何してあ、あの人達は仲よく出来るんだらうねえ。憎らしい、石でも投《はふ》つてやり度いよ。」といまいましがるおつなに、豊之助は「いまいましいのは手前の心ぢやねえか。如何してお前はさう気が荒くなつたんだらうなア。」と嘆く。問題の在りかを前景化する台詞だろう。

「あたしの気の荒くなつたのはお前さんの為だよ。」と応じられて豊之助は驚くが、その理由を語る長大な台詞こそがドラマの要である。

彼女はまず父親が来るまでは「こんなに気のいらくした女ぢやなかつたんだよ」と言う。思いのままに振る舞つて、「夫れでもお前さんはいつでも機嫌よく叱言なんか言つた事はなかつた」。それなのに父親が来からは「あ、しちや不可ない、かうしちや不可ない」「朝から晩までお父さんお父さんで」、「あの人が来てからと言ふものは、あたしはい

つが日にも自分が自分らしいと思つた事は一度もありやしない」。彼女の台詞はいかにも大人気ない繰言と言う他ない。しかし注目すべきは心の変化を余儀なくされた事情を説く部分である。

豊之助と暮らす以前の自分は「酒呑みの親父と、意地の悪い継母」のために「小さく小さくなつて居た」。

夫れがお前さんの処へ来てからは、急に大きくなつたやうな気がしたのだ。全《まる》で、寒い荒野《あらの》から、好い心持に暖かい綺麗な野原にでも来たやうな気がしたんだよ。たまに寒い処へでも帰されでもする事なら、夫も運だと思つて断念《あき》らめられない私でも無かつたのに、さんざん心持ちの好い野原に置いておいてもう寒い味なんか忘れてしまつた時分に、また其処を急に追つぱらはうとしたつて、それは無理だよ。

おつなは言うなれば〈私が私であるだけで、すべてゆるされ受け入れられている〉状態をひとたび経験しながら、それを失った者の苦しみを語つているのである。至福の時を知つてしまつたために、もうその自分を押し殺して生きることの出来ない心になつてしまつた。それをなぜ分かつてくれないかというのがおつなの訴えである。父親に辛く当たつたのも、そんな私が「お前さんの心を取り戻さう」と思つてしたので「少しも悪いとは思つて居ない」。今さら責めるなら、なぜ最初から押さえつけてはくれなかつたのか。

要するに、豊之助との生活は彼女に一つの目覚めをもたらしたのである。それが生きる喜びを得た日々の記憶と結びついたものであるために、もう豊之助が求める「当前の女《あたりめえ》」にはなれないのだ。あなたが変わつたのはお父さんが来たせいだ。だから元の二人になりたくて、お父さんに邪険にしたのだ。私はあの人が憎くてたまらない、と続く長台詞の終わりに来るのは、「（急に声を放つて泣く）」という行為である。それは、この語りの過程が彼女自身にとつても、もはやそれ以外の女としては生きられないという自己確認をもたらした事を窺わせる。

豊之助　お前《めへ》のいふ事にも理屈はある。けれども、お前は自分の言ふ事ばかりを耳に入れて人の言ふ事には少しも身を入れてくれないのだ。なぜさうお前は片寄つた心ばかりを持つているのだ。お前は少しもお父さんを如何いふ人だと思つて見た事もねえんだ。

おつな　少しも無いよ。お前さんを取つてしまつたやうな人に優しくする訳が無いんだもの。

豊之助　又さう言ふ分からねえ事を言ふ。お前がいつまでもさう言ふ心で居るんぢや、己らはいつまでゝもお前と一処になることは出来ねえ。

おつな　お前さんはどうしてお父さんが来てからつてもの、そんなに強つ気になつてしまつたの?どうしてもあたしにや、お前さんが前のやうにあたしの事を思つてるとは思はれないよ。

豊之助　お前は己らの心をみじんも察しちやくれないのだ。分からねえのだ。

おつな　あゝ分からないよ。分からない。分からない。

（おつな。首を激しく振つて泣く）

最後の子供じみた拒絶のしぐさから伝わって来るのは、自らの心の声に従って生きるしかない自分と豊之助との埋めようのない距離を知った絶望の思いである。

六　「和泉屋染物店」との響き合い

おつなの愁嘆が嵩じたところに「お店《たな》」から催促に来た丁稚の為吉が現れる。身を隠した二人の耳に店に置かれた櫛をいじりながらの彼の独り言が聞こえる。

さつきの櫛だな。三十三枚か。（思ひ出したやうに）豊さんは居ませんか。死んだんですかい。いやになつちまうなア。お嫁さんを早く連れて来て下さいつて待つてますよ。……

この幕開きの場面の変奏でドラマはいよいよ終幕に向かう。「お嫁さんを早く連れて来て」ということばがおつなの心にどう響いたか。

豊さん。後生だ詫まるから今日はお店に行かないでお呉れ。今日丈行かないで呉れゝば、あたしきつと優しくしてみせる。死ぬ苦しみをしても優しくするから……。

後がないという思い込みが、はては「（大地へ頭をつける）」というなりふり構わぬ哀願に彼女を走らせる。持て余した豊之助はふと櫛を取りあげて、おつなに渡そうとする。

さア之で髪でも梳いて今日丈は帰つてくれ。さうしてお前もかう云ふ縁だと断念《あきら》めて、お前が己を思つてるなら、どうぞ己が迎ひに行くまで待つて、呉れ。この櫛は近頃になく己の気に入つた出来なんだ。之をお前に預けて置くから。な。夫れを己だと思つて大切にして呉んな。え、おつな。

先の小僧の〈台詞〉といい、この豊之助のそれといい、おつなの不運な誤解を解き難いものにするよう計算されつくした台詞である。櫛を別れの際の形見とする風習もある。「夫れを己だと思つて大切に」といわれれば、追いつめられた彼女が狂うのは当然だ。

櫛を投げ捨て、▼注[13] 今日は死んでも帰らないという彼女の気迫におされた豊之助は、無理に父親に仕えさせようとした自分が間違つていた、時が来たらきつと迎えに行くと説いて、その場を収めようとする。しかし行かせれば豊之助がお袖を嫁にすると思いこんだおつなにはもはや通じない。父親にもこうしてあやまるからと（口惜しげに地へ手をつく）という屈従の態度までして引き留めに必死な彼女は、「もう遅い」という豊之助に「お前さんは如何してさう気が強くなつてしまつたんだい？」と、先ほどの彼と同じ嘆きを口にする。

豊之助は父親に怪我をさせた女房を家に置いては、兄姉や世間に顔向けが出来ないという理屈に立てこもる。

お前の気を荒くしたのが己なら、己をこんなに強くしたのもお前だ。己達はお互いになり度もない身の上になつてるんだ。親父を無事に見送つてしまはねえ中は如何しても己はお前と一処になる事は出来ねえ。

おそらく豊之助も、おつなとの押し問答の過程で、心と行動の齟齬を生きねばならぬ自己の確認を強いられている。しかしおつなに通じるのは、「幾ら己が好きだからといつて」、「己に気にいつた女房だからと言つて」という本音の繰り返しだけである。その心に彼が従ってさえくれれば、という思いが剃刀を握つて駆け出そうとする彼女の行動を誘発する。

もうどうせお前さんが置いてくれなきや死んでしまふあたしだ。お父さんを殺してゞも好い、一日でも一時間でもお前さんと元のやうに二人きり暮らしてからあたしは死ぬ。

このおつなの台詞は、かつて味わつた至福の日々への彼女の執着を如実に示している。それに対して豊之助から「人を殺して手前《てめへ》一分でも安穏に暮らせると思つて居るのか」「たとへ、夫れが知れないにした処が、親を殺した女と一秒でも己が一処に住めると思ふのか。」とたたみ掛けられたおつなは、遂に追いつめられて、「二人でお父さんの居ない処へ行こう」とつぶやき無理心中に及んでしまう。

「親父を無事に見送つてしまはねえ中は」と言われながら、なぜ彼女は待てなかつたのか。実家に戻されるのが度重なつてもう行くところのない事情があり、豊之助を行かせれば、お袖が自分の後釜に入るという誤解の不運がある。しかしこの悲劇の根本が、夫の父親との同居に堪えられない彼女の心にあることは明らかである。その心さえ隠していればなんでもなかつたのだが、「なぜの外《ほか》の女は私よりもやさしいんだか」と悩むおつなは、いわば〈仮面〉を被つて生きることを知らない女である。それを被り通す決意があれば、善悪の彼岸で生きられるという鷗外の戯曲「仮面」（明四二・四『スバル』）を思い起こせば、その対極に彼女の性格の意味が見いだせる。「仮面」は発表後間もなく新派によって上演されており、八千代がその作品を知らなかったはずはない。

＊

さて、引用が多く読みが冗長になったが「家族制度」や「結婚制度」の問題には回収しえないようなおつなの性格を具体的に伝える必要があったからである。そのような人物を造型したことで「黄楊の櫛」は自らの心に忠実な生への渇望をテーマ化した戯曲となったと言える。

作者がなぜそんなドラマを書きたかったのか、説明はいろいろな観点から可能だろうが。とにかく女性劇作家としてすぐれて野心的な試みであったことは間違いない。その冒険の契機としてこれまで鷗外作品との関連性を考えて来たのだが、さらに木下杢太郎の戯曲「和泉屋染物店」との共鳴性に言及しておきたい。

ドラマの終わり方に、おつなが相手を動かそうと「（大地へ頭をつける。）」場面がある。その構図から自ずと浮かぶのは「和泉屋染物店」のクライマックスである。一方は土下座して哀願し、他方はそれを見おろして動こうとしない。哀願の中身がものの見事に対照的な事がかえって「黄楊の櫛」のモチーフへの影響を思わせる。なにより「黄楊の櫛」のテーマを心と行動の一致という問題をめぐるものと読んだ場合、「お父さん、義理よりももつと大事なものが人間にはあるのですよ。」「義理より大切な事とは？」「自分の心の命令です。」という「和泉屋染物店」の幸一と父のやりとりは、そのままおつなと豊之助が交わすものであってよいと思えるのである。

また、先述のようにおつなには、自分がそのような女にならざるを得なかつた事情を比喩混じりで語る長台詞があるが、幸一にも全く同様の必要からされた長大な語りがある。

幸一　暗い夜の世界から私は始めて明るい世界を見たのですね。（略）積もり積つた人の思が厚い洞の壁に孔《あな》を明けたのだ。其孔から明るい外が見えたのだ。もつと広い、広い金色《きんいろ》に光つた海の表面が見えたのだ。その海の向こふに本当の都があつたのだ。さうです。その世界へ。広い、広い緑色《みどりいろ》の世界へ、私達は行かなけりやならないのです。

この台詞と「夫れがお前さんの処へ来てからは、急に大きくなつたやうな気がしたのだ。全《まる》で、寒い荒野《あらの》から、好い心持に暖かい綺麗な野原にでも来たやうな気がしたんだよ。」というおつなのそれには、語りの動機に加えて比喩や文体にも通い合うものが認められる。「黄楊の櫛」は、初出と流布本のテキストとしての異同がさほど多くない作品だが、この箇所だけは例外で、初出では倍近くの長さがあり、この台詞に対する作者の思い入れは明らかである。幸一が非在の「広い、広い緑色の世界」に憧れずにいられないのは、「今思へば、あんな心のはずんだ、生甲斐のある生活は今迄は知らなかつたのでした」と顧みられる時と場所にひとたびは生きたことの実感があったからである。

「和泉屋染物店」の影響は気分劇の手法の面でも考えられるが、「黄楊の櫛」のモチーフとの関係を直接示す資料は今のところ挙げられない。（もっとも人脈から言えば、八千代は杢太郎の仕事に無関心であったと考える方が難しいのだが）その点はこれまで引き合いに出して来た鷗外の作品についても同じである。しかしもとより作品の響き合いなどというものは、読みを通じてしか論じようのないレベルのそれでなければ問題にならない。

そして「黄楊の櫛」はそうした観点からの読みに堪える要素に富んでいる。この戯曲の制作に関わる用意の周到さが思われるゆえんであり、当時の八千代は方法に極めて意識的であり、鷗外や杢太郎の作品を足がかりに、独自のテーマを実現できる力を持つていた作家として再評価されてよい。社会問題にしても、女性の問題にしても、時代の流行と自身のモチーフを区別し得たのが、劇作家としての八千代の個性であった。

【注】

［1］井上理恵による八千代の仕事全体にわたる「岡田八千代の著作年譜」（『吉備国際大学社会学部紀要　15号』二〇〇五・三）が注目される。

［2］八千代劇作年表

1　蓬生　明三六・六　『明星』
2　築島　明三九・一　『明星』
3　灰燼　脚色　明治三九・一〜二　『歌舞伎』

明治三十九年（二十三歳）の暮に鷗外の世話で画家岡田三郎助（三十七歳）と結婚。
明治四十四年九月、『青鞜』創刊に際し顧問となる。

4　習作　明治四五・三　『青鞜』
5　しがらみ草紙　大正一・八　『三田文学』
6　黄楊の櫛　大正一・九　『演芸倶楽部』
7　おまん源五兵衛　脚色　大正二・九『青鞜』
8　春が逝く　大正三・四『スバル』
9　帰京（後「静夜」と改題）　大正九・七『三田文学』
10　蛇遣ひ　大正一〇・二『新演芸』
11　十三夜　脚色　大正一一・八『新演芸』
12　四国廻り　翻案　大正一一・二　『新演芸』

大正十一年十二月、児童劇団芽生座創立。
大正十二年七月、長谷川時雨と女人芸術社を起こし『女人芸術』創刊。
大正十四年、夫との別居を決意。五月、芽生座機関誌『芽生』創刊。

13　次郎吉懺悔　鈴木泉三郎原案　昭一・一二『劇と評論』
14　早春　昭二・一『劇と評論』
15　銀三貫目　昭二・三　『劇と評論』
16　イワンの馬鹿　脚色　昭二・一二　『劇と評論』
17　敗北者　未詳　春陽堂版日本戯曲全集現代篇第四輯　（昭和四・七）に収録

昭和五年四月～九年十月、フランス滞在。

昭和二十三年、日本女流劇作家会を創立し会報『アカンサス』を主宰。

18　鏡台　昭二四・三、五　『アカンサス』
19　替え扇　清元　昭二九・一一『女流戯曲選集』日本女流劇作家会
20　高遠の秋　未詳
21　まぼろし牡丹　舞踏劇　昭三七『現代女流脚本集』弥生書房

※　藤木宏幸篇年譜（『明治近代劇集』明治文学全集86　筑摩書房　昭四四・三）を基に補筆した。

［3］『日本新劇史　下巻』（昭三一・一一　理想社）。

［4］例えば「次郎吉懺悔」の付記「次郎吉懺悔三ツ目について」（『劇と評論』昭一・一二）参照。

［5］注［3］に同じ。

［6］「当篇は、古い家族制度にしばられた日本女性の呪詛と反抗をテーマとしている。」（大江良太郎「小紋の似合つた芹影女史…岡田八千代先生を偲ぶ」『文学散歩』昭三七・六）。「彼女は決して悪い人間ではなく、その行為は必ずしも非難することはできない。それなのに何故彼女は家から追いだされなければならなかったのであろうか。それは家族制度のためだ、家族制度が存在するために、妻のそして女性の人格や自由が尊重されないからだと作者はおつなの口をかりてささやかな抗議を試みている。その意味でこの作品は本格的な思想劇とまではいえなくとも少なくとも近代的な思想劇への契機を含んでいる。」（大山功『近代日本戯曲史』第二巻　昭四四・一〇）。

［7］「岡田八千代『黄楊の櫛』のおつな」（『国文学』昭五五・三　学燈社）。

［8］「『黄楊の櫛』（一幕）」（『20世紀の戯曲』一九九八・二　社会評論社）。

[9]『古事類苑』は「よゐよゐにつげのをぐしのうらをしてつれなきひとをなをたのむかな」（新撰六帖　五）という歌を挙げて辻占の風習を次のように記している。「此歌は古記云、児女子云、持黄楊櫛女三人、向三辻問之、又午歳女午日問之、今案三度誦此歌、作堺散米、鳴櫛歯三度、後堺内来人、答為内人言語聞、推吉凶云々、くしの占といふこと、かくのごとし」。また櫛を別れの際に与えるという風習もあり、斎宮を伊勢に送る際の皇室の儀式に由来するものとい云われている。

[10] 初演は、一九二一（大一〇）年五月、喜多村緑郎・松本要次郎らによるものとされている。それ以前にもありそうだが未詳。ここでの八千代の言及は一九二七年四月の舞台。

[11]『古事記』の八岐大蛇退治の話でスサノオのミコトがクシナダヒメを櫛に変身させている。

[12]「家常茶飯」は明治四十二年十月、「現代思想」と共に『太陽』に掲載。

[13] 初出テクストでは、彼女は黙つて櫛を頭に挿されるままにしていて、この出来損ないの黄楊の櫛が彼女自身の象徴であることを暗示する場面と読める、流布しているテクストの方が分かりやすいが、観客にほっと息をつがせる初出の場面も、緩急の効果とおつなはおつなにしかなれないという事を物語るものとして捨て難い。

※「黄楊の櫛」本文の引用は、春陽堂版『日本戯曲全集36』を流布本と見て、これに拠つた。初出、籾山書店『絵具箱』（一九一二・一二）、と春陽版、それぞれのテクスト間に異同が見られるが、著者による判断を反映した最終形は春陽堂版と考えられるからである。

※ 58ページ、図版は初出誌『演芸倶楽部』（明四五・九）の鏑木清方による挿画。

第三章◉岸田國士「沢氏の二人娘」論 ——菊池寛「父帰る」を補助線として

一　作品論のモチーフと仮説

「沢氏の二人娘」（昭一〇・一『中央公論』）は、岸田が創作の力点を小説に移しつつあった時期に書かれた戯曲の一つである。これを収録して昭和十五年に刊行した改造社版『新日本文学全集』第三巻の「あとがき」で彼は次のように述べている。

「沢氏の二人娘」と「歳月」とは、同じ年の一月と三月とに、相次いで発表したもので、この頃、私の戯曲創作熱が再燃しかけたことを証明している。（略）

たゞ、このへんで、私は、「戯曲のための戯曲」といふ創作態度を翻然改めるべく決心したことを附言しておかう。恐らく、これらを最後として、若し私に将来戯曲作品を発表する機会があるとすれば、それはや、面目を一新したものになるであらう。

「戯曲は如何に書かるべきか」という修行は、もう私をうんざりさせた。そろそろもう、「戯曲によつて何をかたるべきか」といふ課題が私を捉へはじめてゐるのである。

かういふ迂遠な道を辿らねばならなかつた、「私たちの時代」を、後世の文学史家はとくと研究してみねばならぬと、ひそかに私は信じてゐる。


のっけからやや長い引用になったが、この発言は「沢氏の二人娘」と「歳月」をもって自らの劇作の〈中仕切り〉とする意思表明と見なされてよい。同じ「あとがき」の別の箇所に見られる「この集に入れた戯曲三篇[注1]は、それぞれ、劇作家としての私にとつて、ある意味での記念作である」ということばと合わせて極めて興味深い述懐である。

引用箇所はよく知られた発言ではあるのだが、時期的に作家論的関心が先行しがちでこれを作品論の契機とする発想はほとんど見られない。いったい「沢氏の二人娘」や「歳月」は、果たしてどのような意味での「記念作」であり、〈中仕切り〉にふさわしい戯曲なのか。この問いについて、作品の読みを通じたアプローチがあってよいと思うのである。

*

引用の文脈をたどれば、「沢氏の二人娘」は、岸田にとって「『戯曲は如何に書かるべきか』という修行」の終わりを意識して書いた最初の作[注2]に当たることになる。その「迂遠な道」を彼に強いた「私たちの時代」をめぐる研究は後世に託されたわけだが、それについては越智治雄の精緻な論考に従い、現代戯曲の旗手として期待された岸田が直面したヂレンマ、すなわち日本における近代戯曲の未成熟という問題を想起すればここでは足る[注3]。

拙稿の関心は、「沢氏の二人娘」が岸田の「修行」時代の終わりにどうふさわしい戯曲なのか、という問題にある。〈「戯曲は如何に書かるべきか」を知りたければ、これらを読んでみよ〉と言いたげな「あとがき」の口ぶりも興味を引く。

岸田が「二つの戯曲時代」[注4]において先輩格の劇作家を評し「久保田の文体、菊池の主題、山本の構成」と述べたことは良く知られているが、新劇史における彼らの地位を思えば、岸田にとって「『戯曲は如何に書かるべきか』という修行」の時代とは、つまるところ彼らの書いた日本の〈近代戯曲〉との格闘時代に他ならなかったのではないか。「沢氏の二人娘」（また「歳月」）がその時代の終わりを画するものなら、それは彼の〈修行時代〉のいわば〈卒業制作〉に等しい。では、それにふさわしい「記念作」として自他共に認め得るドラマがどのようにして可能か。これは難問である。

副題に示したように、以下の章では菊池寛の「父帰る」を補助線にしたアプローチを試みるが、この〈近代劇〉の大定番である作との関連付けが、岸田流の難問解決の方法だったというのが私の仮説である。

駆出しの頃、岸田はその舞台を見て泣いたという。劇評「春秋座の『父帰る』」[注5]の中で、彼はその「傑作」から「非常な感動を受け」たことを認めながらも、それは「単なる常識的感動」であり、それによって「芸術品の『効果』を期待するのは、私に云はせれば芸術の邪道である。」と断じている。「父帰る」に涙したのは舞台での父子の衝突が彼自身の体験に重なったためだとするのが通説であるが、同時にフランス演劇を学んだ劇作家としての不覚の思いがそこに想像されてよい。

おそらく岸田にとってこの観劇体験は心に深く刻まれた記憶として生き続けたに違いない。と言うのも、つかこうへいの「出発」のようにあからさまではないが、「沢氏の二人娘」も「父帰る」のパロディの一種と見なしうる戯曲だからである。

岸田が菊池寛の作品をどのように評価していたかの手がかりはまことに乏しい。軍人出身の律儀な岸田のことである。おそらく自分を世に出してくれた恩人に対する遠慮が働いていたに違いないが、まったく違ったシチュエーションにパロディを潜ませることで、菊池の〈近代劇〉に対する自らのスタンスを示したかったのではないのか。彼が「父帰る」という「傑作」を梃子として〈卒業制作〉を企てた可能性は高い。「あとがき」の口ぶりは、その目的をたしかに果たし得たという自負によるものではないか。

二 「父帰る」への通路

「沢氏の二人娘」と「父帰る」は一見かけ離れた印象のドラマだが、父親の性格や過去の行状には本質的な共通点がある。

「父帰る」の宗太郎は、家族を捨てて出奔後二十年を経て帰宅する。一方の沢一壽もみずから称するところ「海外放浪二十年」。共に二十年にわたって家族を顧みない身勝手な半生を送った点では全く同じである。

旧友である神谷の「さう云へば、この奥さんだな、（壁の写真を見ながら）苦労をさせたのは。留守宅俸給を逆為替で巻き上げたりなんかしてさ。」という冗談口に、一壽は「いや、ほんとの苦労は、それから先だ。マドリッドで首を切られた後、十年間義務不履行といふ時代があったんだ。」と応じている。

第一場の神谷との長いやりとりで、一壽の海外放浪には領事館員の時代と免職後の時代があったことが分かる。また「留守宅俸給」の話題によって、彼が最初から単身で海外に赴任していたことが分かる。つまり一壽という〈父〉は「留守宅俸給を逆為替で巻き上げ」るほど身勝手で、家族の困窮を顧みない外国暮らしを楽しんできた男なのである。

「一壽（略）忘れたかい、クレベエルのカフエーでさ、月給前になると、――エ・ギャルソン、ドゥウ・ブランなんて呶鳴つたもんだ。」「神谷　競馬で摺つた後なんかもね。」というやりとりは、その生活をおのずと髣髴させる。「副領事になると、とたんに、首が飛んだ」というのも、おおかた羽を伸ばし過ぎた報いだろう。

「女房は、しかし、泣きごとを云つて寄越さなかつた。吾輩は、アルヂェリアへ渡つて、一と旗挙げるつもりでゐたところが、ほら欧州大戦だ」。神谷の台詞に一度ならず「レジオン・ドヌウル」が出て来るのは、帰国の旅費さえなかった一壽が、フランス軍に義勇兵志願[注6]した結果であろう。つまり、「十年間義務不履行」の時期には兵士として勇戦し栄誉をうけた得意の日もあったのである。このエピソードは「父帰る」の宗一郎にも興行師として羽振りのよい時期があったことを想起させる。[注7]

戯曲であれ小説であれ岸田作品に海外での生活経験がある人物が出てくると、それに〈デラシネ〉というわびしい、何となく悲劇的な印象の言葉がよく当てられるのだが、沢一壽は例外と見なければならない。彼の家族に対する無責任さや奔放な行状は、むしろ福田恆存が岸田について言った〈バガボンド〉[注8]にふさわしいもので、その意味でも「父帰る」の宗一郎との同類性を強く感じさせるのである。

*

次に作品から読み取れる範囲で、家族関係を整理しておきたい。ドラマの始まる時点で沢氏は五十五歳、妻の危篤による帰国は「一九二四年」である。〈時代〉は「昭和年代」と指定されているだけで、帰国後何年が経ったのかは直ちには分からない。ただしよく読むと家政婦らくの娘桃枝の台詞中に「十年も前に死んだ奥さんの写真が、」とあることから、第一場の現在はおよそ〈一九三四年〉という答えが出る。ところが、さらに家族の年齢と合わせて考えると奇妙なことが見えてくる。

一壽の愛子に向けた台詞に「お前が四つ、姉さんが六つの時には、もうわしは日本を離れ」とあり、姉妹は現在二十四歳と二十六歳である。「海外放浪二十年」を引き算すればなるほど辻褄は合うようだ。ところが、先の桃枝の台詞によって帰国後の年数をプラスすると矛盾が出る。一壽の離日から現在までを通算すれば三十年で、姉妹の現在の年齢を超えてしまうのである。

この無理をどう考えればよいのか。文学座四十五周年記念公演（加藤新吉演出）の録画[注9]を見ると、家族は一足先に帰国したとするナレーションを冒頭に入れ、幕開きのらくと桃枝の台詞を大幅にカットする演出で辻褄を合わせ？ていた。しかし岸田のような作者がこの矛盾を知らなかったはずもないだろう。

帰国の「一九二四年」、その後の「十年」、また姉妹の年齢という三点は動かない、とすれば一壽の「海外放浪二十年」が矛盾の種で、これを岸田が意識していたとすれば、受け取り方は一つしかない。「父帰る」の「家出して二十年」との符合をねらったと考えてはじめて納得がいくのである。「海外放浪二十年、多少は法螺も吹けるしね。若い医者を煙に捲くぐらゐなんでもないさ。」という調子で出てきた数字だから、「法螺」混じりの誇張だと説明する逃げ道もある。舞台では部分の印象は全体より強いもので、観客の意識に残るのは「海外放浪二十年」という言葉の方に相違なく、矛盾に気付く観客は先ずあるまい。それも承知の上での遊び心（パロディ精神）の存在がそこに想像されるのである。

「沢氏の二人娘」の家族史を時系列にそって整理すると左のようになる。

「海外放浪二十年」		
一壽離日（一九〇四頃？？？）——	帰国（一九二四）——	→現在（一九三四　ただし第二場まで）
一壽　？歳		五十五歳
母　？歳		危篤・死去（三十歳台）
初郎（十歳前後？）		死去（三十歳前後？）（船員）

悦子　六歳　　二十六歳（小学校教師）
愛子　四歳　　二十四歳（会社員）

こうして見ると、姉妹の年齢が手がかりとしては最も確かで、妻の写真の年齢からしても一壽の「海外放浪二十年」は計算に合わない。ちなみに「父帰る」の場合は次の通り。

「家出して二十年」
宗太郎出奔（明治二十年頃）――――→現在（明治四十年頃）
宗太郎　三十八歳　　五十八歳
母　三十一歳　　五十一歳
賢一郎　八歳　　二十八歳（下級官吏）
新二郎　三歳　　二十三歳（小学校教師）
おたね　一歳　　二十一歳（花嫁修業中）

両者を比較するとまるでアナグラムで、共通性と差異いずれにも偶然とは思えないものがある。父親不在の「二十年」という数字に加え、どちらも本来五人家族であり、子供達の年齢も似通っている。一番目の子供は性別が違うが、職業は同じく小学校教師である。

注目すべき相違は、「沢氏の二人娘」における長男の不在である。この春に死亡した初郎の年齢は、友人の田所理吉（二十九歳）に近いと考えるのが適当で、妹との年齢差からもそう推定される。すなわち「父帰る」の賢一郎とほとんど同じ年齢ということになる。新二郎と悦子は性別の入れ替え、三番目のおたねと愛子にはいずれも結婚話が持ち込まれている。それに対して長男は年齢のみ共通して、その他の違いが大きい。賢一郎が下級官吏であるのに対して初郎は船員、しかも母親と同じくドラマの現在ではもう亡くなっている。そして、おそらくはこの長男の不在が「父帰る」のパロディたる「沢氏の二人娘」のドラマトゥルギーの要である。

＊

一壽が日本を離れた時、初郎はおよそ十歳前後。賢一郎と同じく父のいない家の長男として彼がどのような生活を送ったか。一壽は領事館勤めの間も留守宅手当を巻き上げ、後の十年間は「義務不履行」という父である。家族は苦しんだに違いない。その生活の様子を窺わせるのが次のやり取りである。

悦子　どうせ気まぐれなんだから……。子供の頃の、なんとなく薄暗い生活が、かういふ人間を作つたんでせう。やつぱり、お弁当のおかずで卑下をした記憶が、どうしても抜けきらないからよ。

田所　初郎君からもよくそんなことを聞かされましたよ。お父さんのお留守中でせう。

兄妹三人の性格が皆極端だという話題で、その原因として過去の記憶がちらりと顔を出しているが、彼らの貧窮はこの程度に止まり、初郎は「父帰る」の賢一郎のように「俺達に父親があれば十の年から給仕をせいでも済んどる」というまでの苦労はしていない。一壽が神谷に「玉の輿……？　おい、おい、これでも氏は正しいんだぞ。」と言う台詞があるが、ある程度まで親戚の援助に頼れたのかも知れない。それゆえ初郎には「お前や、おたねのほんたうの父親は俺だ。父親の役目をしたのは俺ぢや。」とまで言う資格はなさそうだ。しかし次の台詞はその巧妙なパロデイとして読めるのである

悦子　兄さんが学校のお友達を大勢連れて来て「やいみんな、欲しいやつに、おれの妹やるぞ」なんて呶鳴つてたの、あれ、幾つぐらゐの時か知ら……。

悦子は「兄は暢気でしたね」というが、田所が語る船中でのエピソードは、暢気を通り越して奔放無頼な性格を暗示している。悦子と田所の対話は、長男が家父長の代役を強いられた「父帰る」への通路を示しつつ、初郎が賢一郎と似て非なる長男であったこと告げている。では、そのような性格設定がなぜ必要だったのか。

妻危篤の知らせで帰宅した一壽と初郎の出会いはどんなだったか。彼も長男ならさぞかし「父帰る」の賢一郎に劣らぬほど……、と想像しかけて初めて気付くが、その折の様子を知る手がかりがこの戯曲には一切無い。妻の危篤と船員だったという初郎の人物設定が、家族再会のまったく異なるありようを暗示しているが、それは読者（観客）が自由に想像すればよい、自分が書こうとするドラマの場はそこにはない。自分は菊池寛とは違うのだ、というのが作品のメッセージだろう。つまり、沢氏はとにかく家に迎え入れられた。問題はその後、なのである。

ちなみに、〈ドラマ〉をどこに見るかの問題に岸田は早くから意識的で、例えば「戯曲以前のもの」[注10]では「喧嘩の話を戯曲に仕組むにしても、必ずしも喧嘩の場面を使わなくてもいい」「喧嘩が済む。見物は散つて了ふ。額の血を拭きながら横町に消えて行く男の心持などは、もう誰も考へてはゐない。戯曲がそこから始まつてはなぜいけないのか。」と述べている。

拙稿冒頭で引用した文中の『戯曲は如何に書かるべきか』という修行」と、この述懐を関連づけることは可能だろう。そして「喧嘩の場面」と〈見物が散つて了つた後に来る場面〉の比喩は、「父帰る」と「沢氏の二人娘」の違いをも説明し得るものと考えられる。岸田にとっては、家族再会の場にドラマを設けるのは「常識的感動」に訴えるやりかたであり「芸術の邪道」なのである。「父帰る」を補助線にして考えると、この戯曲の方法意識に関わる論理が浮上してくる気がするが、それこそ彼の望むところではなかったか。

「沢氏の二人娘」は長男と母親がいない「父帰る」である。幼い頃に別れた〈二人娘〉には新二郎やおたねと同様父に対する抜き難い恨みや抵抗感がない。つまり「沢氏の二人娘」は「父帰る」という日本の近代劇の大定番への通路を示しながら、〈見せ消ち〉によってその対立軸を断ち切って見せ、そこから自らのドラマを立ち上げようとした作品だったのではないか。

三　愛子はなぜ家を出たのか

さてパロディの話は一段落として、岸田のドラマを読んでみよう。「沢氏の二人娘」は三場構成だが、ドラマ展開はきれいな起承転結である。〈起〉と〈承〉は第一場の神谷と第二場での田所というそれぞれの訪問が軸になった愛子の結婚に関わる話。〈転〉に当るのは第二場の終り、愛子が家を出る決心を父と姉に告げる場面である。それは沢氏の〈家〉が消滅する先触れとしてドラマの山場をなし、〈家族和解〉の「父帰る」とは対称的な志向を明かしている。第三場はその後日譚としての〈結〉びである。

第二場の最後に愛子は次のように言って家を出る。

（冷たく）パパ、あたしは、今日から、この家を出てくわ。なんにも心配しないで頂戴ね。いろんなことが、だんだんわかつて来たからだわ。自分の生活は、パパや姉さんのそばにないつてことがわかつたの……。

彼女はなぜ父や姉との暮らしに見切りをつけたのか。とりあえずその問題を念頭に読みを進めたい。

「沢氏の二人娘」という題からすれば当然なのだが、従来この戯曲の主な興味は姉妹の性格にあるとされてきた。例えば源高根による「主軸は、悦子、愛子の恋愛と結婚にまつわる姉妹相互の秘密の告白と実行の展開」▼注[11]という解説がある。

なるほど第二場には愛子の、第三場には悦子の深刻な〈告白〉場面がある。しかしよく読めば〈告白〉の場面は他にもある。すなわち第一場の終わりで、一壽が家政婦との関係を「突然」「宣告」する場面である。つまり「沢氏の二人娘」は三つの告白からなるドラマに違いない。一壽のそれは目立ちにくいが、それに対する愛子の態度から考えればドラマトウルギーの重要な柱と見なければならない。

第一場の終わり方に、家政婦のらくが電球のことで愛子に叱責されるのをきっかけとした次のやりとりがある。

悦子　球なんか自分で替へなさいよ。
（そのうちに、らくが、電球を持つて現はれる。愛子は引つたくるやうにそれを受け取つて、すかしてみる。）
愛子　駄目ぢやないの、これ、十六燭よ。三十二燭でなきや、暗くつて、字も読めないわ。
一壽　（娘のやや粗雑な言葉の調子を聞きとがめ、しばらく、ぢつと眼をつぶつてゐるが、やがて）おい、愛子、それから悦子、お前たちに云つておくがね……。（長い間）この女《ひと》は、もう雇人ぢやないんだよ。
（この突然の宣言に、女たち三人はそれぞれの驚き方で、すくむやうに後退りをしながら、互いに妙な会釈を交す。）

一壽　お前たちに「お母さん」と呼ばせるかどうか。そこまではなんとも云へない。お前たちの意見もあることだらう。ただ、かういふことは、内證にしておくべきではないと、今ふと考へついたんだ。お前たち二人は、なんにも心配しないで、伸び伸びと、自分の生活を築いて行きなさい。この女《ひと》も、半生は不仕合せだつた。わしも弱かつた。これも縁だろう。黙つて見逃しておいておくれ……。（らくと悦子とは、云ひ合はしたやうに顔を伏せる。愛子はひとり、昂然と、父の方を見据ゑてゐる。）

最初三人の女は同じような反応のしぐさをする。一壽の次の台詞に対しては（らくと悦子とは、云ひ合はしたやうに顔を伏せる。愛子はひとり、昂然と、父の方を見据ゑてゐる。）と、愛子だけ異なる反応をする。なぜなのか。

そもそも、いったいなぜ一壽は「今ふと考へつい」て、秘密を打ち明けたくなったのか。旧友の神谷が辞去するまでの展開にその気配はまるでない。したがって一壽の心境変化の要因はそのあとの田所の速達をめぐる対話にあるはずだ。そこでまず目を引くのが姉の悦子の言動である。田所の手紙を一壽が読み上げたすぐ後に次のやりとりがある。

愛子　なんだか変ね（悦子の方をみる）
悦子　（小声で）知つてるわよ。
一壽　小生一身上の問題か……。御親父たる貴下のご配慮とは、どういふ筋合のもんかな。
悦子　兄さんの代りにお父さんに心配していただかうつていふのよ。
一壽　それはわかつとるが、何を心配しろといふんだ。
愛子　そんな話聞かない方がいいわ。他人のことまで心配してたらきりがなくつてよ。

やがて訪問してくる田所に対するそれぞれに態度を予告するようなやりとりで、姉の悦子の事を好む心が頭をもたげたのが分かる。深入りを避けたい愛子のことばに取り合わず、悦子はさらに「兄さんのことからいろんなことを思ひ出したわ。」、「今晩は……、（略）嗤はれてもいいからあたし、少し、しんみりしようつと」と一人決めしてみせ、やがて「ねえ、お父さん、同胞《きやうだい》や親子の間に、何か秘密があるつてことは不幸ぢやない?」と一壽に語りかける。「親同胞つてもつと近いもんぢやないか」「お互に、知らないことが多すぎる」という畳み掛けに、それは「お互が一番頼りにならないから」と愛子が応じて意見が対立するが、やがて悦子の「今日は、三人で、約束しませうよ。お互に、心配なことはなんでも相談し合ふこと、いつさい秘密を作らないこと」という提案に行き着く。

愛子は気乗り薄であり、一壽は特に反応も示さない。そして、その後の思い出話が一段落した後に「かういふことは、内証にしておくべきでないと、今ふと考えついた」という一壽の〈告白〉場面が来るのである。見方にもよるが、ことの深刻さにもかかわらずこの成り行きは喜劇的だ。

それがつい先ほど「両方とも正しい。わしが折衷案を出す。」と言っていた中立的立場からの逸脱であることは言うまでもない。愛子の「ひとり、昂然と。父の方を見据ゑて」という態度はそれを感じての反発を示すものと受け取れる。〈告白〉の「ふと」した思いつきは、悦子の話にうっかり乗せられた結果だが、一壽はうかつにも自分のしたことの意味に気付いていない。

*

もともと娘二人には一種のライバル意識があるようで、▼注[12] 第一場の後半から第二場にかけての悦子の言動には、田所の出現に乗じて父の心を愛子から引き離そうという画策が見え隠れしている。

三人の間では「いつさい秘密を作らない」という提案は、父に知られたくない秘密を抱えた愛子の逃げ道を塞ぐための布石に違いない。姉の提案に対する愛子の反応は半ばそれを予想してのことであったろう。姉妹は原理的に相容れない生活信条の持ち主であり、愛子は徹底した個人主義者だが、悦子が訪ねてきた田所に「変りましたよ、以前と……。冷たいつていふのか、強いつていふのか、」と語るように、元来そうだった訳ではない。

第二場の力点の一つは、彼女の性格変化の必然性を伝えることである。「お互が一番頼りにならない」という愛子の自尊自立の信条は、一年前に田所によってもたらされた理不尽な体験を、誰一人相談できる人も無いまま乗り越える中に培われたものである。それは「新しい女の一つの型」（田中千禾夫）[注13]に一見似ていても、流行や風俗とは関係がない。

田所の求婚をめぐるプロットには、女性の人格を無視して憚らない社会習慣への告発を読むこともできるが、それは戯曲のテーマとはまた別で、愛子の極端な言動に対する読者（観客）の抵抗感を和らげる効果を意図したものと考えられる。

「世の中の面倒な問題、何が解決してくれると思つて？　一に勇気、二にお金、三に時間よ。名誉心や、同情がなんになるもんですか。」というのはいわば自らの血で贖われた信条であるゆえに、愛子には「同胞《きやうだい》や親子の間に、何か秘密があるつてことは不幸」とか「いつさい秘密を作らないこと」という悦子の主張は馬鹿馬鹿しいのみか、生理的に耐え難いものなのだ。「かういふことは、内証にしておくべきでないと、今ふと考へついた」と説明した父親に対する愛子の「昂然」とした態度は、自らの信条を支えに、人は人、自分は自分と思い定めたその心のあり方を示している。

第二場の後半に置かれた愛子の〈告白〉は、自ら望んでされたものではない。その点で一壽の〈告白〉とも、また第三場での悦子のそれとも異なっている。一壽は悦子の〈家族に隠し事なし〉路線を自ら実行したばかりか、次には愛子にもそれを強いる結果となった。

思いがけない求婚者田所の来訪に心理的な圧迫を受けながらも彼を無視し通す強さ[注14]を愛子は持っている。致命的だったのは一壽父親の言動であったに違いないが、ここでもこの父親はその意味に気付いていない。悦子はまるでメフィストのように動いている。田所から事の真相を巧みに聞きだし、暗示によって父を操る狂言回しの役割は台詞やト書きにはっきり示されている。

悦子　たうとう帰つたわね。どうなるかと思つたわ。
一壽　話を聞いたか？　阿呆らしい話を……。
悦子　阿呆らしいつて、あれ、愛ちやんが悪いのよ、きつと……。
一壽　どつちにしてもさ、阿呆らしいのはわしだ。わかつたやうなわからんやうな、妙な話もあつたもんさ。
　愛子は、お前に何か云うたかい？
悦子　両方の話を綜合すると、あたしには、ほぼ見当がつくわ。
一壽　それや、わしにもついとる。愛子の奴、手でも握ぎらせよつたんぢやらう。
悦子　さあ、それくらゐならね、向ふもああまでは云はない筈よ。
一壽　さうか知らん……。
悦子　ああ、人つてわからないもんだわ……。
一壽　どうでも、こいつ、白状させてやらう。
（そこへ愛子が、なんでもないやうな顔をして現はれる。）

その気になった一壽は、愛子に「なんとなく、わしは、お前の方に弱みがあるなといふ気がした。（略）こいつはひとつ、わしの耳に入れといてもらはんと困る。強いことを云ふて、あとで引つ込みがつかんやうになつたら、赤恥をかかにやならん。」と真相を話すよう要求し、悦子は横合いから「ひとりで苦しんでるのは損よ。」と後押しする。それらのことばは「名誉心や、同情がなんになるもんですか」という思いを逆なでしながら愛子を追い詰め、彼女にとってもとも知られたくない相手である父親への〈告白〉を余儀なくさせるのである。

一壽に言われて座を外す悦子について「更に、愛子の耳元で何か囁いた後、妙にいそいそとその場を立ち去る」というト書きがあり、また愛子の話が終った時には「忍び足で、入り口に現はれ、父の方に目くばせをして、快げな微笑を送る」とあって、してやったりという彼女の心の動きがよく見える。

悦子から「快げな微笑」を送られた一壽には、「それに応へる代りに、静かに瞼を閉ぢる」というしぐさがあって、彼がようやく愛子に対して自分がしたことの意味を悟ったらしいことが分かる。

とどのつまり、家を出ると宣言した愛子が姿を消した後の二人について、ト書きには「悦子は、しばらくそれを見送つてゐるが、ふと、父の眼に涙を発見し、急いで、自分もハンケチを取り出す」とある。これは駄目押しであろう。愛子が「自分の生活は、パパや姉さんのそばにないってことがわかつたの……。」と告げて家を出るのは、一壽が自分のみか彼女にも秘密を〈告白〉させてしまったがためである。悦子の画策は効を奏したのだが、問題は一壽がなぜそれに乗ったか、あるいは乗せられたのかである。

四　バガボンドの悲喜劇

一壽の性格について、例えば田中千禾夫の「日本の家族制度から解放され、個人本位の生活をしている、つまり自由人でありながら、あらそえない日本人の血の濃さを抱く、その矛盾、可笑しさが痛々しい。」という評がある。[注15]しかしこの説明は、後日譚としての第三場についてはともかく、それ以前の場に関しては有効ではなく、むしろ一壽の内面に継起したドラマへの理解を妨げるものでしかない。

年金を娘たちの小遣（にしては当時の七十円は大金だが）に提供する事一つにしても、彼はまるで「自由人」ではない。「父帰る」の父親の最後の台詞に「せめて千と二千と纏つた金を持つて帰つてお前達に詫をしようと思つたが、……」という贖罪願望の表れたくだりがあったが、それと思い合わせれば、年金をすべて提供しながら「我輩は、何時もびくびくもんで――そのうちに突つ返されやしまいかと思ひながら――それこそ、顔も見ないやうにして放り出すんだ……」と友人の神谷に語っていた一壽の台詞の必然性も良くわかる。

要するに彼はそのようにしないと父親である気がしないのである。なお、この「放り出すんだ」は、エピローグにおける愛子の「紙幣を卓子の上に投げ出す」行為と首尾呼応しており、一壽が意固地になってその受け取りを拒む場面はいかにも皮肉である。

また一壽が神谷に「娘たちと一緒に暮らすことさへ、気兼ねだ。そこで、此間も、どうだ、お前たちは、もつと自由な空気を吸へ、アパート生活でもしてみる気はないか、さう云つてやると、」と打ち明ける台詞があるが、「もつと自由な空気を吸」いたいのは彼自身に違いないのである。

帰国後娘たちと暮らして十年も経つことを思えば、この「気兼ね」はいささか過剰である。なぜ彼はそうなのか。「娘たちの意志に逆らふまいとすればするほど、父親の見栄といふやうなものが、事毎に自分を臆病にする。一切干渉はせんといふ主義だが、さてさうなると、もうしてやりたいことも、おつかなびつくり伺ひを立ててからといふ始末だ。」と歎く台詞もあるが、一壽は要するに娘たちとどう付き合ったら良いのか分からない。彼が標榜する「一切干渉はせんといふ主義」はむしろ窮余の策と見るべきで、娘が四歳と六歳の時には家を離れたということもあろうが、もともと家父長向きの性格ではなかったのだろう。

そう考えれば、一壽の唐突な〈告白〉の由来も分かる。田所からの速達を囲む場面で悦子がした提案には、家族というもののあり方に関わる一つの具体的指針がある。「お互いに、心配なことなんでも相談し合ふこと、いつさい秘密を作らないこと、お互いに気がねなんかしないで注文を出し合うこと……」ということばには、はっきりしたイメージを喚起する力がある。それが悦子の思惑を超えて一壽の心に響いたというのはありうることだ。

家政婦のらくとの「内証」の関係を明かした後、「『お母さん』と呼ばせるかどうか、そこまではなんとも云へない。」と続けた彼の台詞には、家族関係を再構築しようという家父長的発想が窺えるのだが、そのことに確信的でない彼の心も示されている。〈家族〉をめぐるこの惑いがあったからこそ、一壽は悦子の提案に乗る結果となり、日ごろ標榜していた「一切干渉はせんといふ主義」を知らぬ間に逸脱して愛子に愛想をつかされる結果に至ったと考えられよう。

もともとバガボンド的な気質の男が家族の新たな構築をふと思ったばかりに、家族解散の憂き目を見ることになった。それが「沢氏の二人娘」に託された〈蕩父の帰宅の物語〉あるいは〈父帰る―それからの物語〉である。ことの経緯を通じて一壽は改めて身のほどを知ったに違いない。悲劇とも喜劇とも呼びうる展開であるが、しかしそこに一つの心のドラマは確かにあったと言える。

第三場はその後日譚（悦子の「これで二十八よ、あたしはもう……」という台詞から二年ほど経ったことが分かる）として、この沢氏にとってすべてが然るべき形に収まったことを告げている。娘たちにそれを勧めた当人がアパート暮らしをしているのはまことに皮肉な成り行きにしても、彼はどことなく気楽そうである。第一場と同じシャンソンを口ずさんでいること、相変わらずのフランス語を交えた応対、らくとの接吻の儀式にも元来の暢気な性格が見えている（長男初郎の「暢気」にも然るべき意味はあったわけである）。愛子が家を出てから、らくと悦子との三人暮らしの時期もあったが、結局皆別々の今の暮らしになった、それで良いのだと言う彼が家父長役に懲り懲りしているのは明らかだ。

言うまでもなく第三場で最も印象的なのは、悦子の告白とそれに対する愛子の〈目には目を〉の応対だが、物語に収まりをつけるためのプロットに過ぎない。悦子の切羽詰った訴えは誰を動かすものでもないからだ。一壽は姉妹の激しいやり取りを聞きながら「あああ、いい加減によさないか？　わしは腹がへつて来た。（さう云ひながら、室内を歩きまはる。喧嘩がすむのを何時もの通り待つてゐるのである）」という我関せずの態度である。

悦子が「もう、今日限り会ふこともないでせう」と捨て台詞して去った後、「姉さんはどうしたんだ？なにを怒らしたんだ？」と父に聞かれた愛子は、「また素敵な仲直りをしたいもんだから、思い切り、腹を立てたふりをするのよ。パパは姉さんの味方をしなきや駄目よ。」とまるで駄々っこをあやした後に似た口ぶりである。

姉の悦子はつまるところ〈愛情乞食〉で、この戯曲がその生き方を肯定しているとは思えない。しかしまた、自立のためならば結婚も手段と割り切る愛子の生き方をよしとしているのかと言えば、必ずしもそうではなさそうだ。一壽が「また喧嘩をはじめたのか。月に一度、云ひ合いをしに此処へ来るんなら、わしやもう、部屋を貸してやらんぞ」と言うように、二人姉妹は父の前で喧嘩することで繋がっている。冒頭での一壽とらくとのやりとりから知れるように、月々姉妹の訪れる日は決まっていてらくとの住み分けの習慣ができているらしい。つまり一壽の家族のかたちはとにかく定まったということである。帰って行く住居はそれぞれ別でも、好かれ悪しかれ皆互いを意識しあっている。〈家〉はなくなって、奇妙なかたちにはなったがそれでも家族である。第三場の情景は、菊池寛の「父帰る」のような家族の愛憎劇を典型とした〈近代劇〉とは明らかに異質なドラマ感覚の出現を思わせる。

*

表現技法の問題などさらに論じる余地はあるが、そろそろ切り上げにかかりたい。

沢一壽は「父帰る」の父と違ってどことなく可笑しみのある人物である。おそらくそれはパロディには付き物の遊び心の余禄であろう。「沢氏の二人娘」にあって「歳月」のドラマにないものがその遊び心である。モロッコに皮革工場を持つフランス人の子爵と愛子が結婚するのは、映画「外人部隊」[注16]を記憶する読者（観客）へのサービスに違いないし、一壽の「義勇兵志願」もそれに引っ掛けたエピソードだろう。先に指摘した「海外放浪二十年」という数字のトリックもある。第三場では、姉妹の激しい口論の後で彼が「なにを怒らしたんだ？」と愛子にたずねる場面があるが、一間だけのアパートでそれが本当に聞こえなかったのかどうか。幕明きのあと間も無くのところで「〈相手の耳が遠いのに慣れてゐるらしく〉お茶は苦い方にいたしませうか？」と彼に大きな声で話し掛けるらくの台詞があるが、これはまるで申し訳のようなもので、このト書きによるしぐさを憶えている読者（観客）はまずいそうにない。それゆえ第三場では、一壽が見て見ぬ振りをしていたのか、二人の喧嘩に慣れきっているのか、あるいは本当に聞こえなかったのかはっきりしない。解釈の仕様で悲劇的にも喜劇的にもなる仕組みも、肩の力が抜けた作者の姿勢を感じさせる。

エピローグは「戸棚からパンのカケラを取り出し、チーズを片手につまんで、あちこちと歩きながら、代る代るそれを口に運ぶ。ラヂオの音楽がこの情景の底を皮肉に彩つて―」という光景であるが、そこに「海外生活の長いコスモポリタン沢氏の老境の孤独」[注17]を見るべきかどうか。この劇の楽しみ方としては、むしろその姿に〈そしてめでたく元どおり〉の一幕を見ても良い気がするのである。

福田恆存は、岸田作品には「すでに自分を投げてしまつたやうな人物」が出て来るとし、それを代表する一つに「沢氏の二人娘」を挙げている。[注18] しかし一壽の内面に継起したドラマを読むなら、彼の心は一度は立ち上がろうとしたのである。その思いつきの悲喜劇めく顛末は、「父帰る」を指さしながら、そのドラマ感覚とみずからのドラマとの距離を明らかに示そうとした岸田の意図を思わせる。

また福田が説くようにバガボンド的性格が岸田自身にもあり、それが戯曲の男性主人公に投影されて来たのだとすれば、この作品はほとんどそのモチーフを描き切ったと言ってよい。その意味でも〈中仕切り〉の時は来ていたのだろう。

【注】

［1］「ママ先生とその夫」、「沢氏の二人娘」、「歳月」の三篇。なお「ママ先生とその夫」は昭和五年十月の『改造』に発表された戯曲であり、後の二作よりかなり先行した作品である。

［2］「歳月」については、「『歳月』前記」（『歳月』昭一四・九　創元社）に「これが偶然私の『戯曲を書くために何かしらを云ふ』最後の作品となつた。」とある。

［3］越智は『明治大正の劇文学』（一九七一・九　塙書房）所収の岸田論の中で、「未完成な現代劇」「新劇運動の二つの道」などの評論を引きながら、フランスから帰国した岸田が「その夢見る明日の演劇と日本の演劇環境のあまりにも大きな落差の上に足をかけねばならなかった」とし、「写実主義の基礎さえもまだこの国にはなかった」日本の演劇情況が彼に負わせた課題を論じている。

［4］昭和二十三年一月、岸田国士編『近代戯曲選』（東方書局）の「解説」として書かれ、後に『現代演劇論・増補版』（昭二五・一一　白水社）に収められた。

［5］大正十三年四月、『演劇新潮』（「東西南北」欄）。なお同じものが五月号にも再掲載されている。

［6］ちなみに第一次大戦でフランス軍に志願し、レジオン・ドヌールを受けた日本人の例として、男爵でパイロットの滋野清武が知られている。

［7］新二郎　何時か、岡山で逢つた人があると云ふんでせう。
母　あれも、もう十年も前の事ぢや。久保の忠太さんが岡山へ行つた時、家のお父さんが、獅子や虎の動物を連れて興行しとつたとかで、忠太さんを料理屋へ呼んでご馳走をして家の様子を聞いたんやて。其時は金時計を帯にはさげたり、絹物づくめでエライ勢いであつたと云ふとつた。あれは戦争のあつた明くる年やけに、もう十二、三年になるのう。

［8］福田恆存は「岸田国士論」（『豊島与志雄・岸田国士集』現代日本文学全集33、昭三〇・三　筑摩書房）で岸田自身にヴアガボ

ンド的傾向があったとし、「ヴァガボンドとは、つまり家庭の羈絆をのがれて、一人身の自由を楽しまうとする放浪者のこと」だと述べている。

［9］　NHK20世紀演劇カーテンコール、一九八八年六月十日放送。

［10］　『演劇新潮』「吾等の劇場」欄（大一四・五）。

［11］　「沢氏の二人娘」（『日本現代文学大事典　作品篇』平六・六　明治書院）。

［12］　第一場の思い出話の中で、子供の頃どちらがより可愛いと思ったかと愛子に聞かれた一壽が笑いに紛らす場面など暗示的である。あるいはその後の「和蘭人形」を誰が貰うかという話題にもそれが現れている。

［13］　作品鑑賞「沢氏の二人娘（岸田国士）」（田中千禾夫編『劇文学』近代文学鑑賞講座第二二巻、昭三四・九　角川書店）。

［14］　訪ねてきた田所との面会を愛子が拒み通すのは、おそらく人格を無視してそれが分からない相手には、人格を無視して返すしかないという思いからであろう。第三場の悦子に対する扱いにも現れているように、彼女の行動には〈目には目を〉の傾向があり、この場合は彼女の意思を無視して関係をいきなり強いた田所の行為へのへの返礼であったとも言える。

［15］　注［12］に同じ。

［16］　日本では昭和六年（一九三一）に公開され、初めて日本語字幕をスーパー・インポーズした映画として大ヒットした。

［17］　田中千禾夫「岸田国士」『日本近代文学大事典第一巻』（昭五二・一一　講談社）。

［18］　「岸田国士論」、注［8］に同じ。

※　引用テクストは『岸田國士全集第二巻』（昭二九・九　新潮社）によった。なおその後に岩波書店版の全集が出ており、電球の明るさを言う台詞で「燭」を「ワット」に変える等の違いが見られる。

第四章●井上ひさし「紙屋町さくらホテル」論
――〈歴史離れ〉のドラマトゥルギー

一　はじめに

「紙屋町さくらホテル」（二幕）は、一九九七年十月二十二日から翌月十二日にかけて、新国立劇場・中劇場開場記念の劇として芸術監督であった渡辺浩子の演出により初演された。▼注[1]二〇〇一年四月に再演され、二〇〇三年にはこまつ座第七十一回公演として鵜山仁演出により各地を巡演、さらに同座の第八十回（二〇〇六）および第八十二回（二〇〇七）公演の演目となった。それなりに上演されて来た作品なのだが、同じく〈ヒロシマ〉を題材とした「父と暮せば」（一九九四）や朗読劇「少年口伝隊一九四五」（二〇〇八）の人気とは比較にならない。ヒロシマ三部作などといわれながら上演はだんだん間遠になってきているようだ。芝居の規模の違いにもよるのだろうが、新国立開場の祝典劇を意識しすぎた内容が然らしめたことではないかというのが筆者の考えである。

「芝居の力」という合言葉が感動的に語られるが、劇的な葛藤を通じて生まれる言葉ではない。観客の期待に背かないように仕組まれた物語を説明しているだけだ。つまりこの劇は本質的にドラマ性に乏しいのだが、それは井上ひさしの劇作家としての個性とその限界の問題にも通じる特徴なのかも知れない。「父と暮せば」については再三にわたり、倦むことなく語っている井上が、この作品についてはほとんどコメントしていないことも気になる。題材からいって作者の新劇観も問えそうだが、手がかりが残されていない現場のようなもので、推測を強いられるところが多く、いささかやりにくいのは困ったことだ。先行研究の評価は概して高いが、今のところ読みのヴァリエーションには乏しい作品である。

*

初演パンフレットの「あらすじ」には次のようにある。俳優の顔ぶれや舞台の雰囲気も伝わるので論を進める便宜にまず引用させてもらう。

昭和20年の初冬、東京巣鴨プリズンに「自分はA級戦犯だ」と自首する初老の男がいた。長谷川清（大滝秀治）、元台湾総督にして海軍大将、天皇の密使という歴史秘話を持つ男だった。対応したのが針生武夫（小野武彦）、元陸軍中佐にして、堪能な英語力と戦前の経歴を買われ今やGHQで働いている男。二人は終戦前の広島で特別な経験を共有していた。長谷川が気づく「…もしや君は」。と、闇の中から「すみれの花咲く頃」の歌声と共に、7ヶ月前、昭和20年5月の広島「紙屋町さくらホテル」が出現する。

いましもホテルでは、明後日に迫った特別公演のため丸山定夫（辻萬長）と園井恵子（三田和代）が、にわか仕立ての劇団員を相手に必死の特訓の真っ最中だった。ホテルのオーナー神宮淳子（森光子）と、共同経営者の熊田正子（梅沢昌代）、劇団員に応募してきた浦沢玲子（深沢舞）、そして宿泊客の文学博士大島輝彦（井川比佐志）。さらに、神宮淳子をつけ狙う特高の戸倉八郎（松本きょうじ）。神宮淳子はアメリカ生まれの日系二世で、スパイの疑いをもたれていたのだった。長谷川と針生、その上戸倉までもその公演に参加せざるをえなくなる。終戦を間近にした非常時下の広島「紙屋町さくらホテル」。そこは「途方もない空間。懐かしくもいとおしい夢のような空間」だった……。

初出誌の戯曲冒頭には「昭和二十年五月、広島の小さなホテルで繰り広げられるドラマは、笑いの真綿の中に『戦争責任』という重いテーマをくるんで展開する。」と書かれている。また単行本では帯に同じようなキャッチフレーズが見える。「あらすじ」とあわせて井上がこの劇をどう見られたいかがおよそ分かる。

西堂行人は新国立劇場のこけら落とし劇が「天皇の戦争責任についてかつてないほど鮮烈に切り込ん」だとして、「やはり特別の意味を持った〝歴史的な事件〟と呼ぶべきだろう」と述べている。▼注[2] 国からの注文に大胆なテーマで応えようとし、その追及性も鋭いとの評価だろう。

「山脈」（一九四九）「島」（一九五五）「マリアの首」（一九五九）「泰山木の木の下で」（一九六二）「象」〈一九六三〉「ザ・パイロット」（一九六四）と、この劇と同じように原爆や戦争責任、反戦をテーマとした戯曲を想起してみると、こうしたテーマへの「切り込」み方にもいろいろあるものだと思うが、井上のこの作品にはそれだけでなく何か全く異質なものを感じる。

先行の論文ではそうしたことはほとんど問題にされていない。井上ひさしの演劇は本質的に新劇とは異なるものだと割り切って考えるべきなのかもしれないと思ったりもする。しかしこの機会にその違和感の中身を具体的に確かめてみたい。先行研究と同じ視点では問題は見えてきそうにないが、案外盲点となっているのが長谷川清を主役とした読みである。

さらにもう一つ気になるのは、移動演劇「桜隊」の悲劇を材料にしながら事実との距離が大きいことである。それがこの作品の特徴だが、その距離のとり方、いわば〈歴史離れ〉のドラマトゥルギーについても考えてみたい。戯曲を書き出した当初、新劇ぎらいを標榜していた井上は、この作品を書く頃にはその擁護者を自認するようになっている。▼注[3] この作品の題材が新劇に対するスタンスの実際を考えるにふさわしいものであることは言うまでもないだろう。

二　作品観の問題

この作品と向き合う際にまず難しいのは執筆事情との付き合い方である。大笹吉雄は「はじめて国が建てた現代演劇のための劇場の、記念すべき第一回公演用にと頼まれて書かれたもの」で、執筆を承知しモチーフを考える過程を通じて「作者の脳裏からはこのことが、瞬時たりとも放れなかったに相違ない。」と述べ、続けて「現代演劇と国家が新しい関係を持とうとする時、何を、どう書けばいいのか。／その自問の真正面からの答えとして、『紙屋町さくらホテル』がある。あえていえば、それは見事な答えだった。」と評価している。▼注[4]

大笹は「推測」と断りつつ最初伝えられた「銅鑼を鳴らした男」というタイトルが「紙屋町さくらホテル」に変更されたことを手がかりとして、「丸山（定夫）個人に焦点を当てた」劇から「丸山を含む複数の人間たちによる、ある種の群像劇」へとモチーフが変更された事情を想定しつつ論を展開している。「群像劇」ということばは大笹の造語のようだが、扇田昭彦も『井上ひさし全芝居　その六』の「解説」▼注[5]で「この作品が描いたのは、新劇人と庶民達から成る受難者たちの群像である。」という言い方をしているところを見ると、作品観のキーワードとして「群像劇」や「群像」といったことばが定着しつつあるようだ。しかし必ずしも適切な用語とは思われない。

大笹は「広島での丸山の被爆死は、戦前の新劇と国家の関係をかえりみる時、きわめて象徴的な意味を持つ」が、それを「より分厚く、複眼的に、豊かにふくらませたいとの欲求」から「丸山とは正反対の立場に立つ」長谷川清という人物を案出し、二人を出会わせる劇が構想されたのであろうという。そして論の結びに、終幕ちかい長谷川のセリフ「わたしは……わたし自身も含めた、戦争の指導者たちの決断力のなさによって生を断ち切られたひとたちの、名代に選ばれたような気がします。」を引き、「つまり、長谷川も、死者の思いを背負って生きていこうとしている。さらにもう一歩踏み込んでいえば、長谷川の思いと、被爆死した演劇人たちの思いを引き受け、それを未来形で受け継ごうとする作者・井上ひさしの、決意の表明がこの戯曲でもあるだろう。」と述べている。この作を生んだ「特別な条件」から演繹的に導かれた作品観で一般的な評価を代表する感もある。

しかしながら引用された長谷川のセリフは説明的でまだるっこしい。劇のセリフとしての魅力はどうなのか。この作品を評価するためにはそうしたドラマの具体的部分に目を向けていく必要もありそうだ。ドラマの構成はプロローグとエピローグの間に過去の時間を挿む形となっている。すべての時間を通じて登場するのは長谷川清と針生武夫の二人だけである。針生は興味深いキャラクターで、彼一人だけは変わることがなかったという解釈もできて面白いが、要するに長谷川が〈立役〉で針生が〈敵役〉であることは明らかだ。プロローグでの二人のやりとりは自らをA級戦犯として収監せよという長谷川の訴えのゆくえに劇のテーマがかかっていることを明らかにしている。

したがってこれは長谷川清を主人公とする劇と単純に考えたほうがよい作品ではないのか。またこの劇のなかでドラマを体現する可能性を持った人物は長谷川だけである。仮に丸山定夫を主人公とする劇の構想がはじめにあったとしても、それが「群像劇」に変わったのではなく、長谷川清を主人公としそれに針生が絡む劇に変わったのではないか。丸山や園井恵子はいわばゲストである。

三　長谷川清のつくられかた

長谷川清のモデルは丸山や園井と同じく実在した軍人で、『歴代海軍大将全覧』▼注[6]によれば明治十六年に生まれ、海軍のエリートコースを進んで昭和十四年に最高位の大将となり、昭和四十五年に八十七歳で没している。〈登場人物〉に六十二歳とある年齢や、プロローグで針生が数え挙げる経歴は一応事実を踏まえた形になっている。しかし例えば「もとアメリカ合衆国駐在日本大使館付き海軍武官、」は、実際は「武官補佐官」。そして「もとジュネーブ軍縮会議日本全権、」は、事実を尊重するなら「日本全権随員」であるべきで、こういう史実からのずれに井上流の物語化の手法が窺える。

また長谷川は昭和二十一年十二月から翌年一月までA級戦犯容疑で巣鴨拘置所に入所しており、プロローグおよびエピローグの〈時と場所〉はこの事実と連絡しているが、実在の長谷川清が拘置所に何度も押しかけて収監を訴えた事実は無い。そこに虚構を設けることから「戦争責任」のテーマにからむプロットが生み出されている。

長谷川の人物造型はまったくユニークなアイデアに見えるが、自ら処罰されるための行動を繰り返して相手にされないという登場人物に前例が無いわけではない。宮本研の「ザ・パイロット」には長崎への原爆投下任務にあたった罪悪感から狂言強盗を繰り返すアメリカ青年クリスが出てくる。それが長谷川清造型のヒントになった可能性が高い。勉強家の井上は当然この劇を知っていただろう。もっともそうした行動を国家の中枢にいた人物にさせるという発想は奇抜であり、そこに井上流のドラマトゥルギーの特徴が認められる。

『歴代海軍大将全覧』の「長谷川清」の項には「天皇を終戦に向わせた査閲使」という副題があり、軍事参議官であった彼が、「海軍特命戦力査閲使」として各地の海軍戦力を検閲し、昭和二十年の六月十二日に結果報告をして、その後天皇の考えは和平に向ったとされている。こうした〈事実〉に照らして戯曲を見ると　井上は歴史への通路を組み込みながら、先にあげた「全権随員」を「全権」とするような〈ずらし〉操作をさまざまに加えることで、結果的には歴史の事実とはかけ離れたキャラクターを作りだそうとしたと言える。

大きな〈ずらし〉の第一は作中の長谷川の任務が陸軍の本土決戦準備の調査とされていることである。第二は彼を「天皇陛下の密使」とし、秘密裏に任務を遂行する人物としたことである。実際には長谷川の調査対象は海軍の軍備であり秘密任務でもなかった。

こうした事実からの〈ずらし〉によって

針生　陛下じきじきの仰せを賢んで承ったあなたは、その赫赫たる経歴をかくし、その名も偽って、この四月から五月にかけて、日本全土をお歩きになっていた。九十九里浜では気つけ薬万金丹の売人佐々木喜平、茅ヶ崎では乾燥芋の行商人土屋文太郎、そして広島では腹痛の妙薬反魂丹の売人古橋健吉と、肩書きと名前はさまざまに変わったが、あなたの目的は常にただ一つ、陸軍側の本土決戦の備えを探ることにあった。ひそかに陸軍の本土決戦の進捗状況を探れ、これが陛下の御密命だったんですね。

というこの劇の主役のキャラクターが生み出される。おそらくそれは観客（読者）の中にあるだろう通念や好みに向けて作られたものに違いない。自由な空想の産物とは別のものだ。陸軍と海軍の確執、海軍はもともと戦争に乗り気でなかったとする海軍善玉説など、作者は一般的なイメージをなぞって拡大したに過ぎない。そしてそれは井上のドラマトゥルギーの本質に関わる手法と言える。

第三の大きな〈ずらし〉は、例えば九十九里浜の防備状況を調べそれを報告したのは実際には陸軍の侍従武官であったように、▼注[7]天皇の考えを和平に向わせた報告は複数の異なる立場からなされたのが史実のようだ。劇中の長谷川には天皇の密命を受けて単独で行動し、その報告により本土決戦の不可能を知らしめた人物というイメージが付与されている。この〈ずらし〉が天皇と長谷川清との距離を近接させ、「陛下の名代」の名乗りを可能にするのである。

長谷川清は歴史上の現実存在から物語的存在へとこのようにして虚構されている。観客（読者）を支配している通念によりかかった極めて巧妙な（歴史ばなれ）の方法ではあるが、「戦争責任」に「切り込む」のがその主眼であったのだろうか。そのように見えるがそれだけがねらいだったとするのは早計だ。もとより長谷川清のようなキャラクターを主役とする物語が日本人にうけないわけはないのである。

六十二歳の海軍大将が行商人に変装し、陸軍の陣地を探って回るというのは荒唐無稽な話である。けれども、思えばこのアイデアにも前例はまぎれもなくある。身分を隠し各地を巡って庶民に交わり、やがて正体を明かして彼らの難儀を救う高貴な人。すなわち長谷川のキャラクターは漫遊記の〈水戸黄門〉と基本的に同じと見なされよう。黄門もまた「名代」（将軍の）に違いない。▼注[8]

プロローグのやり取りによって、観客は彼ら二人の正体をすっかり承知したうえで物語の起承転結に臨むことになるが、他の登場人物はそれを知らない。黄門劇の常道である。

大江健三郎はこの作品の構成について「執筆開始にあたって作者はこの導入部を予定してはいなかったのじゃないか、と私は推測しました。」と書き、その理由を、回想劇の展開に「さきの二人の正体の暗示からかれらの『国体』論議まで重ねてしまっては渋滞するのではないか?」としている。▼注[9]〈ヒロシマ〉に気を取られて劇を支える物語が見えなかったようだ。あらかじめ二人の正体を観客に明かさないでは成り立たないのがこの劇である。

新国立劇場のこけら落しに「ザ・パイロット」と「水戸黄門漫遊記」を足して二で割ったような劇をあてようとしたと考えれば、これはまたある意味で大胆な思いつきである。そ知らぬ顔でこういうことをやれるのが井上ひさしという劇作家の真面目ではなかったかという気もする。

先に触れたようにドラマの構成はプロローグとエピローグの間に過去の時間を挿む形であるが、そのヒロシマの「三日間」の出来事は明らかな起承転結を備えた物語となっている。

身分を隠してヒロシマを訪れ、たまたま〈紙屋町さくらホテル〉に立ち寄った長谷川大将は、三日後に公演をひかえて困っている人たちと出会い、仲間付き合いの成り行きになる。

これが〈起〉で「さくら隊」の呉越同舟の人々の心が舞台に向けてようやく一つになっていくまでが〈承〉である。そしてその時公演を不可能にする難題が彼らの上に降りかかる。帰国二世の神宮淳子が本土決戦に備えた命令で、敵性外国人として強制収容されようとする危機の到来、これが〈転〉。長谷川は天皇の命に背き「密使」の正体を現して行動しそれを打開する……で〈結〉。

すなわち〈水戸黄門〉と同じである。この起承転結を縫って歌や『無法松の一生』の劇中劇からなる稽古風景がある。そのように見ればこの劇の物語はステロタイプで全くわかり易い。さまざまに観客をひきつける趣向が凝らされているがそれだけのことで、したがって読み込みが必要なのは「プロローグ」と「エピローグ」による枠組の方である。長谷川清のドラマとして見ると〈さくら隊〉の窮地に際しての行動を決断させたのは〈俳優修行〉での人々（庶民）との交わりから生じた心の変化ということになるだろう。公演は大成功、神宮淳子も救えたことに満足して彼は広島を去るのだが、その後に原爆の投下という歴史の事実による恐るべきどんでん返しがある。長谷川清は〈水戸黄門〉のような大団円で退場することを許されず、そこでこの劇は大衆演劇や講談とは一線を画するものとなる。

四〈戦争責任〉の中身

「プロローグ」は、巣鴨刑務所に押しかけて「海軍大将なのだよ、わたくしは。したがって、どこからどうみても戦争犯罪人なのだ。それもB級やC級ではなく、飛び切りの、A級の、な。」と拘置を要求する長谷川清と、GHQに雇われ「日本人戦争犯罪人審査委員会」の日本人スタッフとして戦争犯罪人を摘発する仕事をしているという針生との押し問答で始まる。

長谷川　とにかく今日は帰らん。
針生　（ジッと長谷川を見ていたが、やがて柔らかな言い方で）四年前の昭和十六年、申すまでもなく米英との開戦の年ですが、あの年、閣下はどこにおられましたか。
長谷川　台湾総督を拝命したのが前年、昭和十五年の末である。したがって開戦の年は台北におった。
針生　そう。開戦の年に、閣下は国内を留守にしておられた。すなわち、米英との開戦は、閣下のまったく与り知らぬところで決定したのです。
長谷川　……待て。
針生　だいたい閣下は、あの年、前後四回にわたって開かれた御前会議に、ただ一度も出席なさっていない。これではA級戦犯になりようがないでしょうが。
長谷川（必死）……今日こそはと、家の者にも遺書をのこして出てきたのだ。どんな顔で「いま戻ったよ」と言えばよいのだ。私を拘留しなさい。取り調べなさい。
針生　（その圧力を外してポツンと）……長谷川さん、あなたは天皇陛下の密使でしたね。

「A級戦犯」は第二次大戦後の国際軍事裁判で裁かれた三つの罪の第一、「平和に対する罪」を犯した者を指す法律用語である。それは侵略戦争の準備もしくは開始に関わった罪とされるが、針生の拒絶理由は長谷川がその訴因に相当しないことにあって、そこをつかれた長谷川が窮せざるを得なくなった場面である。要するに長谷川は法的には罪を問われない。それを承知しながらなぜ彼は自分を戦犯として扱えと言うのか。〈戦争責任〉に関わるプロットの起点はこの謎である。

「天皇陛下の密使」を切っ掛けとして、話題は二人が広島の〈紙屋町さくらホテル〉で〈さくら隊〉に加わって共に過ごした「あの三日間」に移る。舞台はそれから過去の物語の起承転結の幕を経て「エピローグ 一」に至るわけだが、そこでふたたび戦争責任をめぐる長谷川と針生の押し問答が交わされた挙句、とうとう針生は「分かりました。手続きは、お取りしましょう。」と長谷川の拘置要求を容れることになる。針生はいったい何がどう「分か」ったのだろうか。〈戦争責任〉に関わるプロットの終点がこの謎である。

*

さて、「エピローグ 一」が始まると「A級戦犯」という用語はもはや使われなくなっている。これは決定的な変化で見落とせない。それはもう用済みなのだ。言い換えるなら、「プロローグ」の戦争責任に関わる対話はいわば〈見せ消ち〉のための対話だったに違いない。

長谷川　戦の本質は喧嘩である。喧嘩であるから、わが国にも、アメリカ、イギリスにも、それぞれ理があり、非がある。立場が違うのだから、どちらが良くて、どちらが悪いということはできない。したがって陛下は連合国にたいしてどんな責任もお持ちになる必要はない。

針生　全面的に賛成いたします。

長谷川　（手を突き出して遮って）しかし、和平を結ぶという基本方針をお決めになってからの陛下には、国民にたいして責任がある。御決断の、あの甚だしい遅れはなにか。あれほど遅れてなにが御聖断か。

針生　……閣下！

長谷川　（また遮って）……その点では、わたしもまた同罪である。軍事参議官であるにもかかわらず、「すみやかなご聖断を」と、しつこくお迫りするのを怠っていたのだからな。針生君わたしを拘留しなさい。

長谷川は連合国に対する天皇の責任を認めない。つまりプロローグで話題になった「A級戦犯」の「平和に対する罪」、すなわち戦争を始めた罪はないという。そこで針生はもう問題解決とばかりに「全面的に賛成」する。しかしその上で、長谷川が主張するのは〈戦争を止める時期を遅らせた罪〉である。長谷川は「皇室の安泰と、その皇室による国体の護持」に指導者たちがこだわっていた間に、「沖縄の守備軍が全滅」、「連日の空襲と艦砲射撃」、「広島」、「さらに長崎」「その上、ソ連が攻めてきた。そのあいだに、いったい何百万の同胞の生が断ち切られたと思うのか。」と畳み掛け、それゆえ天皇は「国民にたいして責任がある」、また軍事参議官であった自分も同罪なのだと言う。これは「プロローグ」の「A級戦犯」ともはや異なった新たな主張である。

雄弁でひたむきな長谷川のセリフが印象的な場面だが、一体なぜこの作品では天皇の〈戦争責任〉は〈戦争を止める時期を遅らせた罪〉とされたのだろうか。

それが法的には成り立たない罪だからだろう。東京裁判に適用された国際法では終戦に関わる罪についての規定がないからである。戦争を始めたのも終らせたのも天皇だったという考え方もあるのに、なぜ始めた責任は問われないのか。「プロローグ 一」での長谷川は、その責任を一方だけに限定して主張しだしたのだと解釈できるのだが、これは追及のための手段なのだろうか。その疑問はまず置くとして、作品の手法ということで考えると、作者はこの限定によって天皇の〈戦争責任〉の問題を法律を離れた道義的責任の領域に〈ずらし〉たわけだろう。

だとすればその理由は何か。つまるところテーマを単純化するためではないか。そうすれば観客に分かりやすくまた共有しやすくもできる。国際法の「平和に対する罪」を天皇に問えるものかどうか、未だに専門家に議論されるような歴史問題に関わるような劇では観客に分かりにくい。また問題含みのテーマでは観客は安心して楽しめない。歴史解釈については新国立から疑問が呈される可能性も考えられる。分かりやすさ共有されやすさに加えてそうした問題を回避するねらいがあったのではないか。

また責任を道義的レベルに限ることでおのずと生じる結果として、責任追及の対象は当時すでに亡くなっていた昭和天皇個人になる。〈戦争責任〉のテーマと天皇制の関わりがなくなるということもある。二〇〇六年に書かれた「夢の痂」ではよりあからさまに昭和天皇の道義的責任が問われることになるが、作者のそうした発想の萌芽をこの作品に認めることも可能ではないかと思われるのである。

作者がこの〈ずらし〉について十分意識的であったことは疑いようがない。なぜなら引用した長谷川のセリフのあとに「天皇教」をめぐる対話のプロットが置かれているからである。

五　〈天皇陛下の名代〉から〈亡くなった人たちの名代〉へ

長谷川に「私を拘留しなさい。」と迫られた針生は「にっこり」する。この思いがけない反応は長谷川の雄弁が彼をまったく動かさなかったことを示している。それから「天皇家になぜ名字がない」のかに始まって、「天皇家は一度も国民から否定されたことがない」、それはなぜか、「宗教だからです。」と針生は主張しだす。これは明らかにその場の思いつきめいた理屈で、長谷川が半ばからかわれた印象である。針生はまともに彼の相手をするつもりがない。

長谷川　……宗教？

針生　（大きく肯いて）天皇教。この天皇教なしにこの先、日本人が生きていけるとお思いですか。宗教はものごとをを考えるさい、基本となる基準です。その基準なしに、どうやって善悪の判断をつけよと仰るのですか。それこそ日本人は善悪の判断をつけることのできない、情けない国民になってしまいますぞ。だからこそ、こうやってかつての敵の真只中に飛び込んで、天皇免責を勝ち取ろうとしているんじゃないですか。

針生は日本人にとって天皇制は必要不可欠であり、その存続のために自分は苦労しているのだと言っているだけだが、それに対して長谷川は「違う。」と言い「どこが。なにが？」と聞き返した針生と次の対話を交わすことになる。

長谷川　陛下が……あの戦争を指導した者たちが、国民に対して責任をとる。それだけがこれからの国民のものを考える判断の基準になるのだ。
針生　そうやって騒がんでください。
長谷川　わたしは筋目を正したいのだ。ただそれだけなのだよ、針生くん。
針生　そんなことを言い出すと、天皇に内外の耳目が集まるではないですか。それが困ると申し上げている。おとなしくお引き取りください。
長谷川　断ります。
（睨み合う二人……）

針生の関心は天皇制の存続に向けられ、長谷川の願いは「陛下が（……あの戦争を指導した者たちが、）国民にたいして責任をとる」こと、「ただそれだけ」だという。どこまでも水と油の二人であるに違いない。このプロットはそう読める。

天皇制への関心と天皇個人に向う関心が全く違った意味を持つことは言うまでもない。ここでも「国民にたいして」と再度限定があるから、長谷川が問題にしている「筋目」は法的責任ではなく、道義的責任の問題と考えるしかない。針生は「そんなこと」にこだわって、天皇免責の行方に影響しては困るという。一方は道義的な責任、他方は法的な責任にこだわっている。この間の対話は二人に妥協点がないことを明らかにするためのものといってよい。にもかかわらず針生がにわかに折れてしまって、一件落着となるのがこの劇である。

ところで針生武夫という登場人物の役割には注目すべきものがある。先に〈敵役〉という言葉を当てたが、〈たて役〉を引き立てるだけの存在に止まらない性格が与えられているように読めるのだ。オポチュニストで変わり身が早いが理性的で我慢強くもある。私情に基づく行動を軽蔑しているが冷血漢ではない。〈思い込んだら命がけ〉という長谷川の単純さに比べてその性格もまた立場も複雑で、ある意味では劇中もっとも魅力的なキャラクターと言える。このしたたかな現実主義者が「分かりました。手続きは、お取りしましょう。」と長谷川の要求を容れるに至る理由こそ問題である。

「睨み合う二人……」のト書きからそこまで、わずか七つのセリフしかない。長谷川による説得の要になるのは「わたしは、……私自身も含めた、戦争の指導者たちの決断力のなさによって生を断ち切られたひとたちの、名代に選ばれたような気がします。」という「です、ます調」のセリフである。村井健は「劇評」でこれを取り上げ次のように述べている。▼注[10]

もう一つ気になったのは「わたしは天皇の名代なのだよ」といっていた長谷川がエピローグでは、「生を断ち切られた人たちの、名代」になってしまうところだ。一見、「天皇の名代」から「人民の名代」への転向に見えるこのシーンは、しかし、じつのところは、長谷川を天皇の名代ならぬ天皇その人に見立てた井上一流のレトリックだったのではないかという気がしてならないのである。
人民の側に立った天皇。かくあれかしと願う天皇の姿である。だが、もちろんのことだが、この舞台では、そういう大胆な演出、解釈は施されてはいない。

後年の「夢の痂」のテーマを見通したような批評家の直感が興味深い。ただしこの作品の場合、それ以前に「『人民の名代』への転向」の飛躍性こそ問題である。「陛下の名代」から「私自身も含めた、戦争の指導者たちの決断力のなさによって生を断ち切られたひとたちの、名代」への移行には、加害者イコール被害者というどうしようもない論理矛盾がある。長谷川のセリフはそれを顧みない点でまったくの主観的表白という他ないものではないか。

したがって問題は、なぜ針生のようなしたたかな男がそれに動かされたのかである。この間、「わたしは名代ですよ。」「……名代？」というやり取りの後にト書きがあって、舞台に「『すみれの花咲く頃』のヴァース」が流れ「奥の闇の中に、紙屋町さくらホテルの全景」が浮き上がって前面に近づいてくるとされている。

それに重なるように長谷川の「私自身も含めた、戦争の指導者たちの決断力のなさによって生を断ち切られたひとたちの、名代に選ばれたような気がします。」のセリフが来て、針生はそのままあっさりと彼の要求を容れている。「あの三日間」のなつかしさが針生の心によみがえってそうなったのだという解釈が求められる場面だろう。

しかしながら、水と油の関係を指示してきたプロットと針生の性格設定を思えばそれは無理で、長谷川の性格を考えれば、結局単に根負けしてしまったという方が自然で納得もいく。しかし「『すみれの花咲く頃』のヴァース」を流すという情緒的な手法によって、観客は感覚的に「名代」の矛盾を乗り越えることを強いられる。むろん観客は、喜んで乗り越えてしまうのである。しかし針生のようなしたたかな男にはそれはないだろう。

天皇の戦争責任が法の問題から道義の問題となった時、その追及は公では問題にならない恨み節となるしかない。

針生は長谷川の繰り言と付き合うことにうんざりしたのだという解釈も可能ではないか。

＊

もちろん、劇というものには、思い込みに満ちたセリフや恨み節、それに繰り言は珍しくもない。むしろ手段としてそれを駆使するのは劇作家の特権である。「マリアの首」でも「ザ・パイロット」でもドラマは理屈を越えた情念のうちにこそ実現されている。「紙屋町さくらホテル」にその可能性を読むなら、唯一それが立ち上がったかもしれない箇所はこの「名代」の意味が入れ替わるセリフであるに違いない。

長谷川ははじめから自らの一念に突き動かされてやりとりし、そのことばは次第に主観的表白の趣を濃くしてきた。仮にもし最後の主張が狂気の色を帯びたものであったら、飛躍の矛盾はむしろ観客の感動となりうる。▼注[11] そして天皇の〈戦争責任〉に関わるテーマはともかくも実現されただろう。後年の「夢の痂」では次のようにユーモラスに味付けながらそれを試みたとみられる場面がある。なお、いうまでもないが、最初の絹子のセリフは長谷川清の「筋目」論の再現以外のものではない。

絹子　天子さまが御責任をお取りあそばされれば、その下の者も、そのまた下の者も、そのまたまた下のものも、そしてわたしたちも、それぞれの責任についてけんがえるようになります。「すまぬ」と仰せ出された御一言が、これからの国民の心を貫く太い芯棒になるのでございます。御決意を！
徳治　（棒のように硬直する）……！
絹子　御一言を！

徳治　わたしは屏風であった。
絹子　……ああ！
徳治　すまなかった。
絹子　もったいないおことば！
徳治　退位いたします。
絹子　ありがとうございます。
徳治　そのあとは、この草深い片田舎で余生を送ることにする。
絹子　（さすがにおどろいて）徳治さん！
友子　……父さん！
（徳治、ふと我に返って、）
徳治　いま、天子さまになってました？
高子　それはもう、じつになってましたね。
繭子　御退位までお決めになりましたよ。
（徳治　雷に打たれたように痙攣する。）

徳治のセリフは狂気の色こそ帯びないが忘我のセリフである。「紙屋町さくらホテル」の場合、舞台に透明な明るい歌声の流れる中で、長谷川は終始理性的に語っている。要するに「紙屋町さくらホテル」はドラマの可能性を回避した劇ではないか。井上は観客の心に重いものを残したくなかっただろう。思えば狂気ほど〈祝典劇〉にふさわしくないものはない。

このように考えるとこの戯曲のドラマトウルギーには不徹底な部分があるのだが、それは作者も承知のことなのだろう。針生武夫を最後まで〈さくら隊〉の仲間の異分子として描いているとも読めるからである。長谷川の希望を容れたあとで「この私にも芝居の毒が利いていたとはな」というセリフがある。この結びは型通りの辻褄わせに過ぎないが、ここに来ても「芝居の毒」ということばが使われている。広島にいた時、皆が唱和する「芝居の力」を相対化するのに使われたこの針生の言葉は変わっていない。原爆の悲劇も敗戦のショックも彼の行動原理にはほとんど影響していないようだ。長谷川と再会し「あの三日間」の思い出を共にして、長谷川の訴えを聞いた後でも彼は変わっていない。彼が口にする「芝居の毒」という言葉は、〈祝典劇〉ゆえの甘さは承知の上だという作者のサインとも読める。

六　「さくら隊」の〈歴史離れ〉について

さて『井上ひさし全芝居　その六』の「解説」（扇田昭彦）には丸山定夫と園井恵子の経歴の紹介がある。以下はその後半部分である。

> 第二次大戦中の一九四五年、苦楽座は国策宣伝の巡回講演をするために組織された日本移動演劇連名に参加し、「桜隊」を名乗った。丸山は園井恵子をはじめとする隊員たちとともに広島に駐留し、地方巡業を続けた。だが、同年八月六日、米軍は原子爆弾を投下。被爆した丸山は即死ではなかったものの八月十六日に死去。被爆後、神戸に逃れた園井も八月二十一日に亡くなった。

解説は「桜隊をめぐるこの史実をもとに、」とさらに続いているが、この「桜隊」と劇の題に見られる「さくら隊」

というひらがな表記との関係はこの作品の性格理解の鍵となるものではないか。解説では自明のこととして言及されなかったのだろうが。「あの三日間」も「紙屋町さくらホテル」も「桜隊」の史実には存在しないという但し書きが欲しかった。史実と虚構を混同する読者は今後増えはしても減る事が無い、『全集』の「解説」だけにそう思う。虚構のたくみな仕組み方こそがこの劇の生命に違いないからである。

〈時そして場所〉が指示する「あの三日間」は、昭和二十年「五月十五日（火）午後六時から、二日後の十七日（木）午後九時まで。」と曜日まであってもっともらしい。また劇中では「……それで、来月、六月一日から、移動演劇隊は地方に根を下ろすことになりました。この広島には『さくら隊』のみなさんが、お引越しなさいます。」とあって、移動演劇の地方疎開（移駐）という史実の背景も指示されている。

丸山定夫と園井恵子が「六月からの活動に備えて宿舎や稽古場の見当をつけるため」五月十五日に広島に着いてその足で地方総督府に挨拶に行ったところ、有名な二人が来たというので「第五師団から、県庁からお偉い方たちが駆けつけ」大騒ぎになり、「折角だから広島宝塚で何かやってもらおうじゃないか」ということになった。その「中国総督府からのお指図で」神宮淳子の「紙屋町ホテル」は「今日から移動演劇隊のお宿」となり、名も「紙屋町さくらホテル」と変わったのだという。移動演劇の〈史実〉と一応整合しながら、これは史実の「桜隊」から最も遠い所に設けられた虚構である。

＊

昭和二十年の「桜隊」関係者の動静は実のところあまり詳らかでない。たまたま八月六日に広島を離れていて生き残った隊員による限られた資料がたよりである。池田生二「苦楽座移動隊（桜隊）日誌」[注12]や、田辺若男『俳優・舞台生活五十年』[注13]、八田元夫『ガンマ線の臨終　ヒロシマに散った俳優の記録』[注14]を突き合わせてみると、丸山たちはまず昭和二十年二月下旬から三月はじめまでの十日余りの間、苦楽座移動隊の隊員として広島で巡演、次に約三ヶ月後に広島に疎開移駐して六月の下旬から七月中旬は中国地方を巡演している。

池田によれば苦楽座解散、「移動隊一本槍」の方針が決したのは四月四日で、池田は広島行きに反対だったため一たん脱退したものの、六月十九日、疎開先を訪れた槇村浩吉に隊への復帰を頼まれ七月四日に移動演劇連盟中国出張所に到着し「桜隊」に合流したという。

またやはり七月巡演に参加した俳優の田辺若男は「六月十八日信濃の退避先きから上京して丸山定夫君と会った。桜隊とともに広島へ行くことに決定した。これは緊迫化した戦時下、所属劇団を全国各地に疎開常駐させるという連盟の方針によるものである。二十一日午後灰燼の東京駅を出発、前夜の空襲で余燼の赤い静岡、浜松を車窓から眺めて西下、二十二日午後一時五十分広島駅着。日本移動演劇連盟中国出張所の寮へ入った。」と書いている。「桜隊」では疎開をひかえて隊長の長田靖、多々良純、水谷正夫が軍隊に招集されたために俳優の補充に苦しんでいた。田辺はもとは連盟専属の瑞穂劇団俳優班長で窮地に陥った桜隊の助っ人に頼まれたようだ。丸山定夫が四月から六月半ばまで、激しくなる空襲をぬって交渉ごとや疎開常駐の準備に忙殺されていた事情が窺える。管見の限りでは五月に丸山と園井が「桜隊」移駐の下準備に広島を訪れる余裕があったはずはないのだが、あいにく残された資料からはその裏づけが取れない。つまり五月は「桜隊」に関わる資料の空白部分である。井上はこうした資料はたいがい見ていただろう。その〈空白〉が井上の想像力を刺激したのではないか。つまり史実の空白部分に蜃気楼のように出現した空中楼閣、それが〈紙屋町さくらホテル〉である

ちなみに、昭和二十年の『中国新聞（広島版）』にあたってみたところ、二月二十八日に〈私の見た廣島〉という囲み記事があった。「誠心を失つている市民」というタイトルである。「駅と宿と会場の間をトラック搬送で往復するだ

けの私たちです。昼夜二回の慰問公演をやり装置解体も荷造りもみんな自分たちの手でやるのでくたびれて宿へ帰ると倒れるやうに寝てしまひます。町を歩いてみるなどはまるでなく云々」（なお、それ以降には丸山や桜隊に関係した記事は見当たらなかった）。

『ガンマ線の臨終』には肋膜炎の悪化のために高熱に苦しみながら巡演を続けようとする丸山の姿が追想されている。昭和二十年の巡演記録を見れば丸山をはじめとする人たちが肉体的にいかに酷使され無理を強いられたかが分かる。「紙屋町さくらホテル」の舞台からは想像もつかない過酷な〈任務〉の日々が現実である。演目は「獅子」「山中暦日」「日本の花」で、歌謡メドレーや「無法松の一生」ではなかった。隊員は言うまでもなく全員プロの俳優で現地募集の素人などいない。こうした史実をおそらく知りながら井上はその片鱗も劇に持ち込まなかった。「さくら隊」の稽古風景が学園祭の乗りに見えてもそこは意に介さない。「この作品」のドラマトゥルギーはその意味で史実を尊重するようなリアリズム感覚の対極に位置するものと言える。

＊

さて次に〈紙屋町さくらホテル〉という場所（さくら隊の宿舎）の着想について考えたい。これは見事な虚構である。はじめに引いた初演パンフレットの「あらすじ」にあったとおり文字通りの「途方もない空間」である。

まず「桜隊」の史実だが、池田生二の日記にも田辺若男の手記にも広島についてすぐ「日本移動演劇連盟中国出張所の寮」に入ったことが記されている。桜隊の宿舎は連盟中国出張所の広島事務所を兼ねた寮で、堀川町九九番地の高野氏邸内にあった。はじめ桜隊と同居し、原爆投下前に厳島に疎開していた珊瑚座の座長乃木年雄は「寮は大きな門と玄関。武家屋敷を思わす様な豪壮な邸宅であった。桜隊十一名珊瑚座九名、日本移動連盟の事務員赤星さん。其

れに広島市民の三浦寮長、食事係の夫人三名が寮に起居していた」と書いている。[注15]

「桜隊」の宿舎はむろんホテルなどではなくて、土地の有力者[注16]が疎開した後の屋敷を連盟が借りていたものだが、その位置がはっきりしない。桜隊原爆殉難の記録に情熱を傾けた江津萩江はその跡地の場所をついに特定できたとして写真や図を掲げているが、[注17]筆者が知りえたところではなお疑問が残る。結局追跡には限界がある、おそらくそれが桜隊の悲劇も含めたヒロシマの真実なのだろう。町が消滅してしまったのだから。

ちなみに、堀川町の寮の至近に帝国劇場、新天座があり、堀川町は東京でいえば浅草にあたる新天地という地区にあった。移動演劇連盟の事務所には便利であっただろう。爆心地から七〇〇メートル余りである。〈紙屋町〉は広島の一等地として知られる町名だと聞くが、「桜隊」とは実際上の関係は何もなかったと考えられる。ただし「庭を出れば、二百歩で元安川」とあるようにこちらはまさに爆心地である。

井上ひさしは宿舎をはじめ「桜隊」の史実を九割方消去した上で、丸山定夫と園井恵子の名と原爆による桜隊全滅の悲劇の象徴性だけを借りることにしたのだと考えられる。〈魔法の杖の一振り〉は、丸山定夫と園井恵子が「六月からの活動に備えて宿舎や稽古場の見当をつけるため」五月に広島を訪れてまず総督府に挨拶に行ったとしたら？という着想であった。

色めき立った軍や県の「お偉い方たち」に広島宝塚での公演を頼まれてしまった二人は、窮余の策として「さくら隊隊員」を募集し、猛練習して三日後の期限に間に合わせようということになる。隊員の現地募集は移動演劇の事実を全く無視した荒唐無稽のアイデアで丸山と園井が関わっているとしても〈さくら隊〉と〈桜隊〉はその表記に示唆されているように似て非なるものなのである。

「中国総督府からのお指図で、今日から移動演劇隊のお宿をすることになりましたの。」というのはよくできているが当時はありえない話である。それで「今日からホテルの名前が（紙屋町ホテルから　筆者注記）「紙屋町さくらホテル」

と変わりました。このホテル、わたしたちと一緒にさくら隊に入隊したんですの。それであいだに「さくら」を入れました。」というのが〈紙屋町さくらホテル〉誕生の経緯である。

「紙屋町」は一般的な知名度と爆心への近さに加えて、「日本よい国、カミの国、カミはカミでも燃える紙、この夏ごろは灰の国」というB29が撒く宣伝ビラの文句に引っかけて原爆の惨禍を暗示したものだろう。

この虚構で最も興味深いところは、〈桜隊〉の堀河町の寮は被爆消滅したが、〈紙屋町さくらホテル〉は違うということである。架空のホテルだからではない。原爆が落とされるずっと以前に蜃気楼のように消えたからである。先に〈空中楼閣〉と称したのはそれゆえだ。帰国二世の神宮淳子の苦難をめぐる物語は劇を支える主要な柱の一つだが、適性外国人強制収容命令が隊にもたらした危難を解決し彼女をも救う長谷川の行動によって、「ホテルは、あの日のうちに呉鎮守府の暗号室に接収と決まり、同時に、神宮淳子と熊田正子はその暗号室に室員として徴用されることになった。」のだから、〈紙屋町さくらホテル〉は命名されてからこの接収までの間しか存在しなかったという理屈になる。

帰国二世を集めて無線傍受をさせたという史実はあったようだが、施設の場所は中国軍管区司令部が置かれた広島城東側の縮景園内で、▼注[18] ホテルが接収されそれに当てられるというのは全くの虚構である。

なぜそうしたのか。ホテルの消失は〈桜隊〉の史実に対する一種の不在証明に成りうるというのが筆者の仮説である。ホテルは鎮守府の暗号室となり〈桜隊〉ならぬ「さくら隊」の人々もちりじりに消えた。「紙屋町さくらホテル」の「あの三日間」は原爆で全滅した「桜隊」の史実とはまったく関わりがないという弁明がどこに向っても可能になるのである。その用意あってこそ作者は安心して自分流の芝居作りに勤しめたのだろう。

七　新劇と井上ひさしの劇

〈さくら隊〉は「あの三日間」の幻と消えた。しかし丸山定夫と園井恵子は「桜隊」の人々と共に原爆で死んだ。史実とは実は無関係とも言える〈さくら隊〉なのだが、扇田昭彦は「新劇の本格的出発となった築地小劇場と戦時中の移動演劇隊の苦難を描くことによって、過去の新劇と現代の演劇をつなぐ道筋を示すこと」が意識された作品と評している。[注19]

概括すればそういう言い方に収まってしまうのだろうが、井上は自身の劇と新劇（の歴史）の関係をこの時どう考えていたのか、悪口にせよ擁護にせよ談話ではなんとでも言える。実際のところどうだったのか、この作品で新劇がどのように遇されているかを見ればある程度の見当がつくだろう。

熊井宏之は時評[注20]で「井上さんが新国立の中劇場のこけら落しを十分にいい意味で意識なさった一種の新劇カンタータのドラマですね。新劇というやつがかなり強引に、日本に根をおろしていくときの問題を小山内さん、土方さんからはじまって、今に至るところを、結構こそばゆいくらい淡々としてやっているというやっぱり上手なんだなと思いましたね」と評している。熊井は「上手」というが、かならずしもこの作品での新劇（史）の扱いを評価していない印象で、新劇に親しんでその歴史にも通じているならふくみを持った言い方も当然と思われる。

作者は丸山定夫や園井恵子をどう待遇しているのか。対象に向けられた深い関心は通念や類型的な発想には馴染まないものだ。丸山定夫の生涯を自分のことのように思えば、おのずとそれぞれの丸山像へのこだわりも生まれる。しかしこの作品に登場する丸山は生身の人間の個性的手ごたえに欠け、あまり魅力のないキャラクターに止まっている。主役でない以上当然かもしれないが、園井恵子よりも影が薄い。

占いを病的に気にして、B29の爆音におびえるという園井の性格は、『ガンマ線の臨終』などがヒントになったものだろう。「園井には不思議な、癖というか、妄信というか、占を信ずると同時に、自分の直感を断定的に人に押付ける癖があった。彼女自身については、昭和二十年十月二日にものすごい空襲あって、余程気をつけないと、それから逃れることができないという占いを固く信じているのだった」[注21]。仲間であった八田元夫のこの証言は、この劇のなかで唯一怖れやいまわしさの実感を観客に伝える園井のキャラクターに生かされている。しかし最後に頭上に爆音が響いて皆が防空壕に向う時には「園井が先頭に立って、退避の世話を焼く」と、ト書があって次のやり取りになる。

丸山　〈穴に入りながら〉強くなりましたな。
園井　……？
丸山　みなさん、じつに強くなった。
園井　〈きっぱりと〉芝居の力。
丸山　なるほど

結局、園井恵子の個性も「芝居の力」には勝てない、と言ってしまっては作者の立つ瀬がないが、丸山や園井の個性を伝える新劇仲間の思い出話は多いのに、井上はそれを使うのに積極的だったようには見えない。

一九七〇年に出版された『丸山定夫・役者の一生』という遺稿集がある[注22]。丸山自身が折々に残した文章に出版に関わった知己の文章、菅井幸雄の「現代的演技の里程標」と題した詳しい評伝等から成っているが、これを読むと丸山の演劇人としてまた人間としての魅力に富んだ個性的な人柄がよくわかる。本の帯には滝沢修が次のような文を寄せている。

私が築地小劇場に入った頃面倒を見てもらった先輩のひとりに丸山さんがいた。ある日、稽古がすんで、丸山さんがぼくに「いっしょにおいで」と云って劇場近くの小さな酒屋に連れていった。そこで塩辛をなめなめ小僧さんが注いでくれるコップ酒の立ちのみをいっしょにした。別に芝居のはなしをしてくれるわけではなかったが、実はそれが僕の実地教育だったというのはその時の僕の役が酒屋の小僧で、丸山さんが立ちのみに来るお客。丸山さんはそういう人だった。

また菅井幸雄は、苦労人で他の築地の研究生よりはるかにリアリストであった反面、気質的にはロマンストであった丸山独特の魅力に触れて次のように述べている。

そんな彼であったから、先輩や同僚達から常に好感をもたれ、ことに小山内・土方・青山の三演出家からは、その人がらと演技的成長の可能性を早くから認められた一人であった。（略）当時の築地小劇場、いな、わが新劇壇の成長株の一人であった。このことに間違いはなった。しかし、いったいいつごろから誰が言い出したのか知らないが、彼を評して『新劇の団十郎』と呼ぶようになった。この言い方はオーバーであって、事実彼はそんな風な言われ方や書かれ方をされることを、誰よりも好まなかったに違いない。

丸山定夫を主要人物の一人とした象徴的効果は大きいが、彼のユニークな個性や経歴にはほとんど踏み込まないのが井上作品の特徴である。特高刑事戸倉のセリフに「新劇の団十郎」というこの通俗的レッテルが二回出てくるが、それを相対化するプロットが仕組まれているわけではない。本人の個性を類型化した通念を好んで使うのは、丸山定夫の演技に対する関心の薄さゆえではないか。さらに新劇（の歴史）への関心についてはどうなのだろう。

「一　発声練習」、「二　本読み」、といった各場のタイトルは、物語全体で〈新劇〉を説明するねらいを明かすものに相違なく、実際「無法松の一生」の稽古を劇中劇として組み込み、丸山や園井が新劇の演技術を段階的に指導するプロットがこの劇の見所の一つとなっている。小山内、土方、青山の演出の相違や作品解釈の方法、「小山内先生がモスクワ芸術座から築地に直輸入なさった」「役づくりのやり方」、「タカラズカのお芝居」との演技の違い、また俳優の鑑札による国家の演劇支配と滝沢修の受難、ついでに、鑑札をもらえない滝沢修が長谷川一夫に演技指導したという「おの、おの、方」のエピソード。

この劇は小山内薫をはじめとする築地の指導者の演出法やドラマの解釈、新劇の演技の仕方などのレクチャーに富んでいて、それが一つの見所と評価されているが、俗受けするものしか扱っていない。

築地の分裂から新築地・新協の結成、そして一九四〇年の強制解散などという史実、あるいは丸山が窮乏の挙句に、「おちかはねている　そして丸山定夫は自殺した」という文章を雑誌に投稿して、エノケン一座に身をよせ新劇仲間から裏切り者と非難された有名な出来事などに関わるプロットは無い。それらは新劇の歴史的個性と国との関係をよりはっきり物語るものである。井上はそうした要素を採らずにこの作品を書いた。その代わりに、たとえば神宮淳子の収容命令書の「昭和二十年五月十七日　内務大臣　安倍源基」という署名を読み上げさせるというやりかたをした。つまりだまって指さして見せるのである。原爆の悲惨を園井の恐怖で象徴的に暗示するのと同じ発想と言える。

井上ひさしがこの作品で「過去の新劇と現代の演劇をつなぐ道筋を」どう示そうとしたのかよく分からないが、新劇への愛着やそのドラマ表現を受け継ごうという意思は、少なくともこれを書いた時点ではなかったように思われる。しかしそれはそれでかまわないと考えるべきだろう。なぜなら井上ひさしの劇は、観客（読者）の中にあるだろう既成のイメージや予想を覆して典型の創造を摸索するような劇とは別種の劇だからである。

＊

「紙屋町さくらホテル」は観客に取ってすべてに肩のこらない芝居である。自分が持っている既成の断片的なイメージがなぞられて好みの形に立ち上がってくるだから抵抗感はない。舞台を心地よく楽しんでなるほどそうだと納得するのも当り前である。また過剰なほどの説明は観客がみずからセリフや場面を解釈する労力を不要にしてくれる。

「あの三日間」の物語に関わるプロットは、〈やつし〉の趣向から生まれるサスペンスと笑い、合唱や「無法松の一生」の劇中劇、「タカラヅカのお芝居」のコントなど、まことにサービスに富んでいて楽しいが、観れば（読めば）分かるものばかりでここで詳しく言及する必要はない。

ただし、そこにあるのが新しいことに出会う面白さではないことは言うまでもない。半分は作者の趣向を楽しんでいるようなもので、観客〈読者〉のイメージを異化するようなプロットは一つとしてないのが特徴である。その代わりにしばしば説明や情緒性が目立ちすぎるセリフやステロタイプな表現が顔をのぞかせている。

たとえば一同がついに〈さくら隊〉の仲間同士となった感激的な場。戸倉が演出変更につながる提案をして褒められるが、それでは刑事としての監視任務が果せないというジレンマにぶつかってのセリフである。

戸倉　一座の中に「監視する・される」という関係を持ち込んでいるうちは、どうしても福島巡査になりきることができないんだよ。芝居の中では、福島巡査はだれも監視していないんだからな。（「刑事」から「俳優」へ移行しながら）わたしは、同じ一座の俳優である神宮淳子さんを信じる。なによりも一座のみなさんを信じる。そうでないと、芝居なんて、できないような気がするんです。

淳子　わたしだって客席へ飛び降りて逃げ出したりしません。それは信じてくださっていいんですよ。

戸倉〈何度も頷いてから〉あなたは、俳優であるこのわたしにとって、アメリカ生まれの二世でもない。スパイでもない。宇和島屋の女主人、男まさりのとよさんなんです。
淳子　ありがとう、刑事さん……いえ、戸倉さん……いえ。福島巡査。
戸倉　こちらこそ、よろしくお願いします。
〈またしてもひしと淳子の手を散る戸倉。一同は感動する。やがて戸倉と淳子の握り合った手に、園井、長谷川、玲子、正子、大島、針生の順で手が重なる。〉

作者のレクチャー癖が顔を出している。戸倉の置かれた立場を分かりやすくユーモラスに伝えているが、「芝居の中では、福島巡査はだれも監視していないんだからな」というのは、たとえば観客の方に向き直ってから口にしてもよいくらいである。こうした説明的なセリフは、作者が観客の鑑賞力に期待していないことを示すものではないか。次の「順に手が重なる」という仕草は中学生でも良くわかる。〈皆の心が一つになりました〉ということである。また長谷川が、密使の任務より淳子や仲間を救うことを優先した行動は、物語の最も重要なポイントだが、その直接の切っ掛けとしてあるのは、長谷川が言語学者大島の教え子で特攻戦死した津田の手帳を読み上げるプロットである。観客の涙を誘う場面だが、その涙は条件反射のようなものだろう。これも井上の観客観が窺えるプロットに違いない。

演劇に多少の関心がある者なら、いつかどこかで耳にしたようなことがレクチャーされる。楽しいのも当然で既成のイメージを観客の好む形でなぞっていくからである。メッセージも要するに〈演劇はとにかく楽しくてよいものだよ〉とわかり易い。この作品のエンターティメントに向けたプロットや要素を挙げていけばきりが無い。セリフの作られ方、井上劇の文体を考えるにも最適の作品かもしれない。しかしなんといっても、深刻重厚なテーマにつながる要素をいくつもとりこみながら、長谷川清という実在の人物を水戸黄門もどきにし、移動演劇の「桜隊」を〈紙屋町さくらホテル〉の「あの三日間」の幻にしてしまうような、まことに思い切った〈歴史離れ〉の方法にこそこの作品の最大の魅力があるに違いない。

新劇との関係について附言するなら、針生武夫の造型は井上流の新劇への挨拶に見えて仕方が無い。先述したように彼は最後まで「芝居の毒」を口にする。それは「宝石のようにこころがきれいだとうぬぼれて、相手側に立ってものを観たりすること」と説明されているが、これを「毒」というのは新劇リアリズムの人間観に違いない。そして井上は少なくともこの作品では〈敵役〉としての針生に心変わりを強いてはいない。新劇のドラマトゥルギーに一応敬意を払いながら、〈あなたはあなた、わたしはわたし〉というメッセージだろうか。

八　おわりに

井上ひさしの劇全体の軌跡の中でこの作品がどういう意味を持っているのか、本論では「夢の痂」にわずかに触れ得たのみだが、このあたりでまとめにかかりたい。

結論から言えば「紙屋町さくらホテル」はどこまでも祝典にふさわしく作られた劇である。新国立のこけらおとし劇という条件について、筆者も最初は新劇と国家の関係や、戦争責任に関わる側面に関心を引かれたのだが、読み込んだ結果、どうも井上はそうした意味での使命感はさして持たなかったようだ、自分流の劇をそのおめでたい場にいかにふさわしく作りあげるかがもっぱらの関心事であったからこそ、このような作品が生まれたのだと思わざるを得ない。他の作品と違うのは、河竹黙阿弥の三親切ではないがもともと四方に心配りする作者が、この作品では八方に気を使ったというくらいのことだ。

注文をくれた国〈つまり座元〉に対しては、例えば〈さくら隊〉が公演する場所を「広島宝塚劇場」として、新国立中劇場と収容人数の規模をオーバーラップさせる。「明後日の公演はお国の行事」、客席に並ぶ「お偉い方たち」、「第五師団が喜び、県庁が喜ぶ、千二百の観客が喜び、あなたの上司も喜ぶ、そしてさくら隊の名も上がる。四方八方、いいことづくめ」というのはまさに万歳の祝言である。それに〈さくら隊〉の公演は実は国立中劇場の観客にも提供されている。歌や「無法松の一生」の劇中劇に立ち会っているからである。中劇場の中に広島宝塚劇があって、あるいはその逆なのか？　とにかく公演は大成功、まことにおめでたいメッセージのこめられた作品なのである。

新劇への弾圧や戦争責任の問題、原爆の惨禍は象徴的に指示して、祝典に影が差さないよう配慮する。俳優に対してもこれはサービス精神に富んだ劇だろう。素人が訓練されて俳優になるという芝居だから演じるのに苦労は無く、登場人物の性格も単純で解釈などというものの必要もない。俳優にとっても楽しくやれる芝居で、観客に対してのサービス精神については重ねて言うまでもない。おそらく「紙屋町さくらホテル」は井上劇の本質に関わる非新劇性をもっとも見事に体現した作品なのである。

【注】

［1］　戯曲初出は『せりふの時代』第六号（一九九八・二・一）、初刊は戯曲集『紙屋町さくらホテル』（二〇〇一・二・一〇　小学館）、後に『井上ひさし全芝居　その六』（二〇一〇・六・三〇　新潮社）に収められた。なお各テキスト間で問題にすべき異同はほとんどない。本稿での引用は『井上ひさし全芝居　その六』によった。

［2］　西堂行人「井上ひさし作『紙屋町さくらホテル』」（『国文学　解釈と鑑賞』二〇一一・二）。

［3］　一九九〇年の『決定版　十一ぴきのネコ』の「あとがき」には「新劇が大きな可能性を秘めながらまだ成立の途上にあるのに、その可能性を少しも点検しようとせずに、「新劇リアリズムはもうダメだ、だいたいダサクてかなわない」と言い立てる新しがり屋さんが大勢いるのである」などとあってこのころには新劇の系譜を継ぐ演劇の立場を口にし始めていたと言えよう。

［4］「「思い残し切符」の行方―『紙屋町さくらホテル』について―」（今村忠純編集『『国文学解釈と鑑賞』別冊　井上ひさしの宇宙』平・一一・一二・一五　至文堂）。

［5］『井上ひさし全芝居　その六』注［1］に同じ。

［6］半藤一利・横山恵一・秦郁彦・戸高一成『歴代海軍大将全覧』（二〇〇五・五・一〇　中公新書ラクレ　中央公論社）による。

［7］保阪正康『昭和陸軍の研究　下』（二〇〇六・二・二八　朝日新聞社）。

［8］蛇足ながらさらに言うなら、針生武夫はその供侍のデフォルメと見なせないこともない。劇中では監視し付けねらうという立場ながら、「長谷川の前に素ッ飛んでいって、ビンタを張ろうとする戸倉の右手を横から針生がガチッと受け止める」という場面があるように護衛役も兼ねた同行者なのである。

［9］『読売新聞』（一九九七・一一・一〇）、『季刊　the座　第53号』「紙屋町さくらホテル」（二〇〇三・九・六　こまつ座）に転載。

［10］「井上流演劇の総集編『紙屋町さくらホテル』」（『テアトロ』一九九八・一）。

［11］なお、この劇の戦争責任に関わる衝撃力は、天皇や国の指導者達が国体の護持にこだわったために戦争の終結が遅れたという〈事情〉を聞かされて驚く観客がどれほどいるかにもよるだろう。管見ではこの種の責任論は遅くとも昭和五十年頃から目に付き出している（色川大吉『ある昭和史』中央公論社刊など参照）すでに知られた道義的責任がいくら声高に告げられたところで観客は驚かない。セリフに酔うだけである。

［12］丸山定夫遺稿集刊行委員会『丸山定夫・役者の一生』（一九七〇・八・一六　ルポ出版）所収資料。

［13］田辺若男『俳優・舞台生活五十年』（昭三五・六・一五　春秋社）。

［14］八田元夫『ガンマ線の臨終　ヒロシマに散った俳優の記録』（一九六五・七・三一　未来社）。

［15］近藤憲男「〈資料紹介〉移動演劇隊長丸山定夫の死」（『広島市公文書館紀要』第8号、昭六〇・三・三〇）乃木年雄手記および戯曲を資料として所収。

［16］「高野一歩氏」（『新人巨人』昭三・一二・一〇　中国新聞社）。

［17］江津萩江『桜隊全滅―ある劇団の原爆殉難記』（一九八〇・八・六　未来社）。

［18］広島平和記念資料館の啓発担当菊楽忍氏のご教示による。

［19］「解説」『井上ひさし全芝居　その六』注［1］に同じ。

［20］ 熊井宏之・小野正和「演劇時評」（『悲劇喜劇』一九九八・二　早川書房）。
［21］ 注［14］に同じ。
［22］ 注［12］に同じ。

第Ⅱ部◉読みのア・ラ・カルト

第一章◉谷崎潤一郎「お国と五平」

一

谷崎潤一郎が明治四十三年に第二次『新思潮』の同人として作家への道を踏み出したこと、そして彼の処女作が同誌第一号に載った戯曲「誕生」であったことはよく知られている。以後戯曲の製作は小説と平行しつつ大正期を通じてほとんど途切れることなく続けられ、「お国と五平」[注1]が書かれた大正十一年前後には小説と拮抗する勢いとなった。昭和に入ると八年に発表された「顔世」のみで、それを最後に劇作の筆は断たれたのだが、それまでに書かれた戯曲はシナリオを含めれば優に三十篇を越えている。とりあえずその分量のみ見ても、初期から中期にかけての谷崎文学において、戯曲の占める部分は小さくない。しかしながら、その読みも評価も小説家谷崎の陰に隠れてほとんど定まっていないようである。

そうした谷崎の戯曲の中で「お国と五平」（『新小説』大一一・六、初演　帝劇女優劇　大一一・七　於帝国劇場）は上演も数多く、一般に最もよく知られた作の一つであり、作者自身の演出による初演に際しても、さまざまな人々が劇評を試みている。

例えば久米正雄は[注1]「変態的愛欲の――芸術の世界は、谷崎氏の小説においては今さら珍らしく思ふほどのものではない」としながらも、「芝居の世界では、甚だ異色あるもの」で、それが「ハツキリ、露骨に」出ていることがこの作の興味だと言う。しかしそれと同時に「非常に言葉が豊富すぎて、描線が多すぎる」こと、また「あまり作中の人物がセリフを以て自分を説明しすぎる」ことを欠点として挙げ、それを「谷崎氏が小説家であるところからくる」ものと説いている。

谷崎の戯曲が総じて特殊な感情や欲望を題材とし、その表現も小説的で、劇としての洗練に欠けるというのは今日にいたるまでの通念と言ってよい。しかしながら「お国と五平」の場合、その種の難点を全く忘れさせるような劇としての魅力が確かに備わっている。初演時の錚々たるメンバーによる合評[注2]でも、あれこれ注文の揚げ句、三宅周太郎の次の発言に大方が同意するようななりゆきはそれゆえなのだろう。

> 何の彼のと云ひながらこれだけの作は一寸ありません。誰も彼もいろんな文句は云つてゐるものゝ、結局は皆同感させられてゐる所がたいしたものです。褒められないで悪口を云はれながら、遂には誰もが恐入つてゐるらしいのが面白い。

直感的な表現ながら、作品の魅力の奥深さを思わせる発言である。以下読みの試みを通じてその具体的なありようを考えてみたい。

二

幕が開くと、那須野が原の秋の夕暮れ、人影もない街道で一休みしながらお国と五平の主従が話を交わしている場面である。敵討ちの旅の途上にある二人はお国の病いのために宇都宮にふた月逗留してのち、いよいよこれから歌枕でのみ知る「奥州と云ふひろいひろい国」を目指そうというところで、ことによればその国中を残らず遍歴しなければならぬかも知れぬという流離の旅に向けた感慨が印象に残る。

その印象を含めて、敵《かたき》の池田友之丞と出会うまでの二人の対話に何を読むかがまず問題だろう。たとえば国に残して来た子に話が及んだところで、「あ、これ子供のことは聞かして賜もるな。それを云はれると、飛び立つやうに帰りたうなるわいの。」と応じるお国の台詞がある。これについて、初演の舞台評の一つに、「女はちよツと嫌な顔をした。死ンだ伊織や、江戸（ママ）に残した子供のことなンぞ、考へても見たくないのである。▼注[3]」と記したものがあって、隠された二人の関係を先取りして見ようとする読みの一般的傾向をよく示している。

なるほど「考えて見ればほんに不思議な縁」というお国の言葉をはじめ、対話の裏にすでに主従の隔てを越えた二人の関係の暗示を見出すことは至るところで可能であるには違いない。お国の痛めた足を手当てする場面についても、「谷崎文学特有のフート・フェティシズム▼注[4]」が見て取れるとするのが決まり文句になっているようだが、谷崎の作品という先入観からこの種の裏読みに興じてしまうと、作品の魅力はかえって見えにくくなってしまうのではないか。そこに谷崎戯曲の読み方の問題がある。

作者に対する先入観は読みの盲点を作り出す。友之丞との出会い以前の対話で注目しなければならないのは、隠された関係の事実そのものではない。読み手にとって重要なのはそれを迂回したやり取りを強いられている二人の心情の方に違いない。おそらく二人は事実として生じてしまった関係に戸惑いと後ろめたさを感じているのであり、やり取りの主要な狙いはそうした心情をドラマの出発点として浮上させることにあるに違いない。

「不思議な縁」「ご縁」という言葉には互いの恋の暗示もあるが、それ以上に思いがけず敵討ちの旅を共にすること

になっためぐり合わせへの感慨がある。特に五平の台詞の場合、思慕の情を込めながらも主従のやり取りの形を崩せないところに、その戸惑いと不義に対する負い目の大きさが読まれるべきだろう。
終幕に至って初めて彼はお国に対し「妻」という言葉を口にしているが、その台詞にはもはや不義であれなんであれ、二人の身に生じた事実を肯定して生きようとする思いが込められている。内部に生じた動かしがたい実感と、その意識を支配する世間の掟との落差から生じた戸惑いが克服されて行く、その心理的経緯にこそこの作品におけるドラマがあると言わなければならない。
劇の中盤以降、敵役である友之丞の台詞が圧倒的な部分を占めていて、あたかも彼が主人公であるかのような観を呈するのだが、二人の意識の転換を首尾とする大枠を想定すれば、作品の題が「お国と五平」でなければならぬ必然性も了解されるのである。
なお、物語の大枠に関わる重要な要素の一つとして、一種のアウトサイダー的なロマンチシズムの感覚の暗示がある。「どのやうな辺土の果てまでも、いつ迄でもご一緒にさ迷ひまする。」という冒頭の五平の台詞が、二人をなんとか説得して生き延びようとする友之丞の長台詞のおわりにある「お互いに討つの討たうのとむづかしい事を云ふのは止めて、（略）お身たちももう国へは帰らずに、一生旅をつづけるなり、知らぬ土地に落ち着いて家を持つなり、どうなりとして夫婦楽しく浮世をよそに暮らすがよい。」というそそのかしの台詞とまさに照応している関係は見逃せない。

「敵を討たねば国へは帰れぬ」という台詞があるように、この劇の前提になっているのは制度としての敵討である。それは公許によってそれまでの社会的関係からの離脱が認られ、目的の達成を条件として、そこへの復帰が保証される特異な制度である。離脱と復帰の間にあるのは、「困窮と病痾と羈旅との三つの苦艱」（森鷗外「護持院原の敵討」）に満ちた日々に違いないのだが、見方を変えればそれは日常的な社会関係の大部分から解き放たれた日々でもある。

それゆえ合評会での谷崎が「あの二人は、あゝして二人でぶらぶらしてゐるのが面白くなつてゐるんだから。」と発言していることは、物語の基本的理解に関わる意味できわめて興味深い。友之丞と出会う以前の彼らの心には、不義の関係を含め自分たちが陥った状態になじむにつれ、その種の境涯への無意識の傾斜が生じていたと見てよい。友之丞は彼らの逃避的気分にかかわる誘惑者の役を担った存在でもあるとも言えるだろう。

この劇の魅力は、そうした二人が友之丞の誘惑を文字どおり断ち切って帰国するに至るまでの心理転換の経緯にある。見事な心理劇として再評価されて良いもので、心を支配するモラルに関わるその変化はまさにドラマチックである。その契機をなすのも、隠された真実の暴露や居直りを通じて道徳的価値を転倒してみせる友之丞の言動なのである。彼は誘惑者であり、いわば自ら意識することのないトリックスターである。

三

さて、敵討物の通念を根底から覆したこの作品の新しさは、何と言っても池田友之丞という奇怪な人物の造型によるところが大きい。友之丞は追われる身でありながら虚無僧姿で二人に付きまとったあげくに、自ら彼らの前に姿を現そうと考えるような男である。それだけにその言動について行くのはいささか骨が折れる。そもそも彼は何のために二人の前に現れたのか。

お国　そのやうに命が惜しいそなたが、何で私どものゐる前へ出て来やつた？　それともそなた、とても逃れぬ所ぢやと覚悟をきめておゐやるのか？
友之丞　いや〳〵、覚悟が出来たのではない。――拙者はたゞ一と目そなたの顔が見たうて参つたのぢや。
お国　何、何とお云やる？
友之丞（淋しき微笑）あはゝゝ。お国どの、何もそのやうにきつとならずともよいではないか。実を申せば、拙者はそなたと五平が廣島を発足したその日から、今日まで足かけ四年の間、明け暮れ影のやうに附き添うて、そなたの跡を慕うて来たのぢや。いかに臆病な男ぢやと云うて、恋には命の危ふさを忘れることもあるのぢやほどに。

観客の意表を付くこのやりとりで、追われる者が追う者の跡を最初からつけていたという面妖な事実が明かされて行くのだが、その理由を明かして「たゞ一と目そなたの顔が見たうて」というせりふが振るっている。敵討ち物の常識からすれば全く思いも寄らぬことばで、友之丞の人物造型には谷崎の面目躍如たるところがある。

間もなく彼のその望みは宇都宮においてすでに叶えられていたと分かる。そこで、「その望みがかなうたからは、此の世に思ひ残すこともござるまいが、……さ、さ、男らしう勝負をなされい。」と五平にせまられた彼は、「見す〳〵負けると決ってゐる」勝負をする気など無いと応える。まことに自ら言うとおり「武士の風上にも置けぬ男」なのだが、そんな彼が何のためにわざわざ二人の前に姿を現すのかという疑問は依然として残り、それが以降の彼の長台詞への興味を繋ぐ仕掛けにもなっている。

「男らしうしたい」が「女々しい気だては」持って生まれたもので、そのために嫌われたと身の「不運」を嘆いてみせるが、お国は人に嫌われるのは家老の家柄を笠に着た振舞いのせいで、身から出た錆びだと決め付ける。

友之丞　いかにも拙者は人に嫌はれた。――侍の身にあるまじき不所存者。――怠け者で、うそつきで、女《をなご》のやうに柔弱で、物の役にも立たぬからと云ふてそなたばかりか多くの人に蔑まれた。ぢやが拙者から云はせれば、拙者の気だての悪いのは自分の知つたことではない。拙者は初めからかう云ふ人間に生まれて来たのぢや。そなたの器量が美しいやうに、拙者の心は生まれながら醜いのぢや。なう、さうではないか、それなのに拙者を攻めたとて無理ではないか。

お国　そなた、それほど自分の醜さを知つてゐながら、なぜ人の恋を羨んだのぢや。

友之丞　お丶、羨まないで何としやうぞ。――伊織殿も人間なら拙者とて人間であらうに。その上そなたと拙者は約束までした仲ではないか。それが行末の見込みがないからとて、そなたにも疎まれ、そなたの父御にも断られた。いや、そればかりか、世間の人もそなたたちはよう断つた。あのやくざ者の友之丞をよう見捨てた、よう伊織殿に見かへたと、手をた丶いて囃し合うた。誰一人として拙者を気の毒と云ふてくれる者はなかつた。それが拙者には、……拙者のやうな女々しい者には、云ひようのない淋しい思ひをさせたのぢや。……拙者が伊織どのを斬つたのは、その淋しさに耐へかねたからぢや。

友之丞はさらに「不運な生れの男」に同情の無い世間への恨みを訴え、「恋の恨みもあるにはあるが、拙者は世の中と云ふものに楯をつく気で、伊織どのを殺してやつたのぢや。闇討ちにしては卑怯ぢやと云ふが、（略）拙者のやうな弱い人間は、卑怯になるより外はないのぢや」と説く、その論理には価値転倒による居直りの奇抜さがある。まことにそう言われればそうなのだ。

彼はつまるところ命乞いに現れたに相違ないのだが、お国への恋情を訴えたり、世間を恨んでみたり、生まれつきを嘆いて見たり、まことに捕らえ所のないその台詞は、はやる二人の気持ちを牽制しながら、後の暴露に望みをつないだ彼なりの前口上に外ならない。繰言が一段落したところで、「あゝ、拙者は五平が羨ましい。五平のやうにそなたの供をして五年でも十年でも、遠い国々をさまよふことができるのであつたら」という台詞が来る。これは先述したように巧妙なそそのかしに違いない。彼は自分が助かるためには二人に帰国の意志を無くさせるしかないことを知っている。しかし結局同情に訴えた口説きが奏効せぬと見えた時、友之丞はいよいよ奥の手を出して二人の不義の事実を暴露しにかかるのである。

彼はまず五平を「あつぱれな忠義者」と持ち上げながら、その忠義の功利的側面を穿って見せる。「首尾よう讎を報いて国へ帰れば、そちはお上の御感に会うて侍分に取り立てられる。あはよくば伊織殿の家名を継いで、晴れてお国どのと夫婦にもなれる。」と言い、相手が激高して忠義を主張する鼻先に不義の事実を突き付ける。

友之丞 (略) 成る程国を出た時はあつぱれな主従であつたろうが、お身たち二人がいつからともなく馴れ染めたのは、よう知つてゐる。拙者はあの熊谷の越前屋で、お身たちの隣の部屋に泊つてゐたのぢや。

お国 えゝつ、あの晩そなたは、――

友之丞 おゝ、隣の部屋で話声は残らず聞いた。――ぢやがお国どの、何も案ずるには及ばぬ。拙者が此処で殺されてしまへば、それを知つてゐる者は広い世の中にお身たち二人、敵を討つて国へ帰れば、晴れて夫婦になれるであらう。馬鹿を見るのは此の友之丞たゞ一人ぢや。

五平 ……それを知つてゐられては今更お前様にも面目ない。何もはじめから、さう云ふ気があつたのではござらぬ。ふとしたことから不義とは知りつゝ、奥方さまと、……池田様、どうぞ赦してくだされ。……

友之丞にとって真に恐ろしいのは五平であり、それゆえ後半の説得は専ら彼の弱みに絞られて行く。それは不義を後ろめたく思う心には極めて効果的で、「池田様、赦して下されい、私が悪うございました。私ぢやとてお前さまと同じ悪人ぢや」という言葉を引き出すまでに至っている。すでに二人も友之丞と同じくもはや世間に立交れぬ身であることが明らかになった以上、敵討などという建前には縛られず、互いに「浮世をよそに暮らすがよい」ではないかという友之丞の理屈を押し返す力は五平にはない。

ここに生じる立場の逆転が劇の面白さの一つであることはもちろんだが、不義の事実をつかんだ強みから、いわば饒舌に過ぎた語りかけが、相手を追い詰める一方でその心にどのような作用を及ぼしつつあったか、それを予想し得なかったところに友之丞の悲喜劇がある。彼による暴露は、自らの身に生じた不義の関係に戸惑っていた二人に、その事実と正対することを強い、その結果建前に囚われた意識から抜け出すきっかけを与えてしまったと考えられる。それに先立っての、友之丞のまことに「身勝手な」自己弁護の長口舌も、彼らの自己肯定の意識を目覚めさせるものであったに違いない。

友之丞　そちは格別、伊織殿から恩を受けたと云ふではないに、ほんの五六年奉ををした身でありながら、はる〴〵奥方に附き添うて主人の仇を討ちに出た（略）なう、五平、さうではないか。そして首尾よう讐を報いて国へ帰れば、そちはお上の御感に会うて取り立てられる。あはよくば伊織殿の家名を継いで、晴れてお国どのと夫婦にもなれる。忠義と云ふはさうしたものぢや。智慧才覚のある者なら誰しも忠義はする筈ぢや。

この敵討の報酬は、彼らにとってそれまでは口に出すこともためらわれた夢想であったろうが、言われてみればそれこそが彼らにとって是非とも手に入れたい未来に違いないのである。
見落とせないのは、その夢への執着においてお国の本性が発揮されるところである。

友之丞　お国どの、拙者を少しでも不憫と思ふたら、よう考へて見てはくれぬか。互いに討つの討たうのとむづかしいことを云ふのは止めて、今迄のことはきれいに忘れてしまはうではないか。拙者は虚無僧になりはて、、一管の笛を便りに何処へなりと流れて行かう。お身たちももう国へは帰らずに、一生旅をつゞけるなり、知らぬ土地に落ち着いて家を持つなり、どうなりとして浮世をよそに暮らすがよい。拙者は武士の道は知らぬが、さうしてこそお互いに情けを知ると云ふものぢや。

お国　いやぢや、私は国へ帰りたいのぢや、国へ帰つて五平を立派な侍にしてやりたいのぢや。………お、、それぱかりか国には可愛い子供もある。………

お国の台詞は、もはやなりふりかまわぬ叫びだが、重要なのはここで初めて彼女の敵討は自らの内的な動機に完全に即した行為に化していることである。それゆえ「お国、五平にそつと目配せして身を構へ、短刀の柄に手をかける。」とト書されているように、友之丞殺害のイニシアチブを先ずとるのは彼女なのである。
さて、次ぎの場面では口説きのかいもなく、二人に斬ってかかられた友之丞の口からもう一つの隠された事実が明かされることになる。

友之丞　え、、お身たちは卑怯ぢや、………卑怯ぢや、………不義者ぢや、不義の主従ぢや、………（肩先を斬られて倒れる）お、、おのれようも拙者を殺せた、………これ五平、おのれに一言云ふて置くが、そこにゐるその女は、お国どのはな、………

五平　何？　何と云ふ？

友之丞　お国どのは、………この友之丞に………一度は身を任せたことがあるのぢや、………

五平　うん、さては日頃の推量に違わず、――

（ジロリとお国の顔色をうかゞふ。お国面目なげにうなだれる。）

この場面について「お国の淫奔さが暴露され、（略）谷崎好みの女性となる。作者の女性観の表現があるとともに、劇構成上からは急転の役割を果たし、クライマックスへと迫っていく」という注釈があるが、[注5] その急転の中身をどうとらえるか、お国の性格の暴露だけではなく五平の意識に添って読むことが必要だ。せめてお国の手で止めを刺して欲しいという友之丞の願いを彼が無慈悲に拒絶するのはなぜか。「日頃の推量に違はず」と言う以上、彼は衝撃からの嫉妬に駆られているわけではないだろう。「お主の敵、恋の敵ぢや」という台詞が示しているのは、こんどは五平が彼自身の為の敵討の名分を手に入れたという事情である。イニシアチブはここで五平に転じている。それがおのずからこれ以後のお国と彼との関係の逆転を暗示するプロットであることも見逃せない。

以上のようにこの戯曲の柱は、主従であったお国と五平が夫婦として再出発する物語である。その首尾を通じてさまざまな価値を相対化する感覚を取り込みながら、登場人物の心理的な関係の力学を鮮やかに描き出したところに劇としての奥行きと魅力があるといえよう。

そして何といっても興味深いのは池田友之丞という登場人物であるに違いない。こんな極端な性格造型がなぜ必要だったのか。菊池寛の「敵討以上」（大九）と比較しながら考えると面白そうだがここでは踏み込まない。菊池は敵討の行為をいわば正攻法で否定しようとした。ヒューマニスティックな感動のドラマがそこにあるされるのだが、同じく敵討物のこの戯曲を横においてみると、それ常識的で合理的な人間観にこそ菊池の限界があると言われる意味がよく分かる。友之丞は、弱さやだらしなさや醜さや嫉妬そしてさか恨みなど、負の人間性を一身に体現した人物である。そのような性格は封建的な価値観に対する根本的な破壊力をおのずから備えているのではないか。ちなみに「恐怖時代」（大五・三『中央公論』）では、殿様がお家大事の忠臣に愛妾の命か殿のお命かと迫られて、では自分の命をとれと命じる場面がある。友之丞の性格は価値転倒の負性においてこの殿様よりさらに徹底している。それは谷崎戯曲のモチーフが一貫して逆説的なヒューマニズムのドラマにあったことを思わせるものである。

【注】


［1］「『お国と五平』をみて」（『演芸画報』一九二二（大一一）・八月号）。

［2］「お国と五平」（『新演芸』一九二二・八月号）。なおメンバーは、伊原青々園、岡鬼太郎、岡田八千代、小山内薫、永井荷風、久保田米斎、久保田万太郎、三宅周太郎に加えて谷崎自身も出席している。

［3］九郎冠者「芝居見たまゝお国と五平」（『演芸画報』一九二二・八月号）。

［4］橋本芳一郎「注釈「お国と五平」」（『谷崎潤一郎集』日本近代文学大系第30巻、一九七一・七　角川書店）。

［5］注［4］に同じ。

※　130ページ、図版は加賀山直三『新歌舞伎の筋道』（昭四三・九　木耳社）より。十三代目守田勘弥の友之丞、五代目中村福助のお国、七代目板東三津五郎の五平。

第二章●横光利一「愛の挨拶」

一

横光利一は長短十余篇の戯曲と一冊の戯曲集『愛の挨拶』(昭二　金星堂)を残している。昭和三年の『日本戯曲全集』(第四十七巻・現代篇十五)には、久米正雄や邦枝完二、鈴木泉三郎らと並んで数篇の作品が収められているから、昭和のはじめには劇作家として遇されていたわけだろう。ところが『演劇百科大事典』(平凡社)には彼の名は立項されていない。いつの間にか忘れさられたようで、『日本戯曲全集』に名を連ねた作家としてはちょっと珍しい例である。小説に力を注ぎだして劇壇から遠ざかった結果と見ることもできるだろうが、彼の戯曲の性格にも原因の一端があるように思われる。それはドラマとしての魅力に関わる問題だ。

「私は一番最初は詩を書いた。次には戯曲を書いた。」(「先づ長さを」昭四)と回顧されているように戯曲への関心は早くからあったようだし、大正十五年には舞台監督を務めたこともある。▼注[1] 当時文芸春秋社が畑中蓼波の新劇協会を経営した関係でその機会が回ってきたものだろうか。また同協会で上演された作品もあった。菊池寛は岸田国士らと同じように横光にも劇界で活躍することを期待したようだが、演劇との関係はそれ以上深まることがなかった。『文芸時代』での活躍を思えば、この時期の横光の去就はかなり興味深い問題に違いないが、ここでは戯曲の読みを通じて見えて来るものについてのみ考えたい。

横光の戯曲は史劇から現代劇までその世界は変化に富んだ印象だが、それらが全て「女と男との関係を取扱ふことに終始して居る」[注2]のが目立った特徴である。処女作の一幕劇「食はされたもの」(『演劇新潮』大一三・二)は、農村を舞台に、密通のあげく入水した男女の死体を運ぼうとするそれぞれの連れ合いが夜道で出会う話である。舞台効果も有りそうだし奇抜な発想が面白いが、ドラマトゥルギーに見るべきものはない。他の作品も総じてその意味での挑戦的性格に乏しいと言える。そうした中で唯一野心的な作と見なしうるのが昭和二年に書かれた「愛の挨拶」[注3]である。その題が戯曲集のタイトルにも採られていることから、短いが作者にとっては自信作であったものと思われる。

さてその内容だが、この劇も「女と男との関係を取扱」っており、モダンガールめいた断髪の女「爛子」を主役にして、しばらく前まで同棲していた男女が偶然再会した際に生じた心理的暗闘を描いている。過去の関係にそれぞれのわだかまりを感じながら、互いに牽制し合って、強いて再会の「挨拶」以上には踏み込まない技巧的対話が交わされるが、おそらくそれが題名の由来だろう。激しい感情や劇的な幕切れなどとはおよそ無縁の都会的な心理劇、といえば岸田国士流のそれが想起されるが、舞台の印象はまったく異質である。

主人公と見られる「爛子」とかつての愛人「A」〈=「木山」〉の関わりに絞って見てゆくと、この劇には三つの主要なプロットが組み込まれていることがわかる。最初は彼女をモデルにした「A」の小説が、校正のために読み上げられるプロットである。

爛子は先鋭な病人だつた。彼女は朝起ると爪を磨いた。彼女は一日に一足づつ新しい足袋を取り変へた。彼女は自動車の警笛と犬の鳴き声とに敏感だつた。彼女は化粧すると名妓のやうに冴え始めた。彼女は耳を磨くのに専念した。彼女は果実と菓子とを常食した。彼女は機会のやうな速力で読書した。

一見して新感覚派の小説を思わせる文体であり、それが描き出す女のイメージは、甲乙二人の校正係の感想にあるように、男の側から見た「おかしな女」「奇抜な女」としての「爛子」である。「こんな女はゐるものか。」「此の小説のモデルは、さつき二階へ来てゐたよ。」というやりとりから劇が動き出す。

次はその爛子とAの再会のプロットで、思わせ振りな「愛の挨拶」を交えるものの、爛子はすでに新しい愛人（「A」の友人である「B」）を得ており、それを承知しているAの態度はつれない。爛子は過去の関係を「愛」の名で呼ぶことに執着するが、男の方はそれを頑なに拒む。

三つめは、二人の過去の生活を描いた芝居の「女優」と「男優」による稽古を、爛子とBそしてその作者のAが一緒に見るという劇中劇の趣向によるプロットである。

女優　ぢや、説明してあげるわ。私は愛されないと分かつてゐる所に、もうそれ以上ぐずぐずしてゐることは出来ないの。

男優　あなたは、僕とあなたの関係を、愛で説明しなければ、することの出来ないほど、それほどセンチメンタルだつたのです。

女優　あなたは、あなたの亡くなつた奥様のことより考へられないほど、それほどセンチメンタルだつたのです。

男優　いや、だいたい、男と女とが、二人ゐると云ふことが、センチメンタルだ。われわれは、いつたい何の真似をしてゐたんだらう。

揚げ足取りばかり目だって前に進まない印象だが、別れた後も二人の関係に「愛」を見たい女と、女が執着する「愛」なるもの自体がそもそも分からないという男のどうしようもないすれ違いが暗示されている。その問答から二人が愛の実感を得られないまま同棲を続けてきたことが読み取れよう。

なお初出稿と定稿（『愛の挨拶』一九二七・六　金星堂刊）の異同はこの劇中劇の場面の加筆に集中している。[注4]「定稿」で加筆された対話のさわりを引いておく。


女優。あなたは、私を愛してはゐないんです。

男優。僕には、あなたの愛と云ふことが分らないんだ。

（略）

男優。いつたい、愛とはどんなことです？

女優。愛が分からなければ、愛のことなんか云つたつて、分からないぢやありませんか。

男優。それや、卓見だ。しか、愛と云ふものを分かつてゐる奴は、僕の前へ出て来るがいい。僕はその者に向つて、愛とはいつたい、何事だと訊いてみる。ね、君、愛とはいつたい、何事です？

女優。愛とは愛よ。

男優。愛とは愛か。

女優。愛とは、愛だわ。

男優。それや、さうに違ひない。愛とは愛だ。しかし、愛とは、いつたい何事だ。

女優。（立ち上つて窓を見る）私、どうしてこんな所にゐたんでせう。不思議だわ。

女はこれで男と別れる決心をするのだが、「定稿」では、「愛」というものに執着する女ほど荷厄介なものは無いという男の思いがより前面に押し出されている。いずれにしても「愛」の実感の不在が問題なのだ。劇中劇に先立つ「A」と爛子の対話ではそれをめぐって「愛の方程式」といういかにも横光らしい言葉が使われている。

A。　所が、此の男、元来殺風景な代物で、あなたの愛の方程式さへ解きかねたほどの頭の悪さと来てゐるんだから。

爛子。　でも、私の方程式は、ちよつと、あなたには難し過ぎたのかも分かりませんわ。

A。　さうなんだ、あなたの方程式は、いつも間違いだらけで、僕にはさつぱり分からなかつた。第一、愛してもゐない癖に、愛、愛、愛と云ふやうな、そんな答への出て来る方程式はきつとどこかに間違ひがあるに相違ないのです。しかし、いまから、その検算をやることだけは、御免ですよ。

さて、劇中劇が別れの場面で終わって「女優」が退き、ついで爛子と「B」が退場して後、残された「男優」と「A」は座ってじっと互いを見合っている。傍らでは蓄音機の上でカンツオネツタのレコードが「くるくる廻つてゐる。」というところで幕切れとなる。ここで再びテキストの異同に触れておくと、「定稿」ではその後さらに「女優、右手の入口からAの様子を眺めてゐる。」という一行が加えられている。その加筆はいずれまた彼を辟易させるであろう新しい愛人の出現を暗示するものだろう。この劇のテーマは「愛」の実感を欠きながら性懲りもなく繰り返される男と女の追いかけ合いを皮肉ったものだろうか。廻り続けるレコードという指示がそれを思わせる。

二

ところで、この戯曲で台詞に固有名詞を振られている人物は「爛子」だけである。この女性の造型に向けた作者の関心を示しているが、そこで採られた方法はどのようなものか。

冒頭の「甲」「乙」の人物による台詞に「おかしな女」、「奇抜な女」、あるいは「こんな女はゐるものか」とあったように、最初の場面で読み上げられる小説の中の「彼女」は、現実離れしたロマンチスト、あるいは夢想的でいさかか痴呆めいた女のイメージしかもたらさない。ところが舞台に登場した爛子は、隣室の「A」に聞かれるのを予想して語ったことばが無駄になったと知って、「ぢや、失敗つたわね。」と舌を出して見せるような相当にしたたかで現実的な性格の女である。さらにまた、劇中劇の中で他人に演じられた彼女は二人の間の「愛」に執着して止まぬ女である。それに俳優が稽古する「セリフ」によってもたらされる「世間並に結婚したくつて堪らない」という平凡な女のイメージが加わる。つまり、それぞれまるで異なる爛子のイメージが、場面の展開にしたがって継ぎはぎされるわけで、これは小説ではできない冒険である。戯曲としても非常にユニークな試みだが、問題はそれが劇としての魅力に通じるものかどうかだろう。

「愛」をめぐる押し問答は文字通り押し問答で、行為を引起したり、微妙な心理を表現したり、あるいは隠された事実をあらわにして行くといったものではない。その意味でこの戯曲の台詞は対話の力に欠けている。押し問答は「愛」をめぐるものに限らない。最初の場面で「甲」と「乙」が交わす「断髪」についてのそれも同じである。

甲。　断髪ぢやないぞ。

乙。　断髪だよ。

甲。　断髪ぢやない。

乙。　断髪だ。

甲。　あれは、一寸、前の髪が切つてあるだけさ。

乙。　そら見ろ。だから、断髪だと云ふんだ。

甲。　断髪ぢやないぢやないか。断髪と云ふのは、前も後ろも、全部すつかり切つてあるのが、断髪さ。

乙。　いや、断髪と云ふ字は、髪を断ると書くんだよ。


これは実に三度目の断髪問答のくだりである。後の場面の「挨拶」や「愛」という言葉をめぐる繰返しのやりとりを予告するような印象で、トートロジーのドラマトゥルギーとでも言うべきか。ちなみに最後におかれる回り続けるレコードのイメージもまさにトートロジーのモチーフを暗示している。この劇の基本的技法の一つに違いない。

ドラマトゥルギーはユニークだが、普通の対話を期待していた観客は戸惑うだろう。そういえばこの戯曲では扉に〈登場人物〉が示されていない。継ぎはぎの構成とあいまってこれも劇を分かりにくくしている。意図的なものに違いないが、こうしたやり方への関心はドラマへの意欲とは別種のものではないかという気がするのである。

三

さて、この戯曲はさほど長くも無い一幕物であるにもかかわらず、人物の出入りを目安とすれば二十近い場面から成立っている。部分によってはシナリオに近く、それによって生ずるテンポの速さもこの劇の大きな特長だろう。様々な人物が忙しく出入するため、「ある協会の応接室」という劇の舞台には、あたかも固定されたカメラの視野から眺められた交差点のような奇妙に混乱した印象がつきまとう。例えば次のような場面である。

女中、右手から、「河野さん、お電話でございます。」

主任、周章てて右へ退場。

庶務係、左へ退場。

女優、どちらへ行かうかと暫く迷ひ、右へ退場。

空気銃の音。

自動車の警笛。

右手から俳優一人、セリフを呟きながら俯向いて這入つて来る。「なアに、腹の中では、世間並に結婚したくつて堪らないのかも知れませんよ。上べでは超然としてゐてもね。」左手へ退場。

庭の方から、青年作家Aが這入つて来る。爛子を見ると、つかつかと傍へ寄る。

「主任」「庶務係」「女優」はこの動きの前の場面でいきなり登場して、麻雀と将棋とホテルインペリアルと、それぞれ全く別の話題に一心不乱のそれでいてまったくかみ合わない会話を続けていた。台詞の稽古をしながら通過する「俳優」と同様に本筋とは無縁の登場人物たちである。三人の会話は観客に、〈すれ違い〉の想起を促すものだし、「俳優」がたまたま稽古している「セリフ」の挿入は、爛子の心を思わせる。こうした小プロットの暗示的役割は明白だが、幕開きの「断髪」の意味をめぐる同語反復の対話と同じようにそのねらいが見えすぎていささか煩わしい。

つまるところこの戯曲の面白さはどこにあるのか。おそらくはそうした趣向の効果よりも、必要でも無い効果音やナンセンスに近いやり取りも含め、偶発的な小プロットを取り込みつつ進行する奇妙に落ち着かぬ実験的な舞台の創出それ自体にあると言えそうだ。実際、始まって間なしに「空気銃」と「雀」を持った男の風のような闖入の場が挿入されていて読者（観客）を唖然とさせるが、これなど明らかにこの戯曲を特徴づけるドラマトゥルギーの顕示であろう。それは論理的で緻密な構成による場面展開の窮屈さを脱した、継ぎはぎ細工の試みから生じるコラージュの面白さをこの劇にもたらしている。

男女の愛のもつれというオーソドックスなテーマと奔放な継ぎはぎによる舞台の結び付きは、観客に不安定な気分を強い続けるに違いない。先に〈交差点のような〉舞台の印象と書いたが、それは本筋との直接的な脈絡を欠いた場面がいつ飛び込んでくるか知れない不安を生み、主役の男女の心理に同化しようとする観客の意識に水を差さずにはおかない。では、なぜそのような作品が生まれたのか。

映画的発想による一種のアンチテアトルの試みと理解すれば一応収まりはつく。その動機にかつて文芸春秋社のいわば同輩であった岸田国士の心理劇に対するアンチテーゼを見出すこともできなくはないだろう。比較的オーソドックスな手法で「女と男との関係」をテーマにした戯曲を書き続けて来た横光にとって「愛の挨拶」はともかく野心作であったに違いない。しかし読後に残るのは何かはぐらかされたような思いである。「愛」の実感の不在というテーマには逆説的な発想の魅力がある。しかしこの作品のドラマトゥルギーがそれにふさわしいかどうか疑問である。トートロジーによる概念的な理解はもたらされてもドラマを通じた手応えがない。もしそれもが横光のねらいであったとすれば、この戯曲はまさに彼の劇作家としての評価の分かれ目となるものだろう。

【注】

［1］　大正十五年十一月十五日から七日間、帝国ホテル演芸場で新劇協会第十六回公演が行われた。演目はチェエホフ「記念祭」（一幕）、関口次郎「鴉」（一幕）、村山知義「勇ましき主婦」（一幕）、金子洋文「盗電」（一幕）である。横光は「記念祭」の舞台

監督としてプログラムに名を連ねている。なお、「盗電」の舞台監督は岸田国士であった。この公演は文芸春秋社の経営による第一回目の公演であった。これより先同協会の第9回公演（大一四・一）では横光の「喰はされたもの」（一幕）、第十二回公演（大一五・三）では「男と女と男」（一幕）が上演されている。

［2］「横光利一解説」（『日本戯曲全集第四十七巻・現代篇十五』一九二八（昭三）・一〇　春陽堂）。

［3］初出『文芸春秋』第五年第三号（一九二七（昭二）・三）、初演　未詳。

［4］この戯曲の場合、テキストの異同は劇中劇の場面の外には幕切れ一行の加筆のみである。劇中劇の対話の方は、「もう、秋になったのね。」という皮切りの台詞と、四行後の「私は故郷へ帰らうかしら。」の間に二十八の対話が加筆挿入されている。かなりの分量で、初出稿に比べると個の主要なプロット同士のバランスが良くなり、また劇中劇の趣向の狙いがより明瞭になる効果が認められる。なお劇中劇部分の加筆の前半は劇の最初に読み上げられた小説のなぞりである。後半の要をなす部分は本文中に引用で示した。

第三章●矢代静一「絵姿女房——ぼくのアルト・ハイデルベルク」

一　作家的自立に関わる側面から

矢代静一は昭和二年東京銀座に生まれた。昭和十九年早稲田高等学院在学中に俳優座の研究生となり、移動演劇の一員として戦中を過ごした。終戦後早稲田大学仏文科に入学、ジロドゥやアヌイに熱中して文学座の文芸部に入った。大学を卒業した昭和二十五年、処女戯曲「働蜂」(『近代文学』3、4合併号)を発表。演出の仕事も初めて手がけ、その後「狐憑」(昭二七・一二初演　文学座アトリエ)、「城館」(『新劇』昭二九・四)、「雅歌」(『三田文学』昭二九・一〇)などで新しい心理劇の作り手として戦後世代の旗手と見なされるに至った。「城館」の載った『新劇』に掲げられた「最近の戯曲生産を通じて、これほど傍若無人な作品にぶつかったことはない。」という岸田国士の推奨の言葉がそれを語っている。

三角関係がもたらす愛とエゴイズムの葛藤を観念的に追求した作風は、流行のシャンソンを取り入れるなど当時はまことに新鮮な印象で迎えられたようだが、今日の目から見ると時代色を帯びすぎた感を否めない。同様のモチーフは、その後、彼の生家を思わせる銀座の老舗を舞台にした「黄色と桃色の夕方」(『新劇』昭三四・一〇)、「地図のない旅」(『新劇』昭三六・一)、「黒の悲劇」(『新劇』昭三七・九)と継続し、次第に社会的な広がりを持ったリアリズム劇の色合いも加わってくるが、それと平行して「壁画」（『群像』昭三〇・三、岸田戯曲賞受賞）、「像と簪」（『新劇』昭三一・六）、そして「絵姿女房」のような非現代劇も試みている。つまり矢代の初期の劇作には二種のモチーフが存在したと言える。そして非現代劇の方が、喜劇や風刺、アレゴリーなど劇作家としての彼の豊かな個性を十分に伝えて今日でも興味深いものがある。

そうした中で「絵姿女房」▼注[1]は制作に最も長い年月を要した作品であったらしい。エッセイ集『鏡の中の青春』（一九八八・八　新潮社）に、初演のパンフレットを抜粋するかたちで、その事情の一半が次のように語られている。

絵姿女房を書き出したのは、三年前（昭和二十八年の十一月）である。習作を除いて、私の作品の中では、一番短いものであるのに、思いがけず、完成するまでに長い時間がかかった。私は、あのころ、心の動揺がいちばん烈しかったころで、やがてなくなってしまう筈の青春を、どうにかして、書きとどめて置きたいと焦っていた。この作品は奇妙な偶然にかかわりを持っている。第一稿が出来上がった日に、加藤道夫が自殺した。私は、そして、ある説明しがたい興奮に駆られて、原稿を焼いた。贋物であるという判断を自ら下したのである。第二稿に着手したのは日記を見ると二十九年の三月四日で、雪が降っていた。どうにか、今度はものになりそうだと思って、筆をひとまず置いて、夕刻、一ツ橋講堂のゴーリキイ「どん底」の舞台稽古を見学しに出向いた。劇場のドアを開けたとき、演出の岸田国士先生は意識を失っておられた。それでまた暫く筆を捨てた。（略）岸田は私の恩師であり、加藤は尊敬する先輩であった。この二人の孤高な精神は私の精神形成におおいに役立っている。

右の引用部分からこの戯曲が、「なよたけ」の作者加藤道夫と岸田国士の死による二度の執筆中絶を経て完成した作であった事情が分かる。当時の矢代にとってその二人を除いた日本の劇作家はほとんど眼中になかったという。「この二人の孤高な精神は私の精神形成におおいに役立っている」というのは、自己のテーマに徹底してこだわる作家としての彼らへのオマージュであると同時に自己決定の言と受け取れる。

また『鏡の中の青春』は「絵姿女房」成立の経緯に絡めた青春記というべきもので、「翠」と呼ばれる女性との出会いと別れが、作品執筆の動機であった事情が語られている。作品の読解に絡んで味深いのは、当初この劇の主役は「すい」だったのだが、やがて、「どうしても殿様を主役にしてしまいたくなって」と回想されていることである。おそらくそれは加藤、岸田両人の死による二度の執筆中断と関わっていたのだろう。その構想変化を経た「抒情喜劇」としての作品完成が、劇作家としての矢代の自立にとって大きな転機となったことは疑えない。

二　典拠を視野に入れて

「絵姿女房」は民話に取材した作品で、類話としての昔話は日本各地に伝わっている。ただしこの民話が一般によく知られるようになったのは戦後のことらしい。これを取り上げた関敬吾の『日本昔話集成』（第二部の1）初版が昭和二十八年四月に出ており、『鏡の中の青春』の中にも言及が見られるから、題材はこの本から採られた可能性がある。

各地に残る民話にはそれぞれ多少の相違があり、大別して物売り型（桃売り型とも）と難題型に分けられる。八代が拠ったのは物売り型だが、そこには当然選択意識が働いたものと思われる。つまるところ両者の相違は、時の経過を含むかどうかであろう。難題型では、妻が城に連れ去られて間もなく夫に難題が与えられ、決着も速やかだ。後述するが、「絵姿女房」の主題は、時の経過による心の変化という問題と深く結びついている。

さて、「絵姿女房」の類話はいずれも美しい女房を殿様に奪われた百姓が、女房の知恵を借りて再び夫婦の幸せを取り戻すという話であり、基本型は次のような筋によっている。

1　ある男が女房（天女、瓜姫、長者の娘）を娶るが、美しさに見ほれて仕事に出ない。
2　女房は自分の姿を絵に書いて持たせてやる。
3　絵が風に飛ばされ殿様の邸に落ちる。
4　殿様はこの女を探し出して女房にする。
5　男は女房と約束して桃売りになって城に行く。
6　女は桃売りの声を聞いてはじめて笑う。
7　殿様は女の歓心を買おうとして桃売りを呼び入れ、着物を取り替える。
8　桃売りの格好をした殿様は番人に追い出され、二人は城で幸せに暮らす。

（『日本昔話集成　第二部の1』角川書店による）

元の民話と比較すると、矢代の「絵姿女房」は思い切った換骨奪胎の産物であり、その点で木下順二流の民話劇とはまったく別のものであることがわかる。

たとえば、民話では女房が天女であるケースが多く、その知恵が夫婦の難局を打開するのだが、「絵姿女房」のすいは自然児ながらただの人間に過ぎない。また、よもは、女房に惚れすぎて仕事が手につかないのではなく、立身出世の野心に駆られて、その愛が重荷になった男として登場する。また、絵姿が風に飛ばされて殿様の目にとまるといういかにも民話にふさわしいプロットは消え、その代わりに老爺に扮装したお忍び歩きの殿様が、よもの悩みを知った上で、彼と示し合わせてすいを城に入れるというとんでもない話になっている。

殿様の心を知った彼女が、世間ずれしたよもを捨て、殿様と共に生きる道を選ぶという結びになれば（実際彼女は殿様を愛することになるのだが）、これはまったくのパロディで、矢代が親しんだ太宰治の「お伽草紙」の戯曲版であろう。しかし、コミカルな味わいを随所に含みながらも、この作品の主題はパロディに止まらぬモチーフの真摯さを感じさせる。

「お伽草紙」にはならなかったが、この戯曲の発想に太宰の影響があったことは、処女戯曲集『壁画』（一九五五・六書肆ユリイカ）に収められたこの作品に「—僕のアルト・ハイデルベルク」という副題が添えられていることからも推察しうる。「アルト・ハイデルベルク」は、マイヤー・フェルスターの戯曲で、ハインリヒという王子の大学時代の生活と恋愛を描いたものだが。太宰にも過ぎ去った青春の時代への愛惜をテーマとした「老《アルト》ハイデルベルヒ」がある。シチュエーションはまるで異なるが、「絵姿女房」もまさしく若者たちの青春と、時の流れが強いるその終焉をめぐる物語であるに違いない。

「『絵姿女房』は民話劇ではない、現代劇のつもりである。」（『鏡の中の青春』）という作者の言葉と、「アルト・ハイデベルク」の連想を楯にして、すこし大胆な見立てをするなら、よもとすいそして殿様という三人の若者たちに似た性格の組み合わせは、青春時代の交友にはしばしばあるものだ。一組の恋人とその親しい友人の三角関係。よもは、「美しく大きな若者」ですいに愛されているが、世俗的な立身出世を夢見て止まない野心家であり、「美しく小さな娘」すいはひたすら恋人を愛し、彼のためには自己犠牲も厭わない。そして「醜く小さな若者」の殿様は、自分にはその何れの生き方もできないと思い定めて、しかし彼らをいとおしんでいる、トーマス・マンの「トニオ・クレーゲル」のトニオを思わせる若者である。

「私の『絵姿女房』では、殿様は複雑になっている。現代では殿様もしくはそれに似た存在は、割の合わない役割になっている。しかし、殿様という職業が悪いのであって、なかには、いい殿様もいる筈で、そういう殿様はその機構の中で孤独になる。この作品はそういうニヒルになった殿様の純情な恋物語である。」（『鏡の中の青春』）と作者はいうが、たまたま殿様であったからこそ、本来彼には無かったはずのチャンスが訪れるのである。作者の思い入れが殿様の方に傾いてこの作品が完成したという事情には引用で語られた以上の意味がありそうだ。

三　恋ゆずりのいきさつ

さて、戯曲を読んでみよう。「絵姿女房」はプロローグと二場で構成される劇である（題には「抒情喜劇」と角書されている）。プロローグの「―パントマイム―」は、夕映えの田舎道での若い男女の出会いを一枚の絵にした趣。水車はリズミカルな音で回り、空には小鳥のさえずり。甘美な音楽に包まれた牧歌的で瑞々しい恋の光景だが、二人が顔を見つめ合う結びでは、「よもの表情に、気弱さが現われ、女の表情に、気高さと強さが現われる」。二人の性格を暗示しながら、その恋の行く末についてのある種の予感を潜ませた無言劇である。

第一場の舞台はプロローグのそれと同じ。ただし、コミカルな音楽が流れ、空には人を馬鹿にしたような烏の声、水車は故障してその音もないという、一転して滑稽にも幻滅的雰囲気の世界である。竹に挟んだ女の絵姿は民話どおりだが、それを立てかけた大樹の梢に縄をかけて、よもが首を括りにかかるという意外な成り行きで劇の世界が動き出す。

いったいなぜよもが首を括らなければならないのか。通りかかった老爺（実は老爺に化けた殿様）との対話によって、その事情は徐々に明らかになり、それと平行して奇妙な恋譲りのプロットが展開してゆく。

よもの最初の台詞に一年しかたたねえつうに、なんとまあ、人の心はずんずんずんと、変わってゆくものじゃろか。」とある。彼の嘆きの種はすいと共に暮らすというだけでは満たされなくなった自分自身の心である。

よも　おいら、長者の娘と一緒になりてえだ。すんで、おいら、商い始めて、金さもうけてえだ。金さ握っとらんと、男は出世できねえもんな。おいら、出世してえだ。都にいきてえだ。百姓はいやじゃ。

老爺　すんなら、長者の娘と一緒になればええでねえか。首さつることはあるめえ。

よも　だども、おいらには、女房があっだ。女房二人持つのはいけねえこっだ。いけねえこっだと人は言うだ。

老爺　こら、また、欲の深え男だ。金ざくざくと、女っぷりか。ふたつほしいのけ。

よも　空さ夕焼けでまっかになった春の日によ、おいら、女房と会うてしまったのじゃ。すんで、おいら、気さ短けえ男じゃけん。女房のきれいな姿さ一目みて。つい、言うてしもうた。「おいらの嫁さ、なんねえか。」

老爺　女房はなんと答えただ。

よも　「うれしいだ。」あんまり空のきれいな日におんなと会うもんでねえなあ。

老爺　どしがてえ阿呆（あほう）じゃ。

よもにとっては、出会った当時のまま、ひたすら自分を慕うことしか知らない女房の心は、もはや重荷以外のものではない。しかし、その純な心を思うと打ち明けることはとてもできない。だから、首を括る気になったというあきれた話だが、思えばそうした身勝手な悩みは現実的でもあり、物語は発端から大きく民話の世界を離れている。やがて絵姿の女に惚れたという老爺の言葉を思い出したよもは、女房をやるから、彼女が決して戻ってこれない遠い山の中に連れて行ってくれと言い出す。まるで、主人を慕う犬を捨てるような話だが、老爺はそこで殿様の正体を明かして、彼女を城に連れて行ってやるという。よもは驚愕するが実は渡りに船である。

やがて弁当を持ってきたすいが加わって、舞台は三人のやり取りの場に移る。殿様は再び老爺に扮して、先ほど通りかかった殿様がよもに難題を持ちかけたのだと話す。

老爺　それよ。そのことよ。殿様がな、この絵姿さ見ておめえの体さ、ほしいとよ。
すい　ほしいって、なにいうだ、おいら、よもの女房じゃ。すいはよもじゃ。よもはすいじゃ。（朗らかに笑いころげる）
老爺　日が暮れんうちによ、お城さ、おめえを連れて来いというのじゃ。なあ、よも！
よも　だども、そらな……
老爺　よも！　おめえ、おいらの気持ちわからんのけ！
よも　（半信半疑のまま）んだ。んだ。えい、畜生！（略）すい、そのとおりじゃ！

よもと自分は出会いの日から一心同体だと信じて疑うことの無い女がすいである。よもは躊躇しながらも老爺の話に口裏を合わせ、言うことを聞かなければ殿様に殺されてしまうと弱って見せる。ならば殿様のところへ行くというすいの言葉に喜んで、帰って来る日をいつまでも待っているとおざなりでを言う彼なのだが、「おいらの心さ変わることはねえけんど、体さ汚れちまっとるだ」と聞かされてはさすがに後悔してしまう。

よも　畜生！　おいらもうどうでもええだ。（胸をはって）ええか、よくきけよ。おいら天地神明にかけて誓うだ。
　おいらは、すいは、はなさねえ、けえれ！　けえれ！
老爺　胸がすーとしただ。すんなら達者でな。

思い切って男の意地を見せはしたものの、去りかけた老爺を見て思わず彼が呼び止めようとした時、すいが老爺に声を掛ける。彼女の決心がいよいよ本物だと知ったよもの応対はまことに見ものである。

よも　すっと、おめえ、ふんとにお城さ……
すい　おこらねえでな、よも。
よも　すんで、もうけえってこねえのけ？
すい　けえってきてもええのじゃろか？
よも　……（泣き笑いで表情こわばる）
すい　すんな悲しい顔さするでねえ。おいら、お城からけえれるようになったら、まっすぐおめえのとこさ飛んで戻ってくるだ。誓うだ。おいら、ほかに行くとこさねえもん。
よも　……（表情がますますこわばる）

自分の野心のためにすいを厄介払いしたいのだが、それが打ち明けられない彼の困惑を知る観客（読者）にとっては抱腹絶倒の場面である。三年経ったら桃売りに化けて迎えに行くという約束は、民話をなぞっているが、「三年たったら、おいら、きっと出世してみせるだ。そうじゃねえ、きっと、お城さゆくだ。」という台詞は語るに落ちて可笑しい。厄介払いされたとも知らぬすいは、老爺に言われたように毎日しかめっ面をして殿様に早く飽きられるようにすると約束する。まことに健気なのである。

四　「絵姿」の意味

今見てきた第一場からは、さまざまなテーマが読み取れよう。「すいはよも、よもはすい」という自他の区別をが離れた愛は若者の誰しもが夢見る至福であろう。恋愛は一体化の喜びをもたらすが、時の流れとともに心はやがてその喜びを忘れ去る。その結果、時には野心のために愛を捨て去る残酷さも人は持ち合わせている。

仮にそうした苦い真実が写実的な現代劇として描かれたとしたら、殺伐さはまぬがれまい。「城館」などの矢代の現代劇がそれを示している。「絵姿女房」の場合、民話の世界でを借りて抒情性と喜劇性に富むドラマにそれを仕組むことで観客の受ける印象はまったく異なるものとなった。人物もそれぞれに親しみが感じられるが、興味深いのはやはり殿様に託された性格だ。彼は多くのことをよく心得ながら他の二人に関わって行く。

三年後に約束がどのような形で実現するか。「こんで、おいらにも、たのしみが一つできたというものじゃ」という老爺（殿様）の台詞は、人間性に対する彼のシニカルな関心を表しているが、その彼もすいに心を惹かれている若者であるという設定によって、この作品にはより高次な心のドラマへの可能性がもたらされている。

第二場は殿様の城、すでに三年の時が過ぎている。お触れによって桃売りが集まり、すいが彼らを引見する時が迫っているのだが、殿様は桃売りに混じって、自分のいない場所で彼女がどう振舞うか見ていたい。老爺に扮するためには彼が姿を消した後、すいは番人に殿様のお召し換えを手伝うよう勧めて、とぼける相手に、「おいらが知っとることは、殿様にいうてはなんねえど。殿様は、おいらが知らんとおもうて、一人で、おたのしみなさっとるのじゃけん。」と言う。この台詞は、三年のうちに彼女が殿様という人間のすべてを理解したうえで、彼を愛するにいたった事情を伝えている。

ところが桃売りの姿で現われるはずのよもは、なかなか現われない。そこで他の桃売りを返した後に、桃売の老爺に化けたつもりの殿様とすいの対話の場となる。わざと殿様の悪口を言う老爺に、彼女はそ知らぬ体で自分が殿様の立場や心をどれほどよく知っているかを語る。

すい　女さ惚れてなくとも、金さ欲しくなくとも、でっけえ御殿さ住みたくなくとも殿様は人のくれたもんは、なんでも、もらわなけりゃなんねえだ。それが、殿様の役目じゃけん。悲しい役目じゃ。おいら、ようわかっとる。人間つうもんは、うしろぐらいことさあっと、ひとりでいるのがつらくなっだ。（略）すんな人間どもには、殿様はかもじゃ。よくねえことしてもうけた金があっと、そいつは殿様に半分やるだ。女さ手つけると、手つけたあとで、殿様にやるだ。すっと殿様は、いつもだまされたふりして、金やら女やらをもらうだ。殿様は、神様じゃ。

老爺　おめえ、すんなことというでねえだ。

すい　なんしてや。

老爺　三年前に、おいらにいうたことを忘れただな。

すい　はあて、なんのことじゃったろか。

老爺　おまえはいうただ。すいはよも。よもはすい。おまえの言うことさきいとると、すいは殿様じゃ。

すい　いけねえことじゃろか。

さらに彼女はよもが長者の娘を嫁にして村一番の金持ちになったことも心得ていて喜んでいるという。

老爺　なんして、おめえ、すんなうれしそうな顔すっだ！

すい　よもがしあわせになっとれば、おいらもしあわせになってもええからじゃ。

老爺　さあて、わからねえ。よもに捨てられて、なんして、おめえはしあわせなのじゃ？

すい　わかっとるくせに。

老爺　わからねえだ。
すい　殿様。
老爺　（後ろを見て）はて、殿様がおいでになったのけえ。
すい　おいらが、なにをまっとつたか、よう知ってなさるはずじゃ。
老爺　おいらがけえ？

無論これは殿様に対する愛の告白である。城に来て今日はじめて彼女が笑ったのは、よもが来ないと知ったからだという。民話離れも甚だしい意外な成り行きである。しかし殿様は素直に彼女の愛を受け入れようとはしない。よもが来ないのはいくさで何もかも失ってその姿を見せるのがつらいからだと弁護し、醜くて人をいじめる自分にはすいに愛される資格はないのだという。すいは相変わらずおのれの心に正直でこうと思えばひたすら真剣である。殿様が押されてたじたじとなったところで、よもが現われる。

よもは見た目も三年前とは変わり果てて、心も擦れきった様子をしている。約束どおりすいを連れ帰るつもりでいるのだが、案に相違して彼女は従わない。二人の対話が進行するにつれてすいの心にも決定的なある変化が生じたことが明らかになる。彼女は殿様への愛を隠さない。それゆえ「すいはよも」では最早無いのだが、それでは「すいは殿様か」と問いかけるよもに、「すいはすいじゃ」と鮮やかに答えるのである。

その意味は殿様には分かり、よもには分からない。彼はすいの絵姿の代わりに金をもらい、「畜生、こんどこそ、一旗あげっだ！貧乏人は金さねえと出世できねえだ。」と嘯いて城を去ることになる。

よも　どうでもおまえのかってにすっがええ。首さしんからつる気になった、過ぎた昔がおしまれてなんねえよ。

あのころのおいらには、きれいな女はきれいな女に見えたもんじゃった。

殿様　いまは？

よも　きれいな女もきたなく見えるだ。

芝居がかった捨て台詞だが、半ば本音の悲しさもあるものの、哀れな現実主義者には、ついに変わらぬ心もあることが分からない。殿様と二人残されたすいは、絵姿を返してくれといい、「ゆっくり、ゆっくり、それを破く」。絵姿は、美しかった青春の日の象徴である。その時の止まることをことを人は願うが、時は過ぎ去り人の心は変わる。「わたしはわたし」と思い定めて生きることしかそれに耐えるすべはない。だが、そう覚った時が青春の終わりである。すいは殿様を愛しまた殿様も彼女を愛したが、よもも含めた彼らの青春の時は終わったのだ。誰も結ばれることなく別れて生きてゆくという結末は、やはりそうあらねばならないものだろう。

五　自己決定のかたち

現実に対する諦念を抱きつつ、誰のものでもない私自身の私となってそれぞれの道を歩み出そうとする時、人はいったい何によって生きればよいのか。幕切れの場を通じて読み取れるのは、その問題にかかわるメッセージに違いない。すいは絵姿を破いて去りかけるが、再び戻ってくる。殿様がよもに「おめえの女を、こんどこそ買うだ。」と言ったことが気になってそうしたと言うのである。その台詞はもとより彼女をよもから自由にするための嘘であり、すいもよく分かっていたはずなのだ。にもかかわらず戻ったことに、彼女の密かな願望が読み取れる。彼女にとって愛はやはりその心の支えなのだろう。殿様はそれを知りながら、やはり彼女を去らせてしまう。

よもは真っ先に変わり。すいもまたそれとは違う意味でやはり変わる。それは心の成長である。そして、「おめえは、草の色や雲の形さ、教えてくれたなァ、」と感謝しながらなされる殿様の選択は、彼もまたすいの純な心に触れることで、彼なりの心の成長を遂げたのだということを暗示している。幕が下りる前の彼の台詞を手がかりにしてその意味を考えてみよう。

彼は、幼い自分が山を見、川を見て、心のままに口にした言葉を、表では褒めそやし、裏では現実の苦労を知らぬ者の言い草だと嘲笑する家来たちの態度に傷つき、そうされざるを得ない立場にいるために、だんだん弱い男になったのだという。

殿様　だども、おいらは、今ほどは、もう弱くなれねえだ。こんで、おいらはやっとふんとの殿様になれただ。弱え弱え殿様は小さな声して、おっしゃるだ。この昼下がりの、うらうらしとる景色さとっくり眺めて。きょうの山さ眠っとる。眠っとって歌うたっとる。きょうの川さ、眠っとる。眠っとって歌うたっとる。

彼が見出したのは、己の欲求の現実化を阻むものを受け入れざるを得ない自分の宿命の肯定である。今ほど弱くなったことが無いというとき、初めて「殿様は殿様」になれるのだ。それは、よもの、現実と対決して自己を拡張し続けようとする生き方とはまさに対極的な、自己決定である。

しかし、いわば現実の中での自己実現の欲求を放棄して初めて彼は小声ながらも自らの歌を、みずからの心のままに歌う自由を得ることができた。その自由の味は、彼がかじる青い桃の実のように切なく酸っぱいものだろう。またそれは、熟さぬ内に過ぎ去った青春の時の象徴と見てもよいのかも知れない。ともあれ、この劇の幕切れは明らかに一人の作家（芸術家）の誕生の寓意を含んでいる。同じ主題を追究した戯曲「なよたけ」の作者は、もし生きていたらこの作品をどう評しただろうか。

【注】

［1］　初出　一九五五（昭三〇）年四月『新劇』、初演　文学座　一九五六（昭三一）年一月二十日　大阪毎日会館。作品選集として『矢代静一戯曲選集Ⅰ Ⅱ』（一九六七・四、五　白水社）、『矢代静一名作集』（一九七九　白水社）がある。

第四章●田中千禾夫「マリアの首――幻に長崎を想う曲」

一　その魅力について

「マリアの首」[注1]は難解だがまことに魅力的な作品である。詩と方言のエキゾチックな響きが存在論的な問いかけと一体化したドラマは田中千禾夫ならではのものに違いない。ちなみに『現代日本戯曲大系　第四巻』の「解題」には次のようにある。

五〇年以後、「教育」（五四年）「肥前風土記」（五六年）「火の山」（五七年）と大作を発表してきた作者は、罪と救い――神の存在、男と女の相克――女性崇拝・憎悪というテーマに、さらに反戦・平和というテーマを加えて、作者にとって最高であり、戦後の日本戯曲史上の代表作といえる本作品を完成した。

高い評価に異論は無い。だが、なによりの特徴は指摘された複数のテーマが分かちがたく結びついた感触である。原爆で廃墟と化した浦上天主堂が撤去されたのは発表のほぼ一年前、昭和三十三年の四月であった。その事実に取材しながら、リアリズムとは一線を画す方法を駆使したことがその特徴をもたらしたのだと考えられる。詩や象徴を取り込んだ文体は難解であり、人物の関係も見えにくい。ドラマの大枠は被爆した浦上天主堂の廃墟からマリア像を盗み出し秘匿しようとする一味と彼らにかかわる者たちをめぐる物語だが、驚くべきは被爆したマリアの首や聖人像が口を開くエピローグの場面である。この超現実的な場面は新劇の伝統への挑戦以外のものではないだろう。

長崎弁による台詞は何となくゆかしく、また象徴記号としてちりばめられた「雪」、「星」、「緑」（＝樹木）、そして「深い小さな水源池」（＝泉）といった言葉（それらはいずれもマリア信仰に関わる生命力や清浄さのイメージに通じているが、そのことは一般の観客や読者には直ちには分からない）は、その意味を知らずとも美しい。まさに副題どおりの〈長崎幻想曲〉であり、形而上的な暗示に富んだドラマである。

この戯曲の興味深さは必ずしも奇跡の出現にあるわけではない。複数のテーマが収斂するところがあるとすれば、それはマリアの語りかけが止んで幕になる直前の忍の行動だろう。

第二の男　ばってん、よか首ですな。
（成人立像笑った。）
忍　そらっ。
第三の男　待った。（例の風呂敷を出して下に敷き）この上に転ばしたらよかろ。
（三人力を揃えて押す。）
三人　よいしょっ。
マリアの首　こらしょ。
三人　よいしょ。

鹿　こらしょ。
（三人、顔を見合せ、目で示し合わせて。）
三人　（用心して）よいしょ。（と同時にすばやく、鹿の方をみる）
鹿　こらしょ。
三人　（手を離しながら、お互いに見合って安心する）
マリアの首　こらしょ。
（三人、また不安になる。）
（同時に、鹿の両腕が前に伸びる。倒れる。）
（三人、かけ寄る。）
鹿　はい、マリア様………はい！
マリアの首　早う連れて行かんね、うちば。
（軽い叫びをあげて、混乱した第二の男と忍は、あわてて段の下にかくれ、第三の男は鹿の上体を助けおこしながら、かばうようにしてうずくまる。）
鹿　はい、聞こえますと、聞こえますと………。
マリアの首　皆さんに、うちのお乳ばたっぷりのましておあぐっけんな。とっても甘か、甘かとば。そうしてからゆっくり、皆さんのご相談にのりまっしょ、ね、ね！
（低く静かな歌が、どこからともなく流れてきている。）
かのおか越え、この川行き
お告げが、

あれひびくよ、み母マリア
めでたし。
くもの上に、み母マリア
………
（その間途切れ途切れに「おーい………おーい」と呼ぶ声がまじる。矢張であろう。）
（雪、なお、降りつづく。しかるに、やおら忍ひとり、身を起こし。マリアの首にとりつき、渾身の力をしぼってもちあげようとつとめはじめた。）

顔の片側にケロイドの傷痕を負った「鹿」は一味の首魁として、昼は看護婦夜は娼婦の二重生活をしながら、被爆したマリア像の破片を廃墟から盗み出し続けていよいよ最後に残った首を運ぼうとしている。しかしマリアの首が口を開く奇跡に遇って力尽きてしまう。被爆の生き証人として彼女をアメリカに連れていこうと付きまとってきた「矢《や》張《ばり》」の呼び声がマリアの賛歌に途切れ途切れにまじるというプロットには「反戦・平和」のテーマに関わる一つのメッセージを読むこともできる。

さらにその後に置かれたマリアの首にとりつき、渾身の力で持ち上げようとする「忍」の姿は、彼女こそがドラマの主役であることをはっきり示している。石像の首が持ち上がるのかどうか、そこに解釈の余地を残したことでこの戯曲はその難解さにふさわしい奥行きを備えたものとなっている。

二　忍と鹿の関係について

第一幕の舞台は夜の「合同市場」。闇市の名残りの場所である。娼婦の鹿と客引をする忍にからむ人物の対話によって、物語の背景となる長崎の〈現在〉や、主要な人物の性格及び関係が描き出される。「インノミネ」▼注[2]を合言葉とする鹿と第三の男そして忍は、戦争の惨禍の永遠の証人とすべく、被爆したマリアの石像を少しずつ盗みだしている。彼らが企てた計画はほぼ終わりに近く、残っているのは石像の落ちた首だけである。彼らは雪の降る日を待って最後の行動にかかろうとしている。

鹿と忍という若い女はどちらも謎めいた人物だが、二人の紐帯についてはさまざまな台詞を通じて繰り返し暗示されている。その一つは女性に生まれたことの怨みである。さらに原爆によって狂わされた人生の嘆きがある。二人は女に生まれた不幸と、過去の体験にこだわり続けることにしか生きることの意味を見いだせない。その苦しみとまたそのような自己の生をいとおしまざるを得ない孤立の思いを体現しているような登場人物である。

ただし両者の性格は同じではない。鹿がケロイドを隠して夜毎男に身を売りながら心は全く閉ざしているのに対して忍はかならずしもそうではない。男性を憎悪しているようでも、自分に慕いよった老いた男の孤独を知って、信者でもない彼を仲間（エピローグの場面の第二の男）に誘うやさしさがある。

さて、登場人物の関係でまず目立つのは、鹿と平和運動家らしい矢張という男の組み合わせだろう。ケロイドを負った鹿を原爆の悲劇の生き証人としてアメリカの街頭に立たせようとする矢張と、後述のようにそのケロイドを自分だけの「聖寵」の印と信じることで生きている鹿との関係は根本的な対立原理を含んでいる。したがって、その描かれようによっては被爆者の心の救済と反核運動のありかたを主題とした社会性の強い劇が生まれ得たはずである。しかしながら、両者の対話は終始教理問答めいた平行線を辿るだけで、対話を通じての自己発見や心情の変化が来たされることはない。それは対話する二人の間にどのようなドラマも生まれようのない対話なのである。

次に忍と「次五郎」だが、忍は病身の夫と幼児を抱えた生活を送りながら、かつて原爆の焼け跡で出会った男への怨念を捨てることができない。やっと再会したその相手は死に瀕した次五郎であった。この二人の対話はまさしく劇的であり、それを通じて彼女は初めて自分の本当の心と向き合うことになる。

「坂本病院」を舞台にした第二幕は、『田中千禾夫戯曲全集　第一巻』（一九六〇　白水社）のテクストの場合、鹿と「矢張」の対話の場と、忍と次五郎のそれが時間軸にそって連続するだけである。しかるに昭和四十一年の再々演の際に補足されたテクスト[▼注3]では、次五郎との対話がクライマックスにさしかかったところで忍がついに彼の膝にすがる場面と、さらに二人の様子を密かに窺っていた鹿が登場し「裏切りはゆるさんぞ。」と激しく忍を叱責するプロットが挿入されている。作品のテーマを読み解く上でこれらの加筆はきわめて重要な意味を持っているのではないか。

三　「白鞘の短刀」の意味

鹿によって糾弾された忍の「裏切り」とはなにか。改めて忍の性格について考えて見よう。この戯曲にはいくつかの詩的なモノローグがあるが、最初に置かれた「しのぶの短刀」は最も難解だろう。

忍　（声は美しい）
今夜もあたしは立っている。
銀行の前の荘重な大理石の、
すべっこい白の大理石。

なまめかしく冷たい石の柱の
侍女のように立っている。
でも、しかし
スカートの下には白鞘の短刀、
預かりもののこの刀、
元の持ち主に返すべきこの刀。
しのぶ、しのぶ、
しのぶとはあたしの名。
あの男を見たら、そっと近寄り、
ぐさっ！　持主に返すのだ。
ウーっ（深い溜息のように、
ふふ……ふふ……（なまめかしく）
眼の色、顔の色、常と変わらず、
何か道でも聞くように、
近寄り、聞いて、まともに、
肚と肚とをつけ、
突いた……離れた、
そしてまた道を行く。
道の上の小石のように、

第一場

あたしは偶然を圧し殺し、
無数、無限相対の道を通して
あたしはふくれ、ひろがり、
あたしの実在のなかに霧のように散る。
ああ！　あたしはあたしの必然を、
絶対を消したい……消したい、だのに、
だのにそれを邪魔したもの、
何物かをあたしに預けた男、
断りなしに預け去った男、
あの男が憎いのだ。

なぜ「白鞘の短刀」が、彼女の存在の必然と絶対を支配し、彼女の「いのちの自由」（次五郎のことば）を拒むのか。次五郎は、被爆直後の街の防空壕で生き残った娘（忍）を助けたが、その折に彼女から母親の形見の指輪を奪ったという。短刀はその時に彼が落としたものらしい。過去の経緯それでよいとして、短刀を託されたといい、それが自分の自由を奪ったという忍の思いは即自的で極めて分かりにくい。

つまるところ次五郎から預かったという「白鞘の短刀」とは何か。この戯曲を論じる人は誰もそれを問題にしていないのだが、その意味は申すまでもないということなのだろうか。作品を読む鍵に違いないのに筆者にはわからない。だからとりあえずの仮説を試みよう。

二人の過去の出会いは実際どのようなものであったのか。女達にリンチされた後の「かぶらされた袋のなかで／あ

第四場

たしは抵抗を止めていた。／あのとき、焼け跡の防空壕のなかのあたしのように……（略）恥と怒りと自己嫌悪が燃え、」という忍の台詞から、次五郎がかつて彼女を犯したのだと解してよいのなら、忍の執着のありように対する一つの理解ができなくはない。しかし次五郎の台詞にはそれを裏付けるものがない。

結局この作品では過去の物語についての具体的な追求は拒まれていると考えるほかないようだ。なぜそういう書かれ方がされたのか。それは人間関係の現実的で合理的な解釈に慣れた観客の習性をある程度まで満足させながら、肝心なところで突き放す作用をする。観客に個別の事情を超えた象徴的な次元での解釈を強いる仕掛けだろう。

忍が肌身はなさずもっているという「白鞘の短刀」もまた、現実的な物語の次元の意味の背後により高次の物語に通じる象徴的意味を託されたものではないか。臆断を承知で言ってしまうなら、それは『旧約聖書』「創世記」の始めにあるアダムの肋骨の象徴である。そう解釈してみると次五郎と忍の焼け跡での出会いの物語には、男と女の原初的な神話が重ねられていることになる。

女は男の白い肋骨の一本をもとにして造られた。「断りなしに預け」られた「白鞘の短刀」は、女性存在の男性存在に対する愛慕と服従の神話の象徴である。それを持つがゆえ、女性は男性への従属と原罪の科を思わねばならない。「あたしに刀を預けたもの、あたし以外の必然をおしえたもの、」という詩のフレーズは、男性と女性を類別する神話的な思想の支配を暗示しているのではないか。忍も鹿もそれを超えた個としての人間の生の自由に焦がれ続けて男性に対する不信と憎悪に閉じこもっている。

神話的な類別に反発しながら、実は類別的な思想こそ彼女たちの生のより所であったともいえるだろう。忍は泣き崩れて次五郎の膝にすがり「いっそのこと、うちば、うちば……」というが、その続きの言葉は何だろう。「殺して欲しい」というのか。何れにしても忍は〈アダムの骨〉を元の持ち主に返して「自由」になるという誓いをそこで捨てようとしたのだ。鹿にとってそれは男に対する屈服であり「裏切り」にほかならない。

四　神話の呪縛を超えて――忍の物語

「忍の短刀」という詩については、解釈の問題に加えてもう一つ見落とせない問題がある。その詩が実は夫の「桃園」から与えられたものだという設定である。「次五郎」との対話を通じて、忍は彼に対する愛を自覚する。「白鞘の短刀」（アダムの骨）を返すことによってしか女性存在に科せられたあらゆる不条理を超えられないと思っていた彼女は、その時、女性であることをみずから選び取ったのだと言えよう。それは鹿が思ったように、男性への屈服をのみ意味するのだろうか。

忍　死ね。うちの自由ば奪った罰じゃ。死ね。ああ、こるでやっとうちは自由になるっ、自由に。

次五郎　どうもわからん。死ね、とか、自由とか、いったい、おうちと俺とどんげん関係のあるて言うとか、え。

（忍、やにわに短刀をもぎとり刺そうとする。）

次五郎（大手をひろげ）その答えが……これか。

（しかし、忍、……できない。刀をすて、その膝にすがりながら。）

忍　いっそのこと。うちば、うちば……。

次五郎　おうちを自由にさせるためなら、俺はいつ死んでんよかとさ。さ、さ、立ちまっせ。……ばってん、自由になることがそんげん大事かことかね。え？　そんげん嬉しかことかね。おうちひとりで、いったい、どんげん満足のあるて言うとですか、え？　……ほらほら、その証拠に、おうちは、ぐったりがっかりしとるじゃなかか……刀ば預かっとればこそ、おうちにはいのちのあったとさ。

忍　（必死に）いのちば越えて、越えて……
次五郎　越えられるもんへ、はは……おうちの自由とは、いのちの自由でん、魂の自由でんなかとじゃもん。
忍　ああ！
次五郎　孤独の、孤独の自由ていうところたい。
忍　（すでに虚しく）そるこそ望むところ。
次五郎　（厳しく）異端《ぜんちょ》！

次五郎との対話は、男性女性という類別的思考が生み出す対立関係の意識こそが忍を苦しめてきたことを語り、またその関係を引き受けつつ「もっと先のほう」を想い希求し続けることにしか人間としての生き方はないということわりを告げている。男を刺せずに泣き崩れた時、彼女はおそらくそのような生の入り口に居る。両性の対立と憎悪の苦しみを超えるためには、それぞれの存在の不条理を引き受けて生きるしかない。また、そのようにして生きることによってのみ、忍は与えられた〈神話〉の呪縛から脱して彼女自身の生の主体になりうるだろう。忍の物語にはそうした生の逆説が込められているのではないか。

第三場での夫「桃園」との対話で、「ああたはそうやって、もういのちは卒業してしもうて悟ったごたることば言うこともできるでしょ。ばってん、うちは、うちと子供はこの先、どげんして生きてゆけばよかとですか。」と嘆き、また「ああ、誰かに聞いてみたか……先のほう、先のほう、いったいどこにあるとですか。お願い！誰か教えてくれまっせ。お願い！」と彼女は言う。

忍は困惑し、力を落として見える。しかし鹿があれほど望んだマリアの首に手を掛け得ず、「しかるに、やおら忍ひとり、身を起こし、マリアの首にとりつき、渾身の力をしぼって持ち上げようとつとめはじめた。」というラストシーンは、彼女の中に新たな生に立ち向かおうする力が生まれたことを示すものとも読めるのである。

五　鹿とは何者か

さて、もう一人のヒロイン鹿の方に目を向けて見よう。彼女は母の産褥での死を代償にしてこの世に生を得た女である。母親の死は原爆とは無関係で、この事実は見過ごせない。

こうして母は死んだ。こうして女が罪に死ぬとき、こうして女が罪に生きるとき、罪から免れたあなただけが、私たちの奥をのぞくことができる。あなただけが私たちを知っている。

（第二幕第一場）

このモノローグは、原罪ゆえに生みの苦しみを負うとされた聖書の神話を暗示し、聖母マリアの恵みを希求する鹿という女の心のありようを告げている。

彼女には被爆者としての苦しみもある。それは原罪とは別種の不幸ではあるが、彼女が生きる限り逃れられない宿命と化している。その二重の苦しみから自分を救済しうるものは、同じく被爆したマリア以外にないというのが彼女の動かし難い気持ちなのだ。だから醜いケロイドこそ「聖寵」のしるしであり、原罪と理不尽な不幸を宿命づけられた自己存在のすべてに復讐する「自由」と「正義」を保証するものだ。鹿はそう信じることによってしか生きられない女である。昼間は看護婦で夜は娼婦という生活は、「私自身に復讐する自由すら選ぶ」という絶望的な意思の体現である。他者との連帯以前に彼女は自分を持て余している。彼女を原爆の悲劇の生き証人にしようとする矢張との対話はそのような彼女の孤独な心情を際立たせるだけだ。

鹿はひたすらマリアの方を向いている。したがって「私は、あなたの首が欲しい！」という彼女の執着が一つのドラマとしての焦点を結ぶべき所は、マリアの首が語りかける終幕の奇蹟の場にしかないはずだが、その時を迎えた彼女はにわかに力を失って見える。それはなぜなのか。

鹿　（つぶやくように）マリア様！
罪から免れたあなただけが
私たちの奥をのぞくことができる。
あなただけが私たちを知っている！
だからあなたの前でこそ
私はほんとの私になりたい！

………

ああ、だめ………だめ………
マリアの首　なして、だめへ、鹿ちゃん
聖人立像　おうちは今、長かお祈りばしてたじゃなかですか。
鹿　ばってん、やっぱ、うちはお恵みにふさわしゅうなか。世の中から愛されんじゃつた私は、私自身に復讐しましたと……その外道の歓喜のなかで、あなた様ばお慕いしておりました。ひいてはその復讐は世の中へ向かってゆきました。そのためには、あなた様ば、かどわかす仲間ば作ったとです。そるが今夜です、雪の降る今夜です。
マリア様、哀れな私たちのこの企てば、お助け下さりまつせ、お願いです。

仲間の他の三人が現れた後、鹿は「ケロイドのあなた様は、あの八月九日の火と風の証人としてぜひとも入用ですばい。」と祈っている。その連帯の名分にもかかわらず、彼女の心の奥底には被爆の無残な傷痕を負った女として他人と決して共有できぬ自己存在への絶望的執着がある。その矛盾が彼女の力を奪うのだろう。「マリアの首」のいつくしみに満ちた語りかけもついに彼女に行動の力をもたらさない。

矢張が勧める平和運動など、そのような彼女の心の救済とは無縁のものだろう。この作品のメッセージは少なくともその点については迷いがない。けれどもある意味では矢張が鹿に求める証人としての役割を彼女もマリア像に求めていたと言える。それを余儀なくされる者の苦しみにどのような救いがあるかについては、この作品は答えを出していない。また出しようもないだろう。

例えば「小さな自我意識を捨て、ついに無原罪の母マリアへの讃仰に作者の思想が結実」した▼注[4]という解釈があるが、必ずしもそう読めないエピローグである。むしろ鹿の性格に託された問題をアポリアのままに置いたからこそ、この作品はなお価値を失っていないのではないかと思われるのである。

鹿があれほど求めたマリアの首に近づきえずに倒れた後、忍はただ一人マリアの首を持ち上げようとする。このラストの図柄は聖書の神話的呪縛を超えることを願いつつ、自己の現実の生と格闘しようとする忍の姿を肯定するかに見える。しかし作品のテーマはそこに止まり、被爆の悲劇にかかわるモチーフはテーマとしてはついに結実し得なかったのではないか。

＊

読むべき要素がなお多くある作品だがここで一段落としたい。おわりに作品の位置付けについて、多少のメモをつけ加えておく。

初演の舞台について、山川方夫は「これをおそらく『佳作』と呼ぶであろう現今の創作劇の状態に、私はある不満、ある焦立ちをおぼえる。」と述べ「舞台は作者の孤独な独白にのみ終始し、すくなくともそこに私のみたのは『ドラマ』ではなかった。」(『新劇』昭三四・五)とほとんど全否定の評価を記している。またその後の上演に際しても、ドラマチックな感動の不発を指摘したものが多い。

山川の評にはまた次のような感想がある。「例えば、私はむしろ第一幕、鹿が買った男に身をまかせているあいだ、じっと不完全なマリアの石像をかかえていた片脚の男が、男がかえり鹿と目を合わせたとき、急速に近づくドラマの予感に胸をふるわせることができた。」。また忍について、「『なしてああたとうちは夫婦になり、夫婦であることばつづけてきたじゃろ』と彼女もいう、(ドラマは—引用者注)その夫との関係にのみあるのではないのか。あとは彼女の観念の鎧が立てる騒音なのにすぎない。」と山川は述べている。彼の見たかったドラマとは、要するに作者田中千禾夫の出世作「おふくろ」(昭八)の再現なのだろう。

この感想を引き合いに出したのは、その種の日常的な男女のドラマに至る契機を幾つも備えながらそれを放擲して顧みなかったのがこの作品の重要な特徴であり、社会的な視野の広狭にかかわらず、近代戯曲が追求してきたリアリズムの伝統に対する最初の徹底的なアンチテーゼとして、この作品は戯曲史のなかに位置付けられてよいのではないかと思うからである。

また、読者の多くにとっては距離を置いてしか感じられない観念的で生硬な形而上的議論が、ともかくも劇的なイリュージョンを持って感じられるのは、長崎弁と詩を組み合わせた文体の力に外ならない。それは成功したと言うべきだが、主題は理解されなくても劇らしい雰囲気はかもされるという、ある意味で極めて危ういものを含んだ試みでもあった。そのような実験を敢えてしたことをどう評価するかは難しい問題であるにしても、読者を置き去りにしかねない奔放で饒舌な詩的文体による世界にこそこの戯曲の新しさがあったに違いない。それは今日でも色あせぬ魅力の源である。

【注】

［1］初出、一九五九（昭三四）年四月『新劇』。初演、新人会一九五九（昭三四）年三月十二日〜十八日　於俳優座劇場。『田中千禾夫戯曲全集　第一巻』（一九六〇・五・二〇　白水社）に収録。本稿の引用はこのテクストに拠る。その後『現代日本戯曲体系第四巻』（一九七一・八・三一　三一書房）に収録。

［2］ラテン語＝〈キリスト（神）の御名によって〉。

［3］『現代日本戯曲体系　第四巻』の末尾に、「昭和四十一年十一月。「再々演の補足」」として注の形で加筆された。

［4］石澤秀二「田中千禾夫とそのドラマ」（『現代の演劇Ⅰ』　平九・五　勉誠社）。

※　170〜171ページの図版は、初演の舞台。『田中千禾夫戯曲全集　第一巻』（一九六〇・五・二〇　白水社）より。

第五章◉渋谷天外「わてらの年輪」

一　松竹新喜劇と「わてらの年輪」

「わてらの年輪」（三幕七場）、戯曲の初出は[注1]一九七一年、初演は一九六四年である。初出はすなわち初刊でもあったが、公刊の書籍に天外の作品が収められたのはこれが最初であり、他には随筆『わが喜劇』（一九七二　三一書房）附載の「桂春団治」があるのみである。天外はそのあとがきで、喜劇脚本は読んで面白いものではないことを主な理由に、自作脚本を活字にしないという信条を述べている。喜劇役者としてまた作者として商業演劇の舞台にかけた者ならではの覚悟と言うべきか。

天外は明治三十九年に大阪俄の役者であった初代天外の子として生まれたが早くに父を亡くし、曾我廼家十吾を師と頼み松竹家庭劇[注2]の役者兼脚本作者として研鑽を重ねて、昭和二十三年の松竹新喜劇旗揚げと共にその屋台骨を支える存在となった。志賀里人、川竹五十郎、舘直志などの筆名で書いた脚本は大槻茂『渋谷天外伝』[注3]付録の「舘直志作品リスト」によれば、五百五十六篇を超えるようだが、「桂　春団治」は脚色なので活字化された戯曲として読めるものは「わてらの年輪」だけなのである。「喜劇脚本は読んで面白いものではない」と天外は言ったが、この作品のドラマとしての完成度の高さは例外扱いにふさわしいものと思われる。

話題が私事にわたって気が引けるが、松竹新喜劇といえば決まって祖母と二人で過ごした長閑な土曜日の午後を思い出す。昭和四十年前後、関西では松竹新喜劇がテレビでレギュラー放送されていたのである。しばらく後にその向こうを張るかのように、吉本新喜劇もそれに近い時間帯で放映されるようになった記憶もある。祖母は吉本の芝居が嫌いで、私がチャンネルを変えようとするといつも残念そうな顔をしたものだった。

当時の松竹新喜劇はいわば安心して見られる庶民喜劇であり、その分子供にとっては〈しんきくさい〉芝居に違いなかった。とはいえ平気でチャンネルを回すにはある勇気を要したものである。同じく新喜劇とは称しても、ギャグや下ネタをエスカレートさせる一方の吉本新喜劇とは本質的に異なる正統的なものがそこにあることは子供心にも感じられたのだろう。むろん喜劇の正統とは何かという問題はあるにしても。

「わてらの年輪」は、プロデュース公演の台本として書かれたもので、鈴木八重／花柳章太郎、竹森栄吉／中村雁治郎、三浦利弘／中村扇雀、すみ／小林千登勢という配役を見ても、松竹新喜劇の定番と同様に考えてよいのかどうかは気にかかる。実際脚本家としての天外は、松竹新喜劇の文字どおりの座付作者として生き、作品が松竹の家庭劇および新喜劇以外の舞台になった例はこれを除いてはほとんどなかったはずである。

しかしこの作品と実際に向かい合ってみると、そのようなこだわりは末節のことに思われてくる。主要人物の配置や、物語の背景となる関西という空間との密着性をはじめ、大小のプロットの設け方、笑いをとろうとするのではなく、おのずからおかし味をおびた対話や仕草の効果等々、「わてらの年輪」はまさに松竹新喜劇の世界からしか生まれない劇である。

『現代日本戯曲大系6』の「解題」には、「『わてらの年輪』は喜劇である。まっとうすぎるほどまっとうな、商業演劇的手法によって作られた喜劇である。」という評に加えて、「その（松竹新喜劇的）題材と〝座付作者〟を取り除いても、しかもなお、そこには一つの世界がみごとにある。そして、それこそ、天外の脱〝座付作者〟が到達した世界ではなかったろうか。」と述べられてあるが、まさにそのとおりで、どこで再演されても良いだけの内容と確かな骨格をもった作品に違いない。

二　二都（三都）物語の世界

劇の舞台は、京都の上京にある染工所竹森栄吉の家と、大阪大正区の河岸にある材木商鈴木八重の店である。両家の主人はかつてある機会に知り合って以来、親戚同様の付き合いを続けている。時は戦後、昭和三十年代の終わりとみてよい。落語の「京の茶漬」ではないが、京大阪と一まとめに呼ばれながら、異なった気風の土地柄を自他共に認めるような二つの都市にまたがる話というだけでお定まりの〈二都物語〉が思われる設定である。

しかし内容に踏み込んでみると高をくくった予測は裏切られる。女だてらに材木商を一人で切り回してきた勝気な鈴木八重は、もとは東京の木場の材木商の妻だったが、関東大震災で夫を無くしてから大阪に移住したという設定で、決して大阪弁を使おうとしない江戸っ子の気風を絵に描いたような人物である。

彼女の親戚は皆東京にいて、そろそろ六十近いという彼女に東京に引き上げてくるように勧めているが、時にその気になっても、湯河原まで行ったところで決まって引き返してくる。彼女には東京に帰れぬ曰く因縁があるらしい。観客に潜在的な〈なぜ〉の意識をもたらし続けながら、その事情が少しずつ明らかになるという巧みなプロットこそが、物語の背骨なのである。したがってこの劇は〈二都物語〉と見えて、実は〈三都物語〉なのであり、それが松竹新喜劇のローカルカラーに止まらぬテーマ展開を可能にしているのだといえよう。

さて、幕開きの場は京都の染物街にある栄吉の家で、季節は八月中旬のある昼時、支配人の石本と染工川崎それに家政婦をまじえた会話から始まるが、その一人はポケットラジオのイヤホンを耳に挿んでいる。甲子園の野球が話題になる、いかにも関西の八月らしい店先の情景である。こうした季節感への配慮もこの作品の重要な特徴で、大阪阿弥陀池の盆踊りや、大文字焼の送り火に続く京都の地蔵盆など、年中行事の取り込みは、関西の客へのサービスという以上に、時の推移（年輪）というものがテーマになるこの劇の展開にふさわしい配慮と見なせよう。

話題はやがて六十歳を過ぎて若い女中のすみと再婚した主人の噂に移る。

川崎　旦那はん、この頃、えらい気前がよろしおすな。
石本　そらもう我が世の真夏やもん。
川崎　土用の入りのアツアツどすか。

（略）

川崎　けど、女中のおすやんを奥さんに直さはるとは一寸寝耳に水の形どしたな。
石本　わしはピーンと来てたけど。
川崎　六十三に二十四か。算盤がいりまんな。
石本　その代り三月この方、旦那はんの張切ったほがらかさ。
川崎　若返り人事の一種どすか。
石本　見てみ、顔かてつやつやして来はって、仕事かて精出さはること。
川崎　その裏が来て、疲れが出たらゴム風船針でついた様にならはらしまへんか。
石本　ええ加減染場へいき、君といつまでも漫才やってられへんわ。

しゃべくり漫才さながらの軽妙さが喜劇らしい風味を感じさせるものの、観客が期待する笑いへの配慮はまずこの程度のさらりとしたものである。それは天外の喜劇のそもそもの持ち味であるともいえるが、むろん作品のテーマと無関係ではないだろう。過剰な笑いは人生観照のモチーフを阻害しかねない。

三　老いらくの恋の波紋

第一幕の第一場は、甲子園の話題から始まって、いかにも染物業の店らしい日常風景を描き出しながら、ドラマにかかわる伏線、また振筋を周到に織り込んで展開される。嫁入り道具の訪問着の注文をめぐる対話の中に、すでに化繊の需要が伸びて、その大量注文にはこれまでの伝統的な染色の技術では対応できない時代に入っていることが示され、

栄吉　歴史の浅い化繊もんは、わてらに向きまへん。やっぱり新しいもんは若い人間の仕事どす。
久居　伝統のあるあんさん。新しい仕事の化繊は利弘さん。

と、この店が主人の栄吉と子飼いの職人利弘との分業体制で、その時代に対応している事情も明かされる。また、訪問着の図柄のコウノトリの適否をめぐる話がきっかけとなって、早く子供を欲しい気持ちを隠そうともしない栄吉の新妻に対するのろけぶりが伝わる一方、その場に現われた新妻のすみと利弘が交わす視線で、二人の心の中も暗示されてゆく。

さて、第一場の後半は、大阪の八重から掛かってきた電話で栄吉が急に大阪に行くことになり、それを聞いたすみ

がその間日帰りで亀岡の実家に出かけてきたいと言い出して許される話。

後になって、彼女がもよりの二条駅からでなく嵯峨駅から汽車に乗ったことを人に見られ、嵐山で利弘と会っていたことが明らかになって騒動が持ち上がるのだが、京都、大阪、そして亀岡が半日で用の足せる距離にあること、二条駅と嵯峨駅の位置関係など、関西の客の土地鑑をあらかじめ見込んだプロットの設定が、説明的な無駄を省くことに通じ、このかなり込み入った筋立ての劇を可能にしていることにも注意すべきだろう。

やがて、栄吉ともめて他へ移った染工の畑中が酒に酔って現われる。自分を解雇した主人への恨みから、腕の良い利弘を引き抜こうと口説きに来たのである。利弘は取り合おうとしないが、恋仲であったすみを栄吉に取られても平気なのか、といやみを言われてはさすがに平静ではいられない。

一方のすみは実家の苦境を救うために、やむなく栄吉の申し出を受けたものの利弘への恋慕を忘れられないでいる。懐妊の兆候が出たことで悩んでいた彼女は、栄吉の急な大阪行きをさいわい、その間に利弘と二人だけて会って身の振り方を相談しようとするのである。

四　八重という女

第一幕の第二場と第三場は、大阪の材木商鈴木八重の店。この店も古いタイプの商家らしく、店員は主人と家族同様の結びつきで暮らしている。はじまりは東京からやってきた八重の姪の康江と番頭の妻喜代の対話である。この店の生活気分がひとまず伝わったところで、出先から戻った八重がそれに加わる。

喜代　お帰りやす。

八重　暑い暑い。
康江　お帰りなさい。
八重　ボヤボヤした運転手で、釣銭を間違えたりなんかして、ジリジリしちゃった。
喜代　近頃は田舎から来たての運転手が多うございますよってな。
八重　こう行くんですか、ああ行くんですかといちいち聞かれてさ。だから言ってやった。あたしが運転するから、あんた後ろへ乗りなさいって。

周りの関西弁とはがらりと印象が変わる立て板に水を流すような東京弁は役者の見せどころである。しかし大阪に移住して四十年以上にもなろうとするのに、かたくなに東京弁で通そうとする人間など無論芝居の上でこそありうるので、彼女のそのこだわりが重要な伏線である。もっとも、いわゆる標準語が浸透した今日では俳優も観客もこうした対照の妙味を楽しむ能力を失っているに違いないが……

タクシーの運転手に対すると同様、誰に対しても歯に衣を着せぬ物言いをする八重は、皆に煙たがられながらも、またその世話好きで義理堅いと同時にからりとした性格によって、皆に頼られ慕われてもいる。しかし、古い出入りの大工の代が変わったように、次第に彼女の商売も栄吉のそれと同じく時代に合わなくなって来ている。その上彼女の家も台風が来るたび水につかることを心配しなければならないような低湿地にあるバラック普請である。子があるわけでもないから、いつ大阪を引き払っても良い。姪の康江は親戚も多い東京に帰ればいいというが、八重の心の奥には理屈ではわかっていてもそれができぬこだわりがある。

後に明らかになることだが、関東大震災で木場が被災したとき、建物の下敷きになった夫を見捨てて助かったことが彼女の人生の癒せぬ負い目なのだ。もとよりそれはわが身可愛さのためではない。夫と一緒に死のうとした彼女に、すがるような目つきで「子供を、子供を」と叫んだ夫の声に、ちょうど身重であった彼女はお腹の子のために生き延びる決心をしたのだという。その子は結局流産してしまい、それ以来彼女は一人身で生きてきたというのである。流産した身の保養に出かけた有馬の同じ宿に、栄吉とその妻が滞在していて、それが両家の付き合いの始めであった。栄吉が妻を無くしたあと、求婚されたこともあったらしい。彼女の現在は複雑な過去の余儀ない結果なのだということが、おのずから伝わるような対話が、劇のあちこちに周到に按配されている。栄吉の老いらくの恋の顛末は、確かに劇の興味を直接支える筋ではあるが、それは表層のプロットに止まる。劇の真の主人公は紛れもなくこの八重という女である。

　店に戻った彼女は、代が変わった大工に肩入れして無理して回してやった立派な杉材を、電気のこぎりとカンナで処理していたと憤慨し、現場から電気コードを引き抜いてかえってきたというのだが、侘びを入れられると、初仕事だからと材料費の小切手さえ返してやる。またこれまで付き合いのなかった東京の会社から、注文が入って警戒する。心くばりもあり目配りも怠らない、いかにも昔かたぎな商売人の姿である。ただしその何れもが後の伏線をなすエピソードで、小切手はやがて再び返されて来て、それと共に義理人情的関係で成り立ってきた商売の終わる時を彼女が悟ることになる。さらに東京からの注文は観客の夢にも思わなかったどんでん返しの幕切れにつながっている。

　さて、訪れた栄吉が辞して後、八重は喜代を相手に晩酌を重ねながら東京に戻れない事情を打明ける。その問わず語りのついでに、かつて妻をなくした栄吉から求婚されたことも明かされる。その折に嫁に行っていたらという未練もあるが、その時はその時で踏み切れぬ事情があったらしい。やがて栄吉から無事帰着の電話が入り、すみが懐妊した喜びを告げられるに至って、八重のおのれの人生に対するしんみりしたあきらめの気分がもたらされるところで幕となる。

五　どんでん返しの奥行き

第二幕から第三幕は、栄吉とすみそして利弘の一種の三角関係の顛末を主筋にして急速に展開されてゆく。若い二人が既に恋仲であったことに気づかずにされた栄吉の求婚は、恋を犠牲にして実家の窮地を救おうとするすみの決心で受け入れられたのだが、実際そうなってみると彼女は同じ屋根の下で利弘と暮らす苦しみに耐えられない。妊娠をきっかけにして、利弘にその苦しみを打明け、事態の打開を図ろうとしたのだが、利弘に説得され、懐妊の事実だけを栄吉に伝えることになる。

ところが、嵯峨駅から汽車に乗ったことを畑中のいとこに見られ、たまたま居酒屋で彼と一緒になった職人の川崎が噂交じりに主人の悪口を言うのに耐えかねて喧嘩沙汰を起こしたことで、栄吉は大阪へ出かけた留守中の二人の〈密会〉を知る。

学校まで出してやってここまで育てた恩を忘れて、主人の女房を盗むのかという栄吉に、利弘はこちらの恋が先だったと告げる。その場の勢いから、染色の技術をめぐる口論にもことは及び、さらにはすみの腹の子の父親が誰なのかに思い及んで栄吉の怒りは深まる。栄吉は利弘を我が子のように信頼して、彼に工場を持たせてやり、また八重に頼んで見合いの段取りも進めていたのである。

一方、利弘も栄吉の妻にすみがなった事情をくんで、二人のしあわせを祈って生きるつもりでいたのたが、事態がこのようにこじれてはこの店を出るしかないということになる。どうにも収まりがつかなくなった時、見合いの件で現われた八重がすみを預かると申し出てことはともかく落着する。

第三幕は再び大阪の八重の家が舞台となり、第一場では利弘が店を出た後、どうにも我慢ができなくなった栄吉がすみを連れ戻そうと訪れているところへ、病院から利弘の電話がかかり、すみが堕胎の手術で危険な状態だという知らせが入る。

八重　かかって来た病院は梅川の産婦人科なんだよ。
栄吉　何どすて、ほなお八重はん。
八重　無分別なことをしたもんだ。利弘さんの知り合いなんだって、その病院は……竹森さん、あんたの子はもうおすみさんのお腹の中に居ないんだよ。
栄吉　……利弘の畜生。
八重　お待ち、利弘さん一人じゃない、母親のおすみさんが承知の上なんだよ。

憤って飛び出しにかかる栄吉を制止して八重が病院に出かけるところで溶暗、第二場は八重の仲裁でことが一段落するはこびとなる。

八重　竹森さん、あんた、おすみさんを諦めてやるきもちはあるのかい。……力落しちゃいけないよ。おすみさん、本心はあんたの子を生みたかなかったんだ。……いえ、本当に子供はあんたの子なんだよ。利弘さんと添いたい一心だったたが、あんたの愛情ってやつと、実家の金の入用で何も彼も諦めていたんだよ。あんたに知れないままなら、すみさんは利弘さんと綺麗に別れて、一生、奥さんで暮らしおわせた事だろうけど、あんな夜の出来事があってからすみさん、利弘さんが恋しい一念で胸の中一杯になってしまったんだ。だから子供さえいなければと……。いや、私も悪かった、そこまで思いつめたおすみさんの気持を察しないで、世間並みの道理で割切ってしまって。そうした相談にはちっとも乗らなかった。とうとうすみさん、お腹の子とあんたを捨てる決心をしたのさ。利弘さんからおびき出したんじゃないよ。おすみさんから、京都の利弘さんを呼び出したのだ、そして落ち合った揚句、打ち合わせたのが病院行きなんだ。そりゃあんたの子を持ったまま、利弘さんと道行も出来なかろう。子供さえなかったら……。私から思や無分別としか言えないが、それより二人はとる道がなかったんだ。竹森さん、二人共、許してやってほしいんだが、まだ、おすみさんの籍も入ってない事だし、このまま、何にも言わずに分かれてやってくれないだろうか。

（栄吉黙っている。）

長い台詞をまるごと引いたが、松竹新喜劇のファンの楽しみの一つはこういう訳知りによる説得の場面であったに違いない。かくなれば栄吉も仕方がない、二人を許すはこびとなるが、八重と二人の場になってから、十六年前妻を無くして求婚したとき受けていてくれたらという繰言がもらされ、そこで初めて八重がそれを受けなかった理由が明らかになる。

八重が栄吉の妻を看取ったとき、あとを頼むといいながら、その目は「何も彼も知ってるぞといった恨みとも悋気とも、祈りともつかない色だった」。二人の仲を誤解したまま死んだ栄吉の妻の目と、火の海の中で子供子供といった死んだ夫の目が重なってどうしても踏み切れなかったのだという。栄吉が得心して去った後、八重と康江の対話になって観客は思いもよらない事実を知るとになる。

八重　誰にも言っちゃいけないよ。すみさん本当の身持ちではなかった。

康江　おばさん。

八重　あの人の子生むのいやだ。生んだら、永久に利弘さんとお手切れだ。いやだ、いやだ、思っていたから、とうとう子供の影もない身持ちになったんだよ。
康江　まあ。
八重　想像妊娠って言うんだとさ、だから院長があわててやり損ったんだよ。
康江　それ誰から聞いたの。
八重　院長さん御自身の告白さ。
康江　じゃそのこと竹森さんも利弘さんも。
八重　知らないさ、言わずにおいてくれって帰って来たのさ、おなかの中が空っぽじゃ話にも何にもなりゃしない。このままだとみんな時折思い出してしんみりするだろうよ。
康江　まあ、呆れた。
八重　ちょいとあんた。私はあの人の子を流産したけど、ありゃ本物でしたよ。空っぽじゃありませんよ。
（康江くすくす笑う。）
八重　何がおかしいのさ。

「想像妊娠」というような当時の新奇な話題をいち早くプロットに取り込むところは、まさに新喜劇のやり方である。際物だが当時なら受けを呼ぶ着想であるには違いない。ちなみにそれをめぐって、『現代日本戯曲大系』の第六巻の「解題」には次のようにある。

自分は久保田（万太郎）作品のよき理解者だと思っている――と、かつて彼は側近の一人にひそかに漏らしたそうである。そういえば、この『わてらの年輪』から演劇的装飾をすべて取り除いた、そのぎりぎりの世界はあるいは万太郎の世界と共通するかもしれない。しかし、そこに演劇的装飾をつけるところが、天外という劇作家の本質ではないだろうか。

例えばこの劇の結末である。利弘とすみを許しながらも、しかも諦めきれず、それでいて八重との愛情をあらためて確かめる栄吉。しかしそれでは幕にはならない。すみの想像妊娠というどんでん返し——そこには詩情というにはあまりにも冷酷な現実への直視がある。人生の機微だとか皮肉だとか言う通り一ぺんの言葉ではとても言い切れない、人生の奈落を覗かせる深淵のような、すざまじさがそこにはある。役者として、〝座付作者〟として六十年の天外が、初めて到達した、あるいは持ちえた目である。

想像妊娠によるどんでん返しを「演劇的装飾」だとすることは肯けるが、そこに「人生の奈落をのぞかせる深淵のような、すざまじさ」があるというのは肯けない見方である。天外の場合本来演劇的装飾として企図された趣向にも、おのずからその一筋縄ではゆかぬ人生観が込められているということだろうが、戯曲の読みとしては肯けない。栄吉の子を産みたくないという一念が凝り固まって、懐妊を妨げる生理状態になる。確かにそこには女の人生の真実があるのかもしれない。またいかにもお芝居の世界らしいこのどんでん返しが、劇の質を必ずしも落とすものでないことはたしかである。それを「劇の結末である」と見たことが、このような評価をもたらしたものと思われるが、それは劇の結末として用意されたものではない。むしろ結末のどんでん返しを用意するためのどんでん返しに過ぎないことは明らかである。

想像妊娠の事実を八重から告げられた康江は、くすくす笑いながら「おばさん、東京へ帰りましょう。」という。

八重　ごめんだよ、又湯河原近くなって列車から降りたら，いいお笑い草の上塗りじゃないか。

康江　おばさん、子供、子供って死んだ人が言ったの、どう思ってるの。
八重　私のお腹の中の子じゃないか。
康江　おばさん、東京の乾って人、おばさんのところへ材木の発注をしたの知ってる。
八重　知ってるけど、それがどうしたのさ。
康江　ニュースを聞かせるから驚いちゃ駄目よ。その乾って人はどういう人だと思う。

話が要点にかかろうとした時、台風の進路が変わったという知らせが入り、八重はあわただしく現場に向かう。話の続きはその後に残った番頭の中原と康江のやり取りによって観客だけが知らされる。

過去に取引関係のない東京の会社からの注文が入って八重が警戒するという伏線がここで、思いがけない形で生きてくる。その会社の主は八重の死んだ夫が他の女に生ませた子供だったという。やがて戻って男たちに台風に対する備えを指示する八重と康江が交わすのは次のようなつかの間のやりとりである。

康江　おばさん、もしも死んだあのおじさんが浮気してたらとしたらどうする。
八重　何を冗談言ってるんだい、忙しいんだよ。

「わてらの年輪」は、この隠れた事実の暴露にすべてのプロットが収斂するところで閉じられている。なるほどこれも想像妊娠と同じくまことに奇想天外の仕掛けであり、観客にはおおいに受けるに違いないものだが、「演劇的装飾」の次元をはるかに超えた人生的感慨をさそうだけの力がある。

六　人生……この喜劇的なるもの

隠れた事実の暴露が、唐突さをまったく感じさせないのは、これまでに見てきたような「筋振り」や「伏線」の計算され尽くした配置の効果である。その点でまずこの作品は商業演劇の手法を駆使した傑作として評価されてよい。

しかしながら、それ以上に注目されるのはこの作品にもっとも正統的な劇の骨格が備わっていることではないか。終幕で明らかになる事実は、八重の大阪での人生のそもそもの出発点となった出来事が一つの誤解に発していたことを告げている。つまりこれはある人生の決算の時を切り取って、人間の生の本質をあらわにしようとするドラマである。

女にとっての妊娠という人生の大事が、栄吉と利弘、すみの三角関係をめぐるプロットと、八重の長い人生の時間に関わるプロットをつなぐ見事さ。錯覚に災いされた八重の人生は、いわば流産された人生である。そしてそれは栄吉との間にありえた半生をも流産させた。

「わてらの年輪」という題は、すでに取り戻せぬ人生の時を思う栄吉と八重の心情を暗示している。それは諦念の寂しさをともなうものではあるが、そこで終われば喜劇ではない。その諦念をともなった人生観照そのものが、実はとんでもない思い違いの額縁に収まった絵なのであるという皮肉とおかし味。八重がそれをいずれ知ったとしても泣くになけない。笑うしかないではないか。ある意味では悲劇でありまた喜劇でしかない人生の本質をおのずから想わせるのがこの劇である。

ドラマツルギーの特徴をあげればきりがないが、一つだけさらに指摘するなら、作品の大小のプロットを統御する原理の一貫性と、振り返ってみればなるほどと手を打ちたくなるそのわかりやすさということがある。

ドラマの原理は、いわば無理もない思い違いのおかしさである。震災の修羅場での「子供を（たのむ）」という夫の言葉に対する八重のそれを始めとして、栄吉と八重の仲を疑った亡くなった妻も思い違いをしていたわけで、さらにすみの想像妊娠を本物と思った利弘と栄吉の思い違いがある。むろんすみ自身も思い違いをして堕胎を決心するのである。

思い違いは悲劇にのみつながるわけではない。利弘とすみ、そして栄吉の三角関係のもつれを解決したのはその思い違いに基づくすみの行動だった。一方、人生の年輪を重ねてきた人間にとって、思い違いから掛け違った人生のボタンはいまさらどうしようもない。

重ねて言えば、そのどうしようもなさの歎きを超えたところにある笑いがこの作品の特徴なのだが、それを説明するのは難しい。とりあえずここでは、すみの想像妊娠の事実について口止めして、「お腹の中が空っぽじゃ話にも何にもなりゃしない。このままだとみんな時折思い出してしんみりするだろうよ。」という八重の台詞にそのありようの片鱗が窺えるとしておきたい。

さて、戯曲史のなかにこの作品が占める位置については、様々な観点に立ってみる必要がある。商業演劇の作品としての評価よりも、劇のことばや、ドラマトゥルギーの成熟という観点、また移り変わる時代への切り込みに関わる観点、そして文学性の問題など、そうした側面に配慮しようとすれば簡単には結論を下せないだろう。それにせよ確かに言えることは戦後のある時期に近代戯曲史における喜劇の一つの到達点と見られる作が出現したということである。なぜ渋谷天外という作者にそれが可能であったのか。それを考えるためには「松竹家庭劇」にまでさかのぼる視界が必要になりそうだ。

【注】

［1］初出　一九七一（昭四六）年十一月、『現代日本戯曲大系　第六巻』（三一書房）、初演　日生劇場プロデュース　一九六四（昭

三九）年八月三日〜二十九日　日生劇場。テクスト引用は『現代日本戯曲大系　第六巻』による。
［2］　一九二八（昭和三）年、曾我廼家十吾と天外によって結成された劇団。同年九月大阪の南座で旗揚げ公演を行い、戦後の昭和二十二年に解散した。

第六章●恩田陸「猫と針」

「猫と針」（二〇〇八・二　新潮社刊）は、劇団キャラメルボックスによる上演（二〇〇七・八）に向けて書き下ろされた恩田陸の処女戯曲である。ミステリー作家としての定評はあったにしても、言うなればカメラテスト即本番の初挑戦であるのに、単行本に収録されたエッセイ「『猫と針』日記」によれば、仕事が詰まっていて井上ひさしのお株を奪う駆け込み執筆を余儀なくされたというから、行方不明になる伏線があったりするのは仕方無いと思って読むしかない。けれども、幸か不幸か舞台稽古に追われ続けた執筆に作者の生地がおのずから露呈したようで、この作品の面白さはどうしようもなく恩田陸流の芝居に出来上がっていることである。

舞台にあるのは五脚の椅子だけというシンプルなしつらえで、登場人物は「三十代後半、ほぼ同世代に見える喪服を着た男女五人」。サトウ、タナカ、ヤマダ、スズキ、タカハシという役名はもっともありふれた日本の名字から採ったものに違いない。すなわちそれはどこにでもいる日本人たちの物語を予告する命名と受け取れないこともないのだが、実際に展開するドラマはありふれた話とも思われない。カタカナ表記は無機質で、彼等への親近感を拒み、最後まで正体をつかみにくい感触を読者にもたらすだろう。その効果はを十分計算した作品に違いない。

ドラマは四場構成で、買い物等のための人物の出入りにより、舞台でやりとりする顔ぶれが少しずつ変ることによって場面が展開する。作者によると「人は、その場にいない人の話をする」（「『猫と針』口上」）というコンセプトによる芝居だという。興味深い発言だが、ドラマトゥルギーに関わるコンセプトはまた別にあるはずである。

この作品の大きな特徴は、その場にいない人の話題で展開されていく場面の〈ワケ〉が観客（あるいは読者）にはなかなか分からない点にある。それゆえ観客は終始〈逃げ水〉を追いかけているような気分を強いられる。〈ワケ〉の分からぬ場面のワケが分かった時に終るドラマなのである。

幕開きは、友人の葬式帰りの男女が同窓会気分で久し振りに交歓している（と見える）場面である。しかし実はかならずしもそうではない。その交歓の風景は、映画監督になったタカハシユウコが高校時代の仲間にドキュメンタリーを撮りたいので喪服を着て集まってくれと頼み、その約束の日にオギワラという同級生の葬式の日が偶然重なったためにできた場面だったのである。そんな〈ワケ〉とは思いもよらない読者は首をひねりながら舞台の台詞を追わざるを得ない。そしてその事情がようやく判明するのは第一場の終り頃である。オギワラは精神科クリニックの医者だが、誰かに殺害されその犯人はまだつかまっていないというミステリーのおまけも付く。

第二場以降、オギワラを含めた彼等がかつて「映研」の部員仲間であったこと、高校三年の時タカハシが学園祭のために撮り貯めていた八ミリフィルムが盗まれる事件があったこと、またちょうどその頃学校で食中毒騒ぎがあったことが分かってくる。また彼らの内の何人かは最近オギワラと会っていたことが明らかになる。もしかしたらオギワラ殺しの犯人が彼等の中にいるのか？これはやはりミステリー作家にふさわしい犯人探しのドラマなのかと、進行中のドラマの正体をめぐる観客の憶測を促しながらもっぱら対話による劇が展開する。過去と現在が次第につながりだす中で、オギワラ殺しや盗難事件、食中毒騒ぎの犯人をめぐる謎がつぎつぎに浮びあがってくる。

事件が起こり、誰が犯人かが分かって終るというのはミステリーの定式だが、このドラマでは殺人、盗難、食中毒といった事件のいずれも観客が期待するような解決に至ることはない。犯人不明のまま終るか、すでに解決済みのことであったと分かる。

ミステリーじみた展開は観客の興味をつなぐ手段に過ぎない。観客にとって真にミステリアスなのは、タカハシがかつての仲間を呼び集めた理由である。そしてそれは第三場の終わりまで分からない。タカハシはそこでようやく盗まれたフィルムが実は後に戻ってきたことを明かし、「ここで、このフィルム、上映できるんだ。」「一緒に見てみない？あの日、学校で何が起きていたのか」と皆を誘う。観客はこの場面でようやく〈逃げ水〉が逃げ水でなくなったという感触を得るだろう。

第四場はその上演を見終わった感想のやり取りで始まる。そこに映っていたオギワラの話題にからめてタカハシがフィルム持っていたことの奇妙さが話題になる。タカハシはそれが十五年たって実家に送られて来たのだと言い。盗んだのが死んだオギワラであったことをにおわす。ここで新たミステリーが生じることになるが、劇は間もなく収束に向かい、この謎も浮いたままに終わる。その後タカハシ以外は帰り支度やトイレに出かけて、彼女のモノローグの場面になる。


タカハシ：いつごろからだろう、現実というものについて考え始めたのは。

初めて映画館に行った時？　最初に見た映画は何だったっけ？

映画の中で死んでしまった俳優が、次の日また別の役で、別の映画に出ているのを見てとてもびっくりしたのを覚えている。

四角いスクリーンの中では、別の時間が流れている。別の時間の中で、別の現実を造る。それをなりわいにしていると、時々ヘンな気分になる。あたしがどの現実を生きているにか分からなくなる。タカハシユウコの人生の方が借り物で、作っている現実の方が本当のような気がする。

もっとはっきり言えば、映されたもの、フィルムにやきつけられたものでなければ、あたしにはリアルに感じられないのだ。ファインダーを越して見たものを記録しなければ、それが自分の体験したことだと信じられなくなってしまった。
スタジオを借りて、昔の友人たちの会話を撮る。こうしておかなければ、あたしは彼らに会ったことを実感できない。

このモノローグ場面はプロットとしてきわめて説明的で苦しい。次いで帰り支度を終えた皆が戻って次のような話を交わす。

サトウ：（自分の服を見て、カメラのほうを見る）葬式って、一緒のコスプレなんだな。
スズキ：（カメラを見る）喪服は舞台衣装？
タナカ：実際、演技するもんな。
タカハシ：（椅子を片づけながら）そう主役は亡くなった人のほう。あたしたちは脇役。みんなで悲しみと記憶を共有する。共同幻想、一種のファンタジーね。
ヤマダ：ドキュメンタリー風の、ね。

この登場人物揃い踏みの台詞は辻褄合わせのエピローグと言う外ないものだ。劇作が初めてなのに自転車操業の執筆を余儀なくされたという作者は、第三場の終わりの台詞にまで持っていくのにすでに力を使い果たしていた観がある。
要するに「猫と針」は、登場人物たちが置かれている状況の真相を観客が了解した時に実質的に幕となっているドラマである。人は目の前で進行している事態がよく分らないと不安になる。そして何かの手がかりにすがって得心しようとする。それは無機質なカタカナ名の男女が交わす対話の中にしか無いが、仲間うちのことばだから隔靴掻痒である。

この作品はそのようなもどかしさの心理を当て込んで展開されていくので、情報は小出しにされ、あるいはひっくり返され、手直しされる。観客はなぜこんな風に場面が展開するのか、なんども了解の修正を余儀なくされる。それが恩田のドラマトゥルギーのコンセプトだと考えられるが、このような方法がなぜ採られたのか。いかにもミステリー作家らしい舞台ではあるが、それよって魅力的なドラマが生まれたのかというと、残念ながらそうは考えられない。

繰り返しになるが、この作のドラマトゥルギーでは「一緒に見てみない？あの日、学校で何が起きていたのか」というタカハシの台詞に至る過程に作者の努力の大半が注がれている。それはこの劇で起こることの全てがタカハシの計画によるものだということを観客にできるだけ長く気付かせないための努力である。観客というものは場面の理解の積み上げによってドラマを理解するのだから、いかにも無理なやり方だ。タカハシの計画をヤマダだけが承知していたという設定の後付けは観客を鼻白ませる。

この〈同窓会〉がタカハシとヤマダの共謀であることを観客はもっと早くから知らされていてよい。他の登場人物がそれを知らないのは当然だが、観客にそれを知らさないことにさしたる必然性は認められない。その意味でこの戯曲の台詞は登場人物の間にではなく、観客の意識に葛藤をもたらす台詞である。ミステリーの気分は生じても、舞台にドラマが生じるわけでない。二つはもとより別のものではないか。

作者がこの処女戯曲の出来に満足しているのかどうかは分からない。ただ気になるのは「猫と針」という題名について度々言及していることだ。「針についてはまだ考え続けている。猫と針。猫は猫だけど、針ってなんなんだろう。答えはまだ出ていない。」（「戸惑いと驚きと」）。

作者がこんなことを言えば誰でも気になる。ドラマとミステリーがコラボした作品という『中庭の出来事』の文庫版解説では小田島雄志がこれを気にして、蛇足と断りながらヤマダの台詞にハリーというサボテンの名が出て来ると指摘して「まさに『針』そのものではないか。」と書いている。恩田のおかげでみんな考え込んでしまう。小田島の指摘で題名の針の意味が解けるとは思えない。

なぜ彼女はこんな謎掛けをするのか。この作品に「同級生ってやっぱりいいね」というメッセージを読もうとする人もあるだろう。第三場の終わり近く、ストップモーションになってタカハシ以外の人物が死者（オギワラ）にしみじみ語りかける場面がある。そこには暖かく柔らかで心地よい関係の感触もあるようだ。それにはあたかも「猫」を抱いているような感触がある。

一方、タカハシについて同じく女性のスズキが「ユウコの中身はあたしの知らない誰かに変わってしまっているのかもしれない。」と語る場面があり、それを第四場での「映されたもの、フィルムに焼き付けられたものでなければ、私はリアルを感じられないのだ。」というタカハシのモノローグに重ねれば、そこに浮上するのは人生の実感を欠いたまま生きている蒼ざめた女の顔である。このドラマの主役に違いないタカハシユウコという存在の感触は何に喩えるのが適当なのだろうか。

※　引用のテキストは二〇〇八年に刊行された単行本によった。その後新潮文庫版も出ている。

第Ⅲ部◉演劇史・戯曲史への視界

第一章◉近現代演劇史早分かり　上・下

上——旧劇から新劇へ——

一　〈演劇的近代〉の幕開き

演劇は総合的な芸術であり、その基本要素は俳優・観客・戯曲（作者）・劇場である。そのありようは、各種演劇の本質と深く結びついている。

一般の日本人にとって、維新後も明治の半ば頃までは、芝居と言えばまず歌舞伎であった。そして歌舞伎は、知られるとおり江戸時代を通じて次第に諸要素の形を整え、寛政の頃（十八世紀末）に爛熟期を迎えた演劇である。封建制社会のモラルと切り離し難い内容は周知の通りだが、唄や踊りを組み込んだ構成、劇界の世襲的閉鎖性、女形の存在、花道を設けた舞台の構造、芝居茶屋が介在する観劇の仕組みなどの要素的特徴において、それはいわゆる近代劇とはおよそ異質なものであった。ちなみに幕末から明治にかけての唯一最大の作者であった河竹黙阿弥[注1]は、「役者に親切、見物に親切、座元に親切」という「三親切」を生涯の信条としたという。戯曲（脚本）制作にかかわる徹底して他律的なその姿勢に、興行的に熟成されたこの演劇の本質が窺われよう。こうした要素からなるいわば〈演劇的近世〉のパラダイムと、近代のそれがようやく交替の時期を迎えるのは明治も末年に至ってのことである。

歌舞伎は武士階級には禁じられた演劇であり、また観劇に要する費用や手間のため大芝居《おおしばい》と言われた▼注[2]本格歌舞伎の顧客は、下町の裕福な商家や花柳界で庶民には手の届きにくいものであった。しかし、庶民の憧憬的な関心は高く、時代が下るにつれ芝居や寄席の芸、絵本、錦絵などを通じていわば歌舞伎趣味の浸透した文化が形成されていった。

その風俗への影響力を知る幕府は、演劇関係者を徹底して差別し、いわゆる河原者として社会的地位を貶めるともにしばしば弾圧的な統制を行った。やがて天保の改革（一八四一～四三）以後、劇場は江戸市中から遠ざけられ、浅草猿若町の中村、市村、森（守）田の三座に限られるに至った。そして幕末頃の歌舞伎は、内容的にも爛熟を通り越して淫猥頽廃の色を深め、優れた役者や作者もほとんど払底して自然消滅を待つしかない状況を迎えていた。

それゆえに明治五（一八七二）年九月、東京府令により芝居興行が免許制で公認され、劇場の市中への進出が可能となったことは、演劇とって画期的な解放の時代の到来を意味した。ただしそれには条件があった。同年二月の『東京日日新聞』に次のような記事が見える。

> 芝居御諭　二月下旬猿若町三座太夫元及ヒ作者三名府庁へ呼出サレ此頃貴人及ヒ外国人モ追々見物ニ相成り候ニ付テハ、淫奔《イタズラゴト》ノ媒《ナカダチ》トナリ親子相対シテ見ルニ忍ヒサル等ノ事ヲ禁シ、全ク教ヘノ一端トモ成ヘキ筋ヲ取仕組可ク申様トノ御諭《オサトシ》アリタリ。

明治政府が歌舞伎関係者に求めたのは、王政復古と文明開化に向けての庶民教化に役立つ演劇であり、また外国人を招待しても恥ずかしくない上流階級の社交場としての劇場の提供であった。戯曲も観客も劇場も維新の時代にふさわしくあらねばならない。それは歌舞伎の演劇的諸要素に関わる大きな変革の要求に相違なかったが、機を見るに敏な興行主守田勘弥▼注[3]（十二世）が、同年十月、銀座に近い新富町に一部椅子席もある新様式の大劇場新富座▼注[4]をいち早く建設したように、関係者の一部はその要求に積極的に応じることで、歌舞伎の生き残りと社会的地位の向上を夢見たのである。両者の思惑の一致によっていわゆる〈演劇改良〉の時代が始まった。

二　活歴劇と演劇改良会

抑《ソモソモ》演劇《シバヰ》ノ儀ハ勧善懲悪ヲ旨《ムネ》トナスヘキハ勿論ナカラ、爾後全ク狂言綺語ト云ヘル語ヲ廃スヘシ。譬《タトヘ》ハ羽柴秀吉ヲ真柴久吉[▼注5]トス。童蒙若《モ》シ久吉ヲ以テ豊公ノ名ト覚へ、春永ヲ以テ織田氏ノ名ト合点セハ畢《ツヒ》ニ事ヲ過ツニ至ラン。其余都《スベ》テ事実ニ反ス可ラス。

（『東京日日新聞』明六　四・七）

前掲の「芝居御諭」に続く具体的な布告である。歌舞伎に求められたのは、従来の荒唐無稽で野卑猥雑にわたりがちな脚色を排した、史実に忠実で勧善懲悪を柱とした劇である。それは基本的には時代物（歴史劇）と世話物（現代風俗劇）を問わぬものではあったが、為政者や識者の関心は、おのずから教化に役立つ時代物の改良に向けられた。

その期待に添うべく出現したのがいわゆる活歴《かつれき》劇[▼注6]であった。その実現には九世市川団十郎の存在が大きく関わっている。世話物で鳴らした五世尾上菊五郎と共に明治歌舞伎を支えたこの名優は、革新を好む気性でみずからは「改良演劇」と称したというこの仕事に情熱を燃やした。これに興行企画者としての守田勘弥の進取性、そして作者黙阿弥の筆力、その三位一体が歌舞伎界内部における改良の推進力であった。

さて「活歴」とは活《い》きた歴史の意味で、明治十一（一八七八）年上演の「二張弓千草重籐《にちょうゆみちぐさのしげとう》」を仮名垣魯文が冷笑的に評して用いたのがその称の初めという。史実にこだわり、本物の鎧のような道具から、台詞・しぐさまで写実性を追求したその演出は、芝居らしい見せ場に乏しく、一般にはかならずしも歓迎されたわけではない。坪内逍遙によればその最盛期は明治十三、四（一八八一）年から同二十三、四（一八九一）年までの約十年間とされている。

こうして活歴は新時代の歌舞伎の代名詞となったが、顕官や学者が新たな観客となった結果思わぬ困惑も生じた。歴史的な考証は作者黙阿弥の力量に余り、明治十一年、西南戦争に取材した散切物の「西南雲晴朝東風《おきげのくもはらうあさごち》」で東京日日新聞社長福地桜痴[注7]の協力を求めることになった。また「松栄千代田神徳《まつのさかえちよだのしんとく》」の脚本制作では、依田学海[注8]ら学者の助言を容れざるを得なくなっている。それは脚本制作を劇場内部の作者（座付作者）の占有物として、局外者の容喙を拒んできた近世演劇の習いが初めて破られたという意味で注目すべき出来事であった。

なお「松栄千代田神徳」は、火災に遭って新たにガス灯などの新設備を加えた大劇場として落成した新富座の開場式で上演されたが、その折には陸海軍軍楽隊の演奏が付き、太政大臣三条実美をはじめ政界・財界・各国公使などの外国人、新聞人などの招待客が千人に及び、芝居関係者は全員燕尾服でそれに臨んだという。以て勘弥の広い人脈と政治的手腕が知れよう。

歌舞伎をめぐる環境はこうして大きく変わりつつあった。もっとも活歴劇は興行的には一般客に受けず、十年代の半ばには団十郎を除いた劇界の活歴熱はしぼんで行く。しかしその代わりに鹿鳴館時代の欧化熱の中で識者の演劇への関心はいよいよ高まり、やがて伊藤博文の女婿である末松謙澄の主唱により、渋沢栄一、外山正一ら政財学界の有力者を会員に連ねた演劇改良会（明治十九年）の発起を見ることになる。

・演劇の陋習を改良し好《よき》演劇を実際に出さしめる事
・演劇脚本《しくみ》の著作をして栄誉ある業たらしめる事
・構想完全にして演劇其他音楽会歌唱会等の用に供すべき演劇場を構造する事

右の三条を基本とする演劇改良会の主張は、女形・チョボ・花道そして芝居茶屋の廃止までを含む急進的な改革で、当時の演劇の現状からいちじるしく遊離していた。そのため目立った成果としては天覧劇の実現（明二〇）と学海による脚本（「吉野拾遺名歌誉《よしのしゅういめいかのほまれ》」）の試作、新たな演劇の殿堂としての歌舞伎座建設の契機となったこと等に止まり、欧化熱の後退と共に改良会は竜頭蛇尾を地でゆく自然消滅を余儀なくされたのである。皮肉な見方をすれば〈上流階級の観に供して恥ずる事のない〉演劇を目指した〈上からの演劇革新〉の限界を示したのがその〈功績〉であったかも知れない。

しかしまたその一方では、演劇改良会の運動の反動として文学者の関心が演劇に集まり、坪内逍遥や森鷗外、石橋忍月らによるより本質的な演劇論への道も開かれることとなった。逍遥は「末松君の演劇改良論を読む」（明一九）から、「我が邦の史劇」（明二六〜二七）に至る発言を通じて、改良会流の意見を演劇の外形、枝葉に止まる機械的なものと批判すると共に、芸術と道徳を混同することの非を説き、演劇革新の根幹として戯曲の改良を主張した。

またドイツから帰朝したばかりの鷗外は次のような定義に始まる「演劇改良論者の偏見に驚く」（明二二）を公にした。

> 演劇とは何ぞや優人場に上りて戯曲を演するを謂ふなり、されば戯曲ありて而《しか》る後に演劇あり彼は主たり此は客たるべし世上には或はこれに反対して戯曲は演劇のために作れるもの丶如くに云ふものなきにあらねど若しこの論をして社会に熾《さかん》ならしめんか、戯曲と演劇の並び衰ふること必せり。

鷗外によれば、目指すべき演劇は、自立的な文学作品としての戯曲を中心とした「純粋の一美術（芸術）」たる「正劇《ドラマ》」であり、台詞を主として「尋常の言語応答の間に詩想の妙味を現呈すべきもの」に他ならないという。また演劇には観客の詩想への集中を妨げる装飾など一切不要とする理由から、改良会の目指したものとは対照的な「簡撲の劇場」の必要もあわせ説かれている。

逍遥も鷗外も共に演劇改良の目標を芸術としての演劇の実現に置き、役者のための単なる台本ではない戯曲の制作をまず第一としたのだが、そのような演劇概念は、当時一般のそれとはまったく次元を異にしていた。後年、新劇の誕生にこの二人が果たした役割の大きさはその主張の適確さを証しているが、真に近代的な演劇の理念や戯曲の文学性を本当に必要とする時代が来るまでにはまだまだ間がある。

三　新派劇の発生と成熟

活歴劇と並ぶ明治歌舞伎特有の産物として、開化風俗を取り入れた世話狂言いわゆる散切物▼注[9]がある。一例として黙阿弥最初の散切物とされる「東京日《にちにち》新聞」（通称鳥越甚内　明六）の台詞を次に示す。

此《この》新聞に記載ある船岡門三郎といふは、我が剣術の同門にて師匠の娘浅茅《あさぢ》どのと、予《かね》て密通の噂ありしが、何ゆゑあつて家出なせし人を害せし事なるか。捕縛されしは是非もなし。思へば行程百三十里の西京に居て旧友の、違変を知るも新聞紙、世界になくてならざるもの、かる有用も旧習を捨てざるゆゑに洋人を敵のやうに思ひしが、輪船列車はいふも更なり、電信器械の便利の自在、総て窮理の諸法を発明なして開花に進み、今日おのが頑愚を悟り誠に後悔いたしたり。

新聞種に取材して新時代の事物をちりばめた新味と、文体や物語の古風さが興味深い対照を呈している。黙阿弥は約二十編の散切物を書いたが、作劇法や演出は旧来通りである上に庶民教化を意識した脚色は世話物としての本質的な魅力に欠けていた。同じ年に初演された彼の「梅雨小袖昔八丈《つゆこそでむかしはちじょう》」（通称髪結新三《かみゆひしんざ》）が江戸庶民の暮しと気風を見事に描いて大入りとなり、名作として残ったのとは対照的である。散切物の出現は、戯作者仮名垣魯文が文明開化への庶民の関心を当て込んだ「西洋道中膝栗毛」（明三）「安愚楽鍋」（同四年）を書いたと同じく、新時代に生き延びようとした歌舞伎の本能的な反応と見てよい。しかし際物《きわもの》の珍しさが去れば、作劇法の本質的な旧さは覆いようがない。そこに生じた明治の〈現代劇〉の不在をついて、新派劇が台頭してくるのである。

いわゆる新派劇は、自由党壮士が民権思想の宣伝をねらい、「日本壮士改良演劇」を称して大阪で旗揚げした〈壮士芝居〉がそのはじめで、当時の政治問題を題材とした現代劇として評判を呼んだ。次いで明治二十四（一八九一）年、川上音二郎が藤沢浅次郎と〈書生芝居〉の幕を開け、「経国美談」・「板垣君遭難実記」および自ら案出した演歌「オッペケペー節」のパフォーマンスで大人気を博した。

川上の成功は芝居好きの若者の野心を刺激し、間もなく東京でも伊井蓉峰《ようほう》▼注[10]・水野好美《こうび》らによる済美《せいび》館▼注[11]が素人演劇の旗をあげ、浅草の劇場を中心に、山口定雄、高田実、喜多村緑郎、河合武雄ら後に新派劇の中核となる人々が活動し始める。演劇改良会の運動を劇場外の素人が〈上から〉演劇に容喙した革新の試みであったとみるなら、新派劇は同じく劇場外の素人による〈下からの演劇革新〉の動きとして大きな意味を持っていたと言ってよい。

彼らは間もなく政治的傾向を持たない芝居を目指しはじめた。だが、走り出しはしたものの、いざ演劇としての洗練を目指そうとすると当時彼らの知る演劇は歌舞伎以外には無く、脚本も演技もその模倣による他なかった。その素人芝居の卑俗さに観客が飽きるのも所詮時間の問題であったのだが、歌舞伎界のような旧習の足枷が無かった彼らは、観客の関心を大胆に先取りした題材による芝居を次々に繰り出してその最初の危機を乗り越えたのである。

明治二十七（一八九四）年のはじめには、川上一座が「意外」「又意外」「又々意外」と題した探偵劇の連作で当たりを取り、洋行で得た画期的な舞台の工夫▼注[12]で識者にも注目され、さらに同年八月、折からの日清戦争に取材した「壮絶快絶日清戦争」では、速報性と歌舞伎には真似できない迫真の立ち回りが大評判となった。そして翌年五月の

「威海衛陥落《いかいえいかんらく》」で川上一座はついに歌舞伎座の檜舞台への進出を果たすのである。戦争劇ブームは歌舞伎にも及んで、団・菊競演による「海陸連勝日章旗」で対抗したものの、全くの不入りであったと伝えられている。歌舞伎の地位を脅かそうとする新演劇の出現はすでに衆目に明らかであった。なお新派の呼称が一般化するのは明治三十（一八九七）年代に入ってのことだが、それは歌舞伎がもはや旧派（旧劇）と見なされて、唯一の演劇では無くなった時代の到来を意味している。

日清戦争劇のブームが下火になる二十八年暮れ、川上一座は泉鏡花の小説「義血侠血」を芝居に脚色した「滝の白糸」を上演して成功。以後新派は、際物から歩を進め現実社会を映した新脚本を求めて、「金色夜叉」・「己が罪」・「不如帰」など新聞小説脚色物や、西洋物の翻案劇による演目の充実に努めた。そしてそれら小説物が〈新派悲劇〉として看板化するにつれ、客層は着実に拡がりと厚みを増していった。明治三十五（一九〇二）年には、中洲の真砂座で伊井蓉峰・河合武雄らが、原作を尊重した台詞劇として近松劇の研究的な連続上演を試みている。真砂座は新派の拠点として知られ、三十七年にはまだ東京帝大英文科の学生であった小山内薫が招かれ、「サッフォー」「ロミオとジュリエット」などの翻案や島崎藤村「破戒」の脚色で彼らに協力している。こうした研鑽の努力が重ねられた結果、彼らの芝居は興行的にも次第に安定し、新派の名も社会に定着して、団・菊の両名優が没した明治三十六年頃には、歌舞伎を圧倒する全盛期を迎えていた。

しかし人気の安定と共に、その芝居はしだいに歌舞伎同様、〈型〉に頼るものになり、有力な俳優の人気に頼って興行的成功を優先する性格を濃くしてゆく。西洋物の翻案や流行小説の脚色による劇もそれを助長した。この俳優中心主義と、観客の好みを追う傾向が定着した結果、新派劇はついに歌舞伎の新派の地位に止まったのである。一時期関係していた小山内薫が、そこを離れて新劇の旗手となるのも、そうした限界を見切ってのことであったろう。

一方、団・菊の人気に支えられ、その衰えとともに危機的な状況に陥っていた歌舞伎界では、窮状打開を図る次世代俳優の真摯な活動がようやく始まっていた。明治三十七（一九〇四）年に逍遙の「桐一葉」や鷗外の「日蓮上人辻説法」が上演されたように、劇場外の作者による新作の上演がその手段であり、そこから松居松葉・山崎紫紅・岡本綺堂らの新史劇[注13]（いわゆる新歌舞伎）出現への道が開けることになった。

四　新劇の誕生

西洋における近代劇誕生のメルクマールは、一八八七年、アントワーヌ[注14]によるパリの Théâtre Libre（自由な劇場の意）創立である。ほどなく自由劇場運動としてヨーロッパ全体に拡がるそれは、〈舞台は生活の断片なり〉という標語に示されるように、ロマン主義演劇末期のウエルメイドプレイを演劇の堕落と見、ゾラ等の提唱した自然主義の理念に基づいて真に写実的な舞台を創出しようとした演劇の革命であった。

会員制の観客組織は演劇の芸術的自立を目指す反商業主義を意味し、それによって初めて近代市民の実生活と切り結ぶ演劇的テーマと、新しい演技や演出理論への道が開かれたのである。そこでは因習的な社会に対する問題意識の切実さや、新しい人間観の提示こそが価値とされ、戯曲はおのずから演劇の中心的要素となった。座付作者ならぬ劇作家の誕生もまた近代劇の本質的要求からの必然だったのである。

その波が日本に及んだところで、いわゆる〈新劇〉の季節が来る。自由劇場第一回試演の挨拶に立った小山内薫は、「私共が自由劇場を起しました目的は外でもありません、それは生きたいからであります。」と述べ、満場の観客を感激させたという。周知のエピソードだがかつての演劇改良とは次元の異なる、自己表現の欲求に根ざした自律的営為としての新しい演劇を渇望する時代の空気を髣髴させる。

日本の新劇は、小山内薫・二世市川左団次の協力による自由劇場と、坪内逍遙・島村抱月の文芸協会の活動が平行する形で始まった。文芸協会は、明治三十九（一九〇六）年に早稲田大学関係者により設立された学芸団体で、四十二（一九〇九）年に俳優養成を目指す演劇研究所を設置し所内の舞台で試演会を重ね、四十四（一九一一）年には逍遥を会長として「劇界の刷新を計り、時代に適応する新芸術を振興する」団体に純化再組織された。四十四年五月、帝国劇場で逍遙演出による「ハムレット」を上演して以後、協会（第二次）は松井須磨子など研究所で育った俳優を擁して、比較的大衆受けし易い翻訳劇の上演で新劇の観客拡大に努めた。[注15]協会は大正二（一九一三）年に解散したが、その出身者によって、芸術座、舞台協会、無名会、近代劇協会そして新国劇など多くの劇団が生み出されるのである。

逍遥のシェークスピア研究を拠り所とした文芸協会に対し、自由劇場は西欧の近代劇運動を直接反映した新劇運動を展開した。それを可能にしたのは、歌舞伎の停滞を憂慮し、ヨーロッパ演劇を視察して帰国した若い歌舞伎俳優の市川左団次（二代）と小山内薫の熱意、そして自然主義以降の西欧文学に強い関心を寄せていた多くの文学者の支援であった。

明治四十二（一九〇九）年十一月、当時唯一の洋風劇場[注16]であった有楽座で行われた第一回試演の演目に、森鷗外訳「ジョン・ガブリエル・ボルクマン」（イプセン）が選ばれたことは、精力的な翻訳でヨーロッパ演劇の紹介に努めてきた鷗外の存在の大きさを示している。また自由劇場は「新時代に適合せる脚本を忠実に試演し、新興脚本のため、新興演劇術のために、一条の小径を開くを以て目的とす。」（規約第二条）との方針通り、吉井勇を始め新進の処女作に上演の機会を提供した。その意味で自由劇場が実現したのはまさに戯曲のための演劇だった言えるだろう。

自由劇場の活動は大正八（一九一九）年頃に終止したが、先駆としての役割は十分果たされた。西洋近代劇の種々相を舞台で示した功績は極めて大きい。[注17]またその一貫した研究的姿勢は既成演劇の人々をも刺激し、歌舞伎から六世尾上菊五郎の狂言座、十三世守田勘弥の文芸座、二世市川猿之助の春秋座、新派から井上正夫の新時代劇協会、川村花菱の創作試演会などの研究劇団を派生させたのである。

さて、自由劇場と文芸協会は同じく新劇運動の団体とは言え、知られるように進み方は対照的であった。自由劇場はもっぱら芸術的な作品の試演を目的として、会員組織による小劇場主義を採り自前の劇場を持たなかった。文芸協会は芸術性と娯楽性を兼ね備えた大衆受けする演目を選ぶ大劇場主義的な方向をたどった。俳優の養成に関しても、文芸協会が養成機関を持って〈素人を俳優に〉育てようとしたのに対し、自由劇場は〈俳優を素人に〉という方針を掲げ、新しい戯曲の上演を通じて既成演劇の俳優を近代劇の俳優として再教育しようとしたのである。

五　草創期の近代戯曲

近代戯曲を、文学の一ジャンルとしての戯曲観に基づいて、座付作者でない作家が書いた作と定義するならば、その先駆は、北村透谷「悪夢」（明二七）まで遡って見られよう。ほとんど台詞とト書きのみによる散文史劇で、作者自身の思想的煩悶が託された独白を含めて、レーゼドラマ[注18]としても通用するような近代性を示していたが未完に終わっている。彼が完成しえたのが対話体の劇詩「蓬莱曲[注19]」（明二四）に止まったことは、散文の台詞劇を創造することの当時の困難を思わせるのである。また逍遥の「桐一葉」（明二九）・「沓手鳥孤城落月《ほととぎすこじょうのらくげつ》」（明三〇）は、歌舞伎風の構成ながら、台詞を主とした写実的な近代史劇のあり方を初めて具体化し得た先駆性を持っている。こうした試みをたどって気付かされるのは、現代劇の試みが無いに等しい事実である。一方明治四十年代以後に目を転じてみれば、まさに簇生の観がある。つまり、近代の戯曲が近代を写実的に描くまでにはそれにふさわしい条件が整う時間が必要だったのである。

日露戦後には、夏目漱石のいわゆる〈外発的〉な近代化の無理が社会の様々な側面で目立ち始めていた。よるべき権威やモラルは見失われ、人々の意識はおのずから生の不安や懐疑に向けられた。自然主義的思潮の流行はそうした

〈幻滅時代〉▼注[20]の意識の反映であり、またそれに拍車をかけるものであった。こうして人生や社会の問題に対する深刻な批評が文学の最重要の課題と見なされる明治末の時代が来る。小説や戯曲は真なるものの探求の手段となり、読者〈観客〉にとっては楽しみの具ではなく、そこから学ぶべきものとなった。

当時新しい戯曲の模範とされたのはまずイプセンであり、その種の作品は〈社会劇〉あるいは〈問題劇〉と称された。作品としては、岩野泡鳴「焔の舌」（明三九）、佐野天声「大農」（明四〇）、真山青果「第一人者」（同）、佐藤紅緑「廃馬」（明四二）、長田秀雄「歓楽の鬼」（明四三）、中村吉蔵「牧師の家」（同）等がある。強烈な個我の主張や新旧思想の対立、女性解放の問題、遺伝がもたらす悲劇、キリスト者の偽善などその内容は多岐に渉りながら、総じてイプセン流の〈問題〉を日本の社会に引き写しにした無理は否めない。しかしそうした作品の一般化によって、いわば〈お芝居〉の世界と〈現実生活〉の世界を隔てていた意識が取り払われていったのである。

当時ヨーロッパの演劇はすでに自然主義からネオロマンチシズムや象徴主義の時代を迎えていたが、日本にはそれがほぼ同時に紹介された。そのため日本の近代戯曲草創期の特徴として、イプセン流の作と共に、メーテルリンクやホーフマンスタールの影響を受けた〈静劇〉あるいは〈情緒劇〉、〈気分劇〉と呼ばれるタイプの創作も多く試みられている。木下杢太郎「南蛮寺門前」（明四二）、吉井勇「午後三時」（明四二）、「河内屋与兵衛」（明四三）、秋田雨雀「第一の暁」（明四三）、久保田万太郎「プロローグ」（明四四）、郡虎彦「道成寺」（明四五）など、反自然主義系の作家が時代や場所にとらわれず、気分的真実や神秘的な感覚の象徴的な劇化を企てた個性的な一幕物が多い。

こうして明治末にはまことのバラエティに富んだ創作戯曲の時代が出現した。その中で新しい劇作家たちが当面したの問題は様々にあったが、つまるところそれは日本の近代劇にふさわしい〈ことば〉の創出という課題に帰着する。木下杢太郎は「人形の家」に倣った長田秀雄の野心作「歓楽の鬼」を評した文章の中で次のように述べている。

「現代の生活」と名付けられる漠然たる事象は千言万言の文字、三五時間の演劇では現し盡されぬ。而も能く之を一幕のうちに見るのは、見物の頭が、実演の戯曲の後ろに暗指せられたる世界を感ずるからである。で、同じ方面の弱さを持つてはゐたが、永井荷風氏の「平維盛」が、見物を一種の情緒の世界に導いたのは、あれは平家の歴史といふ誰も一様に知つてゐる情的連想に縋つたからである。小唄の一曲で文化文政の気分になると同一の巧みである。所が、現代といふものはまだまとまつたTraditionにならないから、それがむづかしい。これ現代物の困難なる所以である。（「三新作脚本の実演」『スバル』明四四・七）

岡本綺堂の「修禅寺物語」▼注[21]で使われた「新しき恋」ということば一つで観客は失笑したという。「この私が婦人として、向日葵のやうに輝くやうに、自由に大胆に美しく生きて行かれる新しい世界に参ります。」（「歓楽の鬼」）という台詞ならどうだろうか。新しい劇作家たちが翻訳劇から学んだことばは観客の心に響きにくい。つまりそれではリアリティのある劇にならない。そうかといって観客の感情に親しいことばは、近代劇としての主題を担い得ない。

これは戯曲の文学性と演劇性にも関わる難問に相違なく、翻訳劇の模倣に飽き足らなかった作家ほどその矛盾を強く意識せざるを得なかったのである。ちなみに、大逆事件の関係者を思わせる人物を主人公にした杢太郎の「和泉屋染物店」（明四四）は、問題劇と情緒劇の調和を図ろうとしたその方法において、草創期の最も注目すべき戯曲の一つとなっている。

六　大正期の演劇

自由劇場旗揚げの翌年、新社会劇団と新時代劇協会▼注[22]が名乗りを挙げて、以後新劇運動はにわかに一般化した。大正二（一九一三）年までに結成された新劇の団体は合わせて十余りにのぼり、野外劇を試みる劇団さえある活況ぶりで、時代は早くも新劇最盛の観を呈するに至り、〈新劇〉という名称もこの頃から普及した。

これらの劇団の演目には創作劇も採り上げられたが、翻訳劇が主流で、シェークスピア等の古典から各種の近代劇までほとんど無作為に近い選択によっていた。劇団員の構成は歌舞伎俳優や新派の俳優を交えたもの、養成所を出たばかりの新劇俳優によるものなど様々であった。そうした劇団の多くは演出家もおらず、したがってアンサンブル（演技の統一）を欠いた芝居は劇のストーリーをなぞるのがやっとのありさまであり、原作に忠実な上演など望むべくもない状態にあった。それゆえ、新劇に芸術的な新しい演劇を期待した観客に見限られるのも早かったのである。例外もあるが、群小のにわか劇団の寿命は総じてきわめて短く、集合離散のうちにブームは冷めていった。しかしそうしたうねりを通じて、新劇の新しい演劇としての認知は確かに進んでいった。

大正期の演劇で注目すべき現象として、市川猿之助の春秋座や、花柳章太郎の新劇座といった歌舞伎や新派俳優が始めた研究劇団によって、創作劇が積極的に取り上げられたことが挙げられよう。その活動はそれぞれの芝居の本興行のかたわら続けられたのだが、若い劇作家たちにとってその意味は大きかった。名作として名高い菊池寛の「父帰る」が大評判になったのも、新劇ではなく春秋座の舞台だったのである。

大正の半ば以降になると、研究的な舞台の意外な集客力を知った歌舞伎や新派は、本興行の演目に創作劇を交えることを常態化した。おのずから増えた上演の機会が戯曲熱を刺激して、大正七、八（一九一九）年頃から関東大震災の年まで、文壇には空前の戯曲時代が到来する。歌舞伎や新派の俳優による舞台と結びついた創作劇の流行は、菊池寛はじめ谷崎潤一郎・武者小路実篤・山本有三・里見弴らの名作も生んだが、その反面で俳優の芸と客の嗜好を優先するような安易な作品の氾濫を招いた。それは新劇の出発点にあった演劇の中心となるような創作劇への志が見失われつつあった時期であり、久保田万太郎や震災後にフランスから帰国した岸田国士ら限られた劇作家のみによってその命脈は保たれたのである。

ところで新劇の舞台はどうであったか。大正期を代表する〈芸術座〉に目を向けてみよう。文芸協会解散後、島村抱月と中村吉蔵は松井須磨子や後に〈新国劇〉の創始者となる沢田正二郎ら演劇研究所出身俳優を擁し、大正二（一九一三）年九月「モンナ・ヴァンナ」（メーテルリンク）でこの劇団を旗揚げした。大正三（一九一四）年三月、帝国劇場の第三回公演でトルストイ原作「復活」を上演、これが大成功を収めて劇団の経営は軌道に乗った。挿入歌「カチューシャの唄」はレコード化されて全国に流行し、看板女優の松井須磨子は新劇が生んだ最初で最大のスターとなったのである。芸術座は東京での公演のかたわら、日本の各地からさらに海を渡って朝鮮半島や中国東北部の満州にまで巡業の足を伸ばし、新劇の客層を増やし続けた。「復活」上演は六年間で四百四十回と記録されている。

さて、芸術座の成功は何を意味したのか。新劇はもともと非商業主義的な演劇を求める知識層を観客として出発したのだが、客層が拡大すれば、新劇もまた研究的な演劇に止まらずプロの職業として成り立つだろう。やがて昭和から戦後の新劇が、〈大衆化〉・〈職業化〉そして〈安定化〉を目標とし続けなければならなかったように、それはある意味で新劇の見果てぬ夢であったはずだ。ところが芸術座はそれをあまりにも早くまた容易に実現してしまったのである。だが皮肉なことに、それは新劇の本質が見失われる道に通じていた。

芸術座のレパートリーには、中村吉蔵の「剃刀」・「飯」など社会問題に対する深刻な批評を含んだ写実劇も含まれてはいたが、「復活」をはじめ「サロメ」「カルメン」など、大衆の嗜好を当て込んだ娯楽的要素の強い演目と、須磨子の人気がこの劇団の支えであった事実は否めない。おのずと体質は商業主義演劇に傾き、大正七（一九一八）年には松竹資本と結ぶまでに至るのである。芸術座の〈成功〉がもたらしたのは、新劇の出発点にあった理念から大きく後退した新劇のイメージであった。

大正八（一九一九）年、抱月の急死とそれに続いた須磨子の自死によって芸術座の活動は終焉したが、総じて当時の日本の演劇は、新鮮さの薄れた翻訳劇と、芝居の脚本以上のものではない創作戯曲が歌舞伎・新派・新劇の俳優によって入り乱れて上演されるという奇観を呈し、新劇固有の可能性はどこかに見失われたまま推移しようとしていたのである。「日本の『新しい芝居』よ。哀れな日本の『新しい芝居』よ。」という呼びかけに始まる小山内薫の文章の一部を引いて、その頃の新劇のありさまを髣髴しておこう。

お前が始めて外国からこの国へ渡ってきた時、この国の所謂「有識者」はどんなにお前を歓迎したらう。どんなにお前を無くてはならぬものに思つたらう。

然るに、今日のお前はどうだ。お前は僅かに「田舎回り」に生きてゐる。お前は辛くも「浅草公園」に生きてゐる。そしてもう、「有識者」とは何の関係もなくなつて了つた。

（略）お前がほんとに馬鹿にされ始めたのは、あの「カチウシアの唄」からだ。（略）「カチウシアの唄」で当たつた『復活』――トルストイとはほんの僅かしか関係のない『復活』――まるで黙阿弥の芝居を見るやうなセンチメンタリズムの『復活』――あれから、お前の本当の姿は段々舞台の上に見られなくなつた。お前は段々名前ばかりになつた。そして名前ばかりのお前がお前だとして、今までお前を見た事もない人達に喝采され出した。そして、今まで不完全なお前の姿の内にも本当のお前を求めてやまなかつた人達が、段々お前を遠ざかるやうになつて了つた。

（「新劇復興の為に」『新演芸』大六・一）

いかにも理想主義的な裁断ながら、ここに語られているような思いこそ、いわば新劇運動の仕切り直しに違いない築地小劇場の出現を促したものであった。

【注】

[1] 河竹黙阿弥＝文化一三（一八一六）〜明治二六（一八九三）　二十歳で市村座の作者部屋に入り、河竹新七の名で安政頃から「三人吉三」など生世話の「白波物」を得意とする作者として知られ、幕末には第一人者の地位を築いた。明治十四年六十六歳で引退を表明して名を黙阿弥と改めたが、その後も彼に代わる者のないまま作を続けた。

[2] 大芝居＝江戸時代の官許の劇場、そこで興行される舞台を指す。それ以外はの非官許のものは寺社の境内の仮小屋で行われたので小芝居・宮芝居といった。劇場の規模から出演俳優まで格の違いが大きい。

[3] 守田勘弥＝安政五年（一八五八）十一世勘弥が森田を守田と改名。

[4] 新富座＝当初は守田座、明治八年新富座と改称。場内照明にガス灯を初めて用いるなど最新式の設備を備え、日本を代表する劇場として外国にもその名を知られた。二十二年の歌舞伎座開場までを明治歌舞伎の前半期とし、新富座時代と呼ぶこともある。

[5] 真柴久吉＝「絵本太功記」では羽柴秀吉を真柴久吉、織田信長を尾田春永（長）、明智光秀を武智光秀と称した。

[6] 活歴劇＝黙阿弥作の真田幸村物、「出来穐月花雪聚」（いでそよづきはなのゆきむら／明四）がその嚆矢とされる。

[7] 福地桜痴＝天保一二（一八四一）〜明治三九（一九〇六）　幕府の通辞として欧米使節に従った経歴を持ち、維新後「東京日日新聞」社長として言論界の雄として知られた。外遊の経験を生かして演劇改良会にも参加、二十二年に歌舞伎座を創設、その後は団十郎と提携し、局外から劇界に初めて入った作者として多くの脚本を書き、漸進的な立場で活歴劇から近代的史劇への橋渡しをした。「春日局」・「大森彦七」が佳作として残っている。

[8] 依田学海＝天保四（一八三三）〜明治三九（一九〇九）　漢学者として身を立て、維新後も文部省などの官職にあって、演劇を好んだところから伊藤博文らの高官に森田勘弥や団十郎を紹介、正史の写実に向け活歴制作に助言するなど演劇改良に熱意を見せた。急進的意見のため疎外されて後は新派を援助し、斉美館に自作の「政党美談淑女操」を上演させるなどした。

[9] 散切物＝登場するのがちょんまげを取った散切り頭に洋服の人物であるのでこう呼ばれた。黙阿弥の主な散切物に「繰返開化婦美月」（くりかえすかいかのふみづき／明七）・「勧善懲悪孝子誉」（明一〇）・「西南雲晴朝風」（明一一）・「島鵆月白波」（しまちどりつきのしらなみ／明一四）・「水天宮利生深川」（すいてんぐうめぐみのふかがわ／明一八）など、なお関西歌舞伎では三十年頃まで新作が書かれている。

[10] 伊井蓉峰＝明治四（一八七一）〜昭和七（一九三二）新派の定着に力を尽くし、河合武雄・喜多村緑郎と共に大正期には新派三頭目の一人と目された。
[11] 済美館―〈さいびかん〉とも。明治二十四年、依田学海の後援による初の男女合同演劇として浅草で旗揚げした劇団。
[12] 画期的な舞台の工夫＝川上は明治二十六年に演劇視察と称して渡仏。帰国して当時の事件に取材した探偵劇「意外」の上演で、暗転による道具換えや照明器を用いる試みをして評判をとり、次いで西洋種にやはり世間の耳目を集めていた「相馬事件」を仕込んだ「又意外」で写実的な格闘技を見せて興行的にも演技的にも新派の礎となる成功をを築いた。
[13] 新歌舞伎＝代表的な作品として、「桐一葉」（坪内逍遙）・「政子と頼朝」（松居松葉）・「修禅寺物語」（岡本綺堂）・「歌舞伎物語」（山崎紫紅）・「名工柿右衛門」（榎本虎彦）・「西山物語」（小山内薫）・「坂崎出羽守」（山本有三）・「お国と五平」（谷崎潤一郎）・「生きてゐる小平次」（鈴木泉三郎）などがある。
[14] アントワーヌ＝Andre・Antoine（一八五七〜一九四三）フランスの俳優、演出家、劇場主。
[15] 比較的大衆受けし易い翻訳劇＝「ハムレット」・「人形の家」・「故郷」（ズーデルマン）・「二十世紀」（ショー）・「思ひ出」（フェルスター）・「ジュリアス・シーザー」（シェークスピア）など。
[16] 洋風劇場＝日本における洋風劇場としてはまず有楽座（明四一・定員九〇〇）が建てられ、明治四十四年に本格的な大劇場としての帝国劇場（定員千七百）が丸の内に開場した。
[17] 西洋近代劇の種々相＝ヴェデキント・ストリンドベルヒ・ハウプトマン・チェーホフ・ゴーリキー・メーテルリンクなどの作品。
[18] レーゼドラマ＝上演よりも戯曲の文学性を優先する読むための戯曲。
[19] 劇詩＝バイロンの「マンフレッド」やゲーテの「ファウスト」のように舞台には収まりきれない要素を持つ詩劇をいう。日本では「蓬莱曲」や島崎藤村の「悲曲　琵琶法師」など。
[20] 〈幻滅時代〉＝長谷川天渓「幻滅時代の藝術」（「太陽」明三九・一〇）参照。
[21] 「修禅寺物語」＝岡本綺堂作、明治四十四年五月市川左団次一座により明治座で初演。
[22] 新社会劇団と新時代劇協会＝新社会劇団は中村吉蔵主宰、明治四十三年四月結成、二回の公演活動を経て同十月解散。新時代劇協会（第一次）は、明治四十三年十一月結成、翌年四月解散。

下――戦前から戦後へ――

一　築地小劇場開幕を中仕切りとした展望

〈築地小劇場〉は小山内薫と土方与志[注1]の師弟を中心に結成された劇団の名であると同時に、大正十三（一九二四）年六月、東京築地に開場した劇場の名称でもある。すなわち新劇はここに初めて自前の本格的な劇場を持ち、その理想を追求し得る時を迎えた。当初は研究生を含めても十人程度の俳優しかいない劇団だったが、やがて多くの新劇志望の若者を集めて、ここから育った俳優や演出家がその後戦後にいたる新劇の中核となるのである。

しかし出発に際しては一波乱があった。開場に先立つ講演（「築地小劇場と私」大一三・五　於慶応講堂）で小山内は「日本の既成作家の創作からは演出欲をそそられない」といい「向ふ二か年は翻訳劇を上演する」と宣言したことで若い劇作家たちの猛反発をかったのである。「その時代の作家をそつちのけにし、新しい演劇の運動に成功した劇団が嘗て世界にあつたらうか。」という山本有三ら『演劇新潮』同人の批判[注2]に、小山内は〈演劇の為に・未来の為に・民衆の為に〉という三条を掲げて応えた。

築地小劇場は演劇の為に存在する。そして戯曲の為には存在しない。築地小劇場は未来の日本戯曲の為に未来の劇術を作り上げやうと努力してゐるのである。現在の日本の戯曲は―殊に既成作家のそれは―大抵、歌舞伎劇と新派劇が持つ写実的訓練とで演出の解決がつくのである。その証拠には、少しく新知識を仕入れた歌舞伎俳優や新派俳優が、然程の困難もなくそれを演出して、しかも多大の成功を見せているではないか。
吾人が待ち望む未来の日本戯曲は、歌舞伎劇や新派劇では解決の出来ないものでなければならぬ。吾人はそれらの為に、吾人の新しい劇術を用意しなければならぬ。（略）
築地小劇場は吾人にとつての研究機関であるには違ひない。併しそれは唯吾人にとつてのみ言はれることで、一般民衆に対して言はれることではない。（略）築地小劇場はあらゆる民衆を迎へる「芝居小屋」である。

（「築地小劇場は何の為に存在するか」『演劇新潮』大一三・八）

このようなヴィジョンは、第一次大戦後のヨーロッパ演劇に現れた、演劇の再演劇化運動という新しい思潮を受けたものでもあったが、その理想には様々なジレンマが伴わざるをえない。戯曲（文学）と演劇の関係、俳優の劇術と演出の関係、芸術性の追求と観客の要求との関係など、いずれも現代演劇においても解決を見ない問題ばかりである。しかも〈演劇の実験室〉かつ〈演劇の常設館〉そして〈民衆の芝居小屋〉であることを目指すという考えは、思想的に曖昧で「アカデミズム」（学問・芸術主義）と大衆のための演劇の対立をいずれ余儀なくされる性格のものだった。小山内の「民衆」という言葉がそのまま「大衆」を意味するものであったとは思えないが、やがて左翼運動の激化にともないその概念の曖昧さが劇団の分裂を招くことになる。

さてその理想の達成度如何は別として、築地小劇場はほぼ小山内の方針通りに運営された。第一回公演は土方の演出によるゲーリングの[注3]「海戦」他、翻訳劇三篇である。「海戦」は、自然主義やネオロマンチシズムに抗して台頭した表現主義の代表作で、反戦をテーマとした叫びと響きに満ちた斬新な舞台の迫力が観客に大きな衝撃を与えたという。以後築地小劇場は昭和三（一九二八）年の分裂まで、五年弱の期間に本公演だけで八十四回を重ね、九十二種の翻訳劇と二十七篇の創作劇を上演した。

創作劇の上演は、小山内の宣言どおり三年目に入っての「役の行者」（坪内逍遙作）が最初で、武者小路実篤、藤森誠吉、前田河広一郎、久保田万太郎、そして小山内自身などの作品が取り上げられている。翻訳劇の三分の二は日本での初演に当たるもので、活動は研究的姿勢に貫かれ、かつての芸術座のように好評作を劇団の売り物にするようなことは全くなかった。傾向が雑多に渡りすぎたという批判はあるにしても、西欧の近代以後同時代にわたる多数の作品を、専属俳優によって継続的に紹介したこと、その多様な傾向の劇への取り組みによって新劇の劇術の基盤が育ったことが、この劇団の大きな功績であった。ただしそれは同時に翻訳劇と切り離しえない新劇の体質を培うものでもあっただろう。

さて、先の引用を念頭におきながら、ここで少し視野を拡大した展望を試みておこう。同じ小山内によるものでも自由劇場は先き駆けであり、築地小劇場は日本に根付き始めた新劇の存在を世に示した。しかし両者の性格は必ずしも連続していない。その違いのうち重要なのは、創作戯曲との関係の対照性である。小山内の宣言には、俳優のためでもなく、戯曲のためでもない、〈演劇のための演劇〉という理念が強調されている。仮に近世以来の歌舞伎劇（そして新派劇）を〈俳優のための演劇〉、自由劇場以来の新劇を〈戯曲のための演劇〉と定義するなら、この自律的な演劇観（〈演劇のための演劇〉）の出現は、遠く現代の演劇にまで通じる演劇の最終的な課題が、この時期を境にはっきり浮上してきたことを示している。

築地小劇場は日本の創作戯曲をひとまず拒絶し、翻訳劇によって「未来の劇術」を創り出そうとした。それが以後の新劇の性格と歴史を決定した要因の一つであったことは確かである。ただし、この時点で翻訳劇に拠ろうとする時、新しい劇術の可能性には二つの選択肢がありえた。イプセン以来のリアリズムの深化か、それともその流れを超えたものか。築地が最初に上演した「海戦」は明らかに後者への指向を示している。ところがその後戦後にかけて新劇が実現したのは前者の流れにそった劇術であり、「少しく新知識を仕入れた歌舞伎俳優や新派俳優」でこなし得るものと全く別種のものとは見なしにくい。なぜそうなったのかを考えようとした場合、政治的な状況が新劇にもたらした影響に目を向けざるを得ないだろう。

左翼運動が発展し始めて以来、政治と演劇の関係は複雑化した。そして築地小劇場以後、昭和戦前までの期間ほど両者が近接した時代はなかった。左翼運動はアナキズムその他の傾向を排除して共産主義に先鋭化してゆくのだが、その過程で演劇にも社会主義リアリズムを唯一の正系とする考え方の支配をもたらした。ソビエトでは「演劇の演劇化」を唱えた前衛的演出家メイエルホリド[注4]が排除され、スタニスラフスキー・システム[注5]による演劇が正統とされてゆく時代である。

日本の新劇もそれに影響されて進んで行くのだが、結果としてもたらされたものは、築地小劇場の理想から一歩後退したところでの「未来の劇術」の成熟ではなかったか。やがて戦後になると、一九六〇年代を境に、政治を含めたあらゆる権威に対する不信感が社会を支配し出す。その状況を反映した「未来の日本戯曲」が氾濫し出した時、それを演劇化する「劇術」は新劇にはなかった。演劇の現代 ― 俳優から劇場まで既成新劇のすべての要素を否定した新しい演劇運動の時代 ― がそこに始まることになるだろう。

二　プロレタリア演劇をめぐって

資本主義発展期に特有の矛盾や対立は、明治後半から労働・思想問題として現れ出したが、大正期に入ると民衆運動の機運が高まり、友愛会の結成が示すように、労働者の階級的自覚は急速に進んだ。やがて演劇も含めてその生活意識に即した芸術への要求が出てくるのも自然な成り行きである。亀戸に〈労働劇団〉を立ち上げた平沢計七[注6]は芸術座の舞台を見て次のような感想を記している。

いつぞや俺は芸術座に社会劇「飯」を見に行つた。須磨子の女主人公はその技巧の点で実に光つていた。然し彼女は最も尊いものを持つてゐなかつた。尊いものとは「真実」の事である。従つて真実の意味の熱がなかつた。観客は観客でこの悲劇を笑い興じて眺めてゐた。帝劇の金ぴかは金ぴかぴかでこの暗い現実を嘲笑つていた。

（「芸実的自覚」『労働および産業』大四・八）

ここには、最下層の生活に取材して芸術座の演目の中では高く評価された中村吉蔵の「飯」に対する根本的な違和感が語られている。当時の新劇の俳優も観客も劇場も否定する立場がある。「本劇団は民衆芸術革命の為め存在す。」「本劇団は技芸員であると同時に観客である会員組織とす。」という規約を掲げた平沢の劇団や神戸川崎造船所の争議中に試みられた労働者自身による演劇は、全く新しい〈自立演劇〉[注7]の模索に違いなかった。一般にそれらは、プロレタリア演劇の先駆とされるが、左翼的知識人が労働者階級を対象としたそれとは、やはり区別して考える必要があるだろう。

さて、いわゆるプロレタリア演劇の直接の源流に当たるのは、大正十（一九二一）年フランスから帰国した小牧近江の呼びかけで始まった〈種蒔き社〉の活動である。機関誌「種蒔く人」は、第一次大戦後のヨーロッパに広がったクラルテ運動に直接つながり、その世界主義・民衆主義・初期社会主義にわたる思潮を日本に紹介した。関東大震災による一頓挫を経て、大正十四（一九二五）年暮、〈種蒔き社〉は文学・美術・演劇の各部からなる〈日本プロレタリア文芸連盟〉（略称　プロ連）として再生し、「黎明期に措ける無産者階級闘争文化の樹立を期す。」という綱領の下に進んだ。

〈種蒔き社〉の同人の中には、〈先駆座〉という秋田雨雀を中心とした研究的劇団の関係者[注8]がいて、〈プロ連〉演劇部の母体となった。昭和元（一九二六）年二月、その演劇部が、共同印刷の大争議の現場へ出張し、支援のための公演を試みたのが、プロレタリア演劇運動の実質的な第一歩と見られている。まもなく〈トランク劇場〉と称するその移動演劇活動と並行し、劇場公演を目的とする劇団〈前衛座〉が新たに組織され、十二月には築地小劇場を借りて初公演を行った。演目の「解放されたドン・キホーテ」▼注[9]は、階級闘争と人道主義の相容れない関係をテーマとしたマルクス主義的革命劇であった。

昭和に入ったこの年は、日本における無産者政党運動が高揚し始めた年である。左翼陣営内では政治的先鋭化を目指して分離／結合論を説く〈福本イズム〉をめぐる対立が激化しつつあった。当時〈プロ連〉は〈日本プロレタリア芸術連盟〉（プロ芸）に発展していたが、対立の波及によってそれが昭和二（一九二七）年六月に分裂したため、軌道に乗り始めた演劇部の活動も混乱を余儀なくされた。それは政治によって翻弄され続けるプロレタリア演劇の歴史を予告する出来事であった。次の図はそのあたりの経緯を略解したものである。

プロレタリア演劇運動の経緯略解

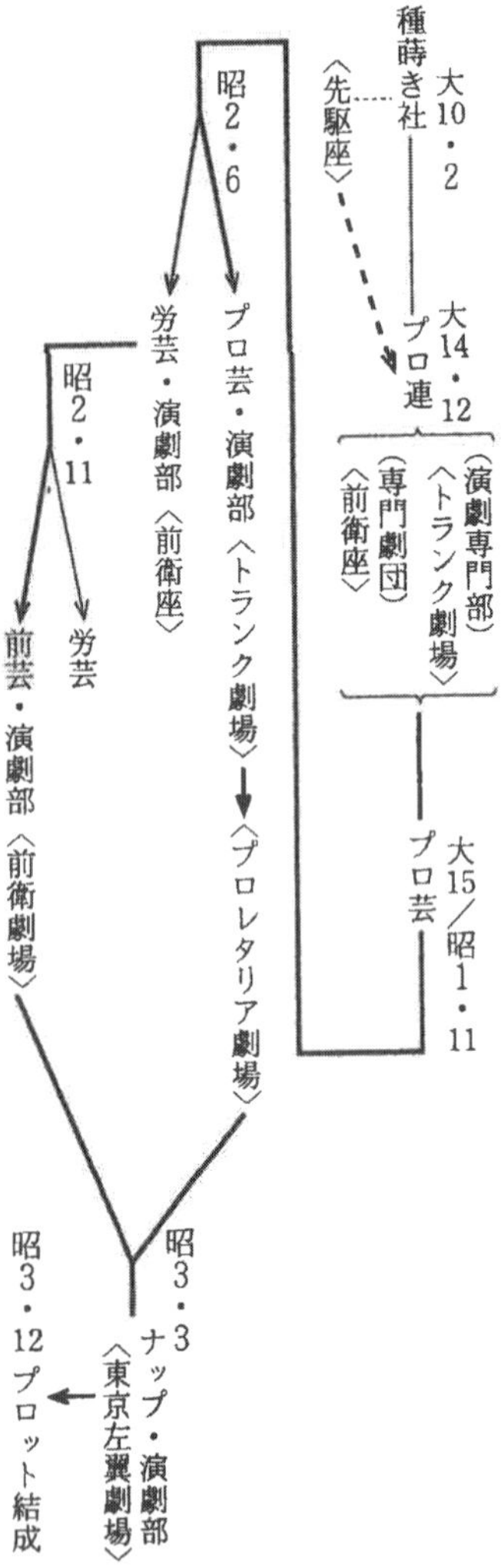

〈プロ芸〉からの脱退メンバー[注10]は〈労農芸術家連盟〉(労芸)を組織し、〈前衛座〉は〈労芸〉の演劇部として再組織された。一方〈トランク劇場〉は、〈プロ芸〉に残され〈プロレタリア劇場〉と改称。ところが、それぞれの活動が始まって間もなく、またしても〈労芸〉内部に対立が生じて、十一月にはそれからの脱退者による〈前衛芸術家同盟〉(前芸)ができた。〈前衛座〉のメンバーのほとんどはそれと行を共にし、〈前芸〉演劇部として〈前衛劇場〉を称した。その後〈前衛劇場〉の「ロビン・フット」が群集ドラマとして注目されるなどの話題は残したが、左翼的内部対立に加え、折からの普選実施に伴い、両劇団は共に支持していた最左翼政党、労農党の支援に駆り出され、演劇活動は思うに任せぬ状態であった。

昭和三(一九二八)年三月、地下政党として労農党の背後にあった日本共産党に対する大規模検挙を契機に、左翼陣営の作家や演劇人は〈全日本無産者芸術連盟〉(ナップ)に組織され、〈プロレタリア劇場〉と〈前衛劇場〉はその演劇部〈東京左翼劇場〉として再び合同した。さらに十二月には、左翼的劇団の全国的な協議機関として〈日本プロレタリア劇場同盟〉(プロット)が結成された。プロレタリア演劇運動初期の動揺はここでひとまず収まり、その後〈東京左翼劇場〉(単に左翼劇場とも)は、頻繁な上演禁止に遭いながらも、昭和九(一九三四)年まで各地で五十回にのぼる上演活動を重ねたという。

左翼劇場の成果は、昭和四(一九二九)年に上演された村山知義の「全線」(「暴力団記」の改題)が、群衆ドラマという発想でプロレタリア階級の力を劇化し、プロレタリア演劇の画期をなす舞台を示したこと。また昭和五(一九三〇)年、「太陽のない街」(徳永直の小説を脚色)では、共同印刷の大争議(大一五)を再現する舞台を作り出し、延べ一九回の公演に超満員の観客を集めて社会的話題となったこと。続く六年の「西部戦線異状なし」(レマルク)では八千の観客を集め、その八割が労働者であったとされるなど、労働者にとって魅力的な舞台の提供に努め、他の演劇とは異なる観客層を生み出したこと等であった。村山の「志村夏江」、三好十郎の「炭塵」「恐山トンネル」「傷だらけのお秋」「斬られの仙太」など、今日プロレタリア戯曲の名作とされる作品も、この劇団の舞台に向けて書かれたのである。なお当時のプロレタリア演劇特有の演目として「生きた新聞」や「赤いメガフォン」[注11]と題され、社会主語思想の宣伝をねらったバラエティも評判となった。〈左翼劇場〉は、昭和六（一九三一）年には最盛期を迎えていたが、政治運動と結びついた性格のために、官憲の弾圧もまたその頃から激しさを加えて行った。

三　築地小劇場の分裂

昭和期に至ってプロレタリア演劇が盛んに活動しだすと、〈築地小劇場〉の無方向性は誰の目にも時代にそぐわぬものとして映じてきた。千田是也のように早く左翼陣営に身を投じるものもあり、プロレタリア劇団に舞台を貸すことが重なるにつれ劇団員には左翼的気分が自ずと浸透していった。派閥的対立が深まる中、小山内薫が急逝した後の昭和四（一九二九）年三月、築地小劇場は土方与志を中心とする〈新築地劇団〉と、青山杉作らの〈劇団築地小劇場〉に分裂した。

昭和三年になると築地小劇場の前には、小山内薫を担ぎ上げた研究劇場、芸術劇場の方向をたどろうとする一派と、左翼劇場の働きかけによって急進的な方向をたどろうとする若い人達との対立の中に、更に土方与志を支持しながら漸進的方向をとろうとする三派が鼎立していた。これに個人的な感情問題が更に絡み合って、土方を芸術的指導面から去らしめようとする雰囲気が軋轢を激化し、小山内薫追悼公演の直後、丸山定夫、薄田研二、山本安英、高橋豊子、細川ちか子、久保栄等は土方を擁して築地小劇場を脱退し、新築地劇団を結成した。残った人達は劇団築地小劇場として再出発し、急激に左翼化する社会情勢の中でそれぞれ急進的な方向を辿ろうとしていた。

（八田元夫「わが演劇的小伝」『新劇の40年』より）

要するに、分裂したものが共に当時の風潮に影響され、より左翼的であろうと競い合うありさまだったのである。昭和五（一九三〇）年二月、左翼劇場による「太陽のない街」が評判を呼んだことは先に述べたが、上演メンバーの顔ぶれからすれば、その中身は〈新築地劇団〉との合同公演に等しく、翌六年〈新築地劇団〉が〈プロット〉に加盟するに至って、新劇の左翼演劇的傾向はますます加速されていった。

一方、そうした間に左翼思想に対する弾圧は本格化の様相を強め、台本の検閲強化、あいつぐ上演禁止やメンバーの検挙によって、昭和九（一九三四）年頃には左翼演劇の公演は事実上不可能な状態に陥ったのである。活動家の転向が相次いだ結果、〈東京左翼劇場〉は政治運動との関係を断ち切る方針を明らかにして〈中央劇場〉と改称した。そして村山知義の「新劇団大同団結の提唱」を受けて〈プロット〉が解散するに及び、新劇は新たな展開の局面に入るのである。

新劇人の大同団結は結局果たされなかったが、その代わりに〈中央劇場〉と〈新築地劇団〉それぞれからの脱退者によって、昭和九（一九三四）年九月〈新協劇団〉が結成され、〈プロット〉時代の左翼活動の反省に立った「進歩的な、芸術的にして良心的な、観客に妥協せぬ、演出上に統一ある演劇」（村山「進歩的演劇のために」）を目指して再出発することになる。

村山知義、久保栄、滝沢修を中心とした〈新協劇団〉は、同年十一月の「夜明け前」（島崎藤村原作・村山知義脚色）で旗揚げしてから、昭和十五（一九四〇）年の解散までに四十回に及ぶ公演を行った。翻訳劇では「ファウスト」（ゲーテ）や「群盗」（シラー）、「どん底」（ゴーリキー）などの古典を新しい演出で見せ、また創作劇にも力作を残した。[注12] 劇団の内部では、もともと前衛芸術家であった村山と、スタニスラフスキー理論によるリアリズムを信奉していた久保との間に論争も起きたが、その緊張がかえって社会主義リアリズムの限界を超えたリアリズムの成熟をもたらした。

一九三〇年代の十勝地方の苛酷な風土と地域の階層的社会構造を明らかにしながら、科学者としての良心に従い自説を訴えようとする農業技術者の苦悩を描いた「火山灰地」は、その構造的広がりにおいて日本のリアリズム劇の記念碑とも見なされる成果である。主演の滝沢修はじめ宇野重吉や小沢栄（太郎）ら優れた俳優の出現によって、ようやく新劇固有の舞台表現も可能となりつつあった。

他方、一部のメンバーが〈新協劇団〉に抜けた後の〈新築地劇団〉も、昭和九（一九三四）年以後十五年にいたるまで、新協劇団と並行して約六十回の公演を行っている。丸山定夫、山本安英、薄田研二らの俳優を擁して、しだいに左翼的色彩を薄め、新劇の客層拡大に力を注いで、その舞台に新協劇団とはまた異なる新劇の成熟を示した。演目には山本有三「女人哀詞」、三好十郎「浮標」のような創作劇、モリエール、チェーホフなどの翻訳劇もあったが、「人生劇場」（尾崎士郎）や「土」（長塚節）「綴方教室」（豊田正子）など脚色劇が目立っている。左翼的な偏向の時代を潜ってきた経験が、大衆的な脚本にもかかわらず、社会的な深みと広がりを確保した舞台の成果となって現われたのである。

プロレタリア演劇運動の退潮後、社会主義的リアリズムの媒介によるドラマトゥルギーの深化や俳優の成長によって、ようやく新劇は演劇としての充実に向かい始めていた。なお新劇史では、この時期を〈新協・新築地時代〉と呼ぶこともある。

さて、話は前後するが、築地分裂後間もなくの昭和五（一九三〇）年、〈劇団築地小劇場〉は解散したが、多少の曲折を経た昭和七（一九三二）年、そのメンバーのうち芸術派の流れに立つ友田恭助・田村秋子夫妻によって創立されたのが〈築地座〉で、文字通りの小劇場主義により、日本語としての台詞の魅力を通じた演劇美を追究しようとした異色の存在だった。〈築地小劇場〉の翻訳劇中心主義がもたらした、バタ臭い新劇の演技に対する疑問が結成の動機であり、久保田万太郎・里見弴・岸田國士を顧問に迎え、「劇作」▼注[13]派の心理主義的リアリズムによる創作劇を中心に、四年間二十九回余の公演を続けた。その後身に当たるのが昭和十二（一九三七）年九月に結成された〈文学座〉▼注[14]である。

「知的大衆」を観客とする、「真の意味に於ける『精神の娯楽』」としての新劇創造を謳った〈文学座〉は、その芸術主義的立場から、戦時下を通して活動を続け得た戦前からのほとんど唯一の新劇団となった。主な演目に久保田万太郎「釣堀にて」・真船豊「太陽の子」・飯沢匡「北京の幽霊」・森本薫「女の一生」「富島松五郎伝」（「無法松の一生」脚色）・ワイルダー「わが町」・チェーホフ「結婚の申込み」などがあった。文学座は優れた演技者を育てただけでなく、森本薫や真船豊、小山祐士、川口一郎、戌井一郎、田中千禾夫らその後の新劇の根幹をなした作家や演出家の苗床となった。

以上の他にこの時代が生んだ劇団として、昭和六（一九三一）年に河原崎長十郎・中村翫右衛門らにより創立された〈前進座〉の存在も注目に価する。独占的な興行資本や歌舞伎界の封建的体質に支配されない革新的な演劇共同体の出現は左翼運動の時代の最も豊かな実りであったかも知れない。

四　戦時下の演劇

昭和十五（一九四〇）年は、日独伊三国同盟の成立、仏印進駐、大政翼賛会の結成、紀元二千六百年式典挙行と、日本が太平洋戦争に向かおうとする流れが止めようのない様相を見せだした年である。八月には〈新協劇団〉と〈新築地劇団〉の村山知義、久板栄二郎、久保栄、千田是也、滝沢修ら主要メンバーが検挙され、左翼系演劇は自主解散の勧奨に応じることを余儀なくされた。

日中戦争が始まって以来、国民生活は圧迫され困窮を重ねていたが、それに対する厚生の意味も含め、政府は芸能一般を組織的に統制し国策に利用しようとした。営利目的の都会的での贅沢な演劇は時局的でないとされ、農山村や鉱山、地方の工場などの生産現場に働く全国民のための健全な娯楽としての演劇の提供が求められて、昭和十六

（一九四二）年六月、情報局の指導で大政翼賛会文化部、松竹・東宝など各興行会社、産業報国会、各産業組合などで構成され、岸田國士を委員長とする〈日本移動演劇連盟〉が発足した。

連盟は専属劇団の〈くろがね隊〉と各興行会社からの加盟劇団、そして参加劇団の三種からなり、歌舞伎から新派、新劇、そして喜劇や軽演劇、演芸まであらゆる芸能者が動員された。解散した左翼系劇団のメンバーの多くも、〈瑞穂劇団〉を組織して加盟した。各種公演は翼賛団体や産業組合の全国各地の支部が主催する形で行われ、協力した劇団には、〈連盟〉から給料が支払われる仕組みである。戦時下に於いて各種芸能は、押しなべて戦時体制への協力を余儀なくされたわけだが、新劇にとっては、それは経営の困難からする悩みから初めて開放された時期でもあったのである。

移動演劇[注15]は軍隊式行動を旨とし、開演に当たっては国民儀礼をまず行う決まりであり、演目は娯楽に適し、かつ戦意高揚にも通じる人情劇を柱に、宣誓劇というプロレタリア演劇時代を思わせるシュプレヒコール劇もよく上演された。文学座や前進座などの独立的な活動を維持していた劇団もやがてこれに加わり、移動演劇と都市での公演を並行して行っていたが、戦争末期には連盟に専属し、演劇は移動演劇一色と化した。

約四年間で連盟による公演は延べ一万回に及び、千二百万人の観客を記録したという。移動演劇は、劇としての水準はともかく、それが地方の多くの人々に演劇に親しむ機会をもたらし、逆に演劇人にも地方の観客への意識を目ざめさせたことは確かであり、それが戦後の演劇ブームの基盤をなした面もある。なお戦時下演劇の外伝として、南方に孤立し持久戦を強いられた部隊で企画された演劇活動や、敗戦後各地の捕虜収容所で組織された演劇があったことも記憶に留められてよい。[注16]

五　新劇の戦後

太平洋戦争の敗戦は、日本の政治と社会に地殻変動に等しい変化をもたらしたが、演劇の再開は速やかで、二十年九月に〈猿之助一座〉が歌舞伎の幕を開けたのを皮切りとして、各種の公演が続々と立ち上げられた。新劇は十二月、主要俳優総出演による「桜の園」の合同公演を催して華やかに復活を告げ、翌春には左翼演劇の流れに立つ〈東京芸術劇場〉と〈新協劇団〉（再建）、戦中に芸術的劇団として結成された〈俳優座〉、そして〈文学座〉が各々戦後初公演を行った。演目は〈文学座〉を除く全てが翻訳劇である。注[17]

当初新劇の布陣は戦前戦中の時代とほとんど変わらなかったわけだが、文学座と俳優座は戦時中に進んだ興行・映画資本との提携を強めつつ、戦前には望み得なかった安定した劇団経営への体制を整えてゆく。残る二つの左翼系劇団は、共産党との関係による紆余曲折を経て、昭和二十五（一九五〇）年に〈劇団民芸〉を結成するに至り、戦後新劇の主要三劇団（文学座・民芸・俳優座）が出揃うことになる。また主要三劇団以外にも、〈ぶどうの会〉・〈戯曲座〉・〈新制作座〉・〈手織座〉など特定作家の作品を上演する方針で、特色ある活動を続けるような劇団が次々に現れた。注[18]

敗戦直後の状況を直ちに反映した舞台は既成新劇には見られなかったが、その点で戦後すぐに高揚した労働組合運動の熱気から生まれた、多数の〈自立演劇〉（職場演劇）の活動は注目に値する。政治情勢の変化のために数年で衰退したものの、各職場で今、目の前にある現実問題を素人が劇化し共有しようとしたその演劇は、戦前から手馴れた翻訳劇の上演で戦後の第一歩を踏み出した既成新劇のあり方とは全く異なる演劇へ可能性を持っていた。堀田清美・宮本研らの作家がそこから巣立っている。注[19]

さて、朝鮮戦争の勃発から新安保条約発効に至る一九五〇年代は、戦後政治の体制が固まると共に、経済的な復興機運のなかで社会に相対的な安定感がもたらされた時代である。新劇を上演する商業劇場も年を追って増え、また支援的な観客組織の〈労演〉が全国的に組織されたことや、映画出演による俳優のスター化によって、新劇はブームとなり演劇の主流とさえ見られるようになった。〈舞台芸術学院〉・〈俳優座養成所〉などの養成機関も次々にでき、戦前には無かった優れた教則本[注20]による組織的な俳優教育が行われ、新劇が職業的な演劇として社会に安定的な位置を占めてゆく環境が整っていった。その中で各劇団は古典的な翻訳劇に加えて、ブレヒトからサルトル、テネシー・ウイリアムス、アーサー・ミラー、さらにはアンチテアトル[注21]のベケットに至るまでの欧米演劇の新動向を移入し、それを柱とする傍らで日本の創作劇を上演する、という活動のスタイルを持続するのである。

しかし、そうした環境はやがて劇団を肥大化させ、運営面では中心俳優に傾斜しすぎる傾向を招くことになった。一九五十年代半ばに〈俳優座〉の戦後世代が、〈仲間〉〈新人会〉〈青年座〉〈東京演劇アンサンブル〉などのスタジオ劇団と呼ばれる小劇団を次々に結成した背景には、そうした意味での〈新劇〉の体質的保守化があった。また俳優中心主義は、新しい作家も育ちにくくさせた。〈四季〉のように、アヌイやジロドゥの作品によって、リアリズムの伝統に挑戦した例外的な劇団もあったが、他は総じてその流れに留まった。

近代劇のリアリズムは、もともと既成の社会制度や人間観に支配された人間の生の問題を写実的に追求し、その支配からの解放を要求する思想性と不可分の性格を持っている。しかし築地小劇場の後の新劇におけるリアリズムは、専ら専門的な劇芸術として熟成された。舞台はその意味でかつてなく安定したが、もはや観客にとっての新劇は、歌舞伎や新派同様に安心して楽しめるもう一つの芝居以上のものではなくなっていたという見方もできる。それゆえに新劇と各種商業演劇の対立的関係も薄れ、昭和二十六（一九五一）年に大佛次郎作の「楊貴妃」が、新派の水谷八重子と民芸の滝沢修らによる〈現代演劇合同公演〉として歌舞伎座で上演されたのをはじめとして、俳優の交流も特別な事ではなくなっていった。

六　戦後の戯曲をめぐって

敗戦後からおよそ一九六〇年代にかけては、いわば日本の創作戯曲の実に多様な地勢図が繰り広げられていった時代である。それまで人々の意識を支配していた価値観や人間観あるいは思想への根本的な不信がその背景をなしている点で、それは日露戦争後の近代戯曲草創期と通じあうところもある。しかしその規模はもとより比較にならず、戦前からの歴史の苦い記憶は、特定の主義や価値観の共有をためらわざるを得ない習性を、すべての作者にもたらしたと言えるだろう。

個としての不安と自由の中でそれぞれの問題意識を追求する、つまりまさしく文学的なその営みが、この時代の戯曲の豊饒をもたらしたと考え得るのである。奔放極まる物語設定や、観念的あるいは形而上的な饒舌、また非日常的な飛躍をためらわない対話が目立ってくる。合理的な思考や既知の感情の枠組みを解体しようとするその傾向は、築地以来のリアリズムの伝統の中で育てられた俳優の劇術に対する挑戦であったように見える。戯曲が新劇に対して演劇とは何かという問いを発信し続けたともいえるのだが、後に顧みればそれはやがて新劇の凋落とともに演劇の中心としての戯曲の位置が揺らいでいく過程に他ならなかった。

この時期の戯曲を概観するのは容易ではないので、仮に作家を三つの群に分けてみる。久保栄・真船豊・小山祐士・村山知義・三好十郎・岸田國士ら戦前からの作家たち、木下順二・田中千禾夫ら戦後の第一世代▼注[21]、そしてもはや新劇に向けて書くという発想を持たない書き手も含んだ第三群▼注[22]が続く。

当初は、戦前から社会主義リアリズムに拠る久保の「日本の気象」（昭二七）や村山の「死んだ海」（昭二八）が注目され、〈自立演劇〉から出た作家がその系譜も引き継いだ。戦前から心理劇や性格劇で知られた岸田や真船は風刺的な作品で戦後状況に対する姿勢を示したが、基本線としての写実を離れることは無かった。

戦後の第一世代は、例えば疎開者を主人公にした写実的な現代劇「山脈《やまなみ》」（昭二四）と同じ年に、民話劇「夕鶴」を発表した木下順二のように、異なるモチーフが並行する揺れがまず見られる。木下は、発見・急転・カタルシスというギリシア悲劇に学んだ理論を唱え、「オットーと呼ばれる日本人」（昭二八）など、歴史の中での個人の行動をドラマ化する試みで唯物論的弁証法を超えようと試みたが、やがて現代に背を向けて行く。庶民感情に執着したリアリズム劇で知られた三好十郎の戦後が、独自の実存劇の創造にのめり込んで行く時であったように、この時期の多くの戯曲には、成功不成功に関わらず、それぞれの作家が内なるリアリズムの観念に抗して、自己の問題意識や美意識のあり方にふさわしい形式を、徹底して追求した跡が認められる。同じく被爆の悲劇をテーマにした作であっても、田中千禾夫の「マリアの首」（昭三四）・小山祐士「泰山木の木の下で」（昭五三）・別役実「象」（昭三八）を読み比べてみれば発想や文体、方法の違いに驚かざるをえないだろう。

ドラマの時空もまたバラエティに富んでいる。物語の読み替え（三島由紀夫「近代能楽集」）があり、秋元松代「常陸坊海尊」（昭三九）のような民間伝承の世界と見事に交わる現代劇がある。また安部公房のように、死者や幽霊の登場する非現実的で不条理なドラマを書き続けた作家もいる。

第三の世代の中では、とりわけ昭和四十（一九六五）年前後のいわゆるアングラ劇の季節と共に既成の新劇とはまったく別のところから立ち上がった鈴木忠志・別役実・唐十郎・寺山修司・佐藤信らの作品が、ベケットの「ゴドーを待ちながら」などに影響された反演劇の発想をバネにして、リアリズムとは対極的な舞台に奉仕するものとなった。そのドラマの多くは多義的なことばを用いて、寓意・逆説・乾いたユーモアやペーソス、そして皮肉のニュアンスを帯びているが、時には唐の劇に代表されるような奔放なロマンチシズムの背景を感じさせる。劇中劇や歴史空間の重層性、シンボル的な物による狂言回しなど、歌舞伎から学んだと思われる面も多い。〈関係性〉や〈行為〉や〈存在〉の意味や価値が、急速に曖昧化しつつあった時代のなかで、近代リアリズムのドラマトゥルギーでは思いも及ばなかった表現の扉が開かれたのである。

七　小劇場運動以後

さて、いわゆる六〇年安保から一九七〇年代にかけての政治の季節は、その果てにもはや右も左も問わない、政治的なもの全てに対する不信をもたらしたようである。それは他のさまざまな制度や価値についても同様であり、制度としての新劇の権威もいよいよ揺らいできた。この時期に加速し続けた経済的高度成長は、共有しうる価値が失われた世界でも、日常の生活はそれとは関係なく続くという状況をもたらした。そうした現実の広がりに対する苛立ちや漠然とした危機感と、最初アングラ劇と呼ばれ好奇の目でみられた小劇場演劇の誕生はおそらく無関係ではないと思われる。彼らにとっては新劇自体がその日常性のいかがわしさと深く結びついた演劇に相違なかったのである。

反新劇の舞台を求める機運は、創作戯曲の多様な試みと同じく、新劇に対してかつて築地小劇場が掲げた〈演劇のための演劇〉の意味を改めて問いかけるものだったと言えるだろう。唐十郎の〈状況劇場＝紅テント〉、寺山修司の〈天井桟敷〉、佐藤信の〈劇団自由劇場・のち演劇センター68／69および68／71＝黒テント〉そして鈴木忠志の〈早稲田小劇場〉など、当時輩出した小劇場はそれぞれに特色を備えていたが、寺山が「見せ物の復権」を標榜したように、新劇では当然のものとされてきた前提そのもの否定し、あえてタブーに挑もうとするむ指向は共通している。

例えば、新劇のリアリズムは、プロセニアム（額縁）で画された劇場の構造と切り離せない。観客は第四の壁を通して舞台上の出来事を覗くのである。登場人物たちは、見られていることを知らないというのが暗黙の前提だが、それでは映画スクリーンの中の出来事に見入る快楽と本質的にどれほどの違いがあるのか。ちなみに寺山修司の戯曲「さらば、映画よ」（昭四二初演）は、閉ざされた一室での男二人の対話によってのみ進行する劇だが、そのエピローグでは、舞台で弄ばれていたボールが、客席に向かっていきなり蹴りこまれる。「客席、騒然のうちに　幕　」という結びは観客の常識を文字通りに打ち破って、演劇のさまざまな要素に関わる約束事が、まさに約束事に過ぎないというメッセージをもたらすのである。

　小劇場演劇は、日常の写しとは根本的に異なる演技（俳優の肉体性のインパクト・不自然なで挑発的な動き）や、プロセニアムを否定する劇空間の創出（テント興行・路上演劇）、観客と俳優の距離の変革、また奇想に満ちた物語や重層的に拡がる歴史意識、パロディの多用（鈴木の「劇的なるものをめぐって」シリーズのように既成戯曲の寄せ集め手法もある）、意表をついた照明や音楽の用い方など、総じて新劇が守り育ててきた演劇要素全てからの離脱を示した演劇運動であった。それは、テントのなかで膝を抱え、鮨詰め状態でみる芝居の臨場感と共に、一種の祝祭的な高揚をもたらして、若い世代の観客から圧倒的な支持を得ていた。唐や佐藤が岸田国士戯曲賞を受けるなど、七〇年代半ばには新劇の後に来た新しい演劇としての評価も固るにつれ、運動としての熱気は過去のものとなっていったが、劇団の主宰者が、戯曲の作者であり演出家であり、時には役者として登場する（テントの場合は劇場もそれについて回る）という演劇の形は、次の世代の演劇にも受け継がれることになる。なお、寺山修司が処女作「血は立ったまま眠っている」（昭三五）のモチーフについて、「政治的な解放は、所詮は部分的な解放に過ぎないのだ」と述べているように、小劇場運動もまた人間を取り巻く現実状況の本質に関わろうとする演劇には違いなかったのである。

　さて一九七〇年代半ば以降、小劇場演劇とも新劇とも異なる演劇が生まれ始めた。つかこうへいの「熱海殺人事件」（一九七三・昭四八）はその節目に当たる作品だろう。過剰な演技意識を強いながらそれを許さない時代を描いて、〈演劇とは何か〉という問いを主題とする演劇（メタ・シアター）流行の兆しを告げている。つかは翌年つかこうへい事務所を立ち上げ、紀伊国屋ホールに「ストリッパー物語」で進出し、ブームを巻き起こした。〈口立て〉の演出でほとんど道具を使わない舞台では戯曲も固定した要素ではなくなった。筋の転倒、物語の入れ子構造、虚と実の入れ替わり、笑いを誘う言葉遊びで展開する物語などの手法は、その後の現代演劇に大きな影響を及ぼしている。

　一九八〇年代以降、竹内銃一郎〈斜光社〉、川村毅〈第三エロチカ〉、鴻上尚史〈第三舞台〉、野田秀樹〈夢の遊民社〉

など新しい世代の演劇が生まれ、劇団の数も増え続けるばかりだが、社会や歴史への関心が薄れた現代の状況を反映して、演劇の遊戯化、主催者の個性を中心にした一種の同好サークル化が目立っている。演劇の現代については、井上ひさしの〈こまつ座〉の成功、松本幸四郎ら歌舞伎俳優のミュージカルや新劇の舞台への進出、観世寿夫らの能役者とかつての早稲田小劇場の女優白石加代子を競演させた鈴木忠志のギリシャ悲劇の連続上演の試みなど視野にいれるべき出来事は他にも多い。また鈴木による富山県利賀村での国際的な演劇フェスティバルの開始にあらわれたような、ジャンルや国に関わらない演劇の交流が深まる動きにも目覚ましいものがあるが、ここでは指摘のみに止めておく。

【注】

［1］ 土方与志＝明治三一（一八九八）～昭和三九（一九五九）学生時代から小山内に師事し、演劇研究のためドイツ遊学中、震災の報に接して帰国。小山内とはかり私財を投じて築地小劇場を建設、その後の運転資金も提供した。日本における最初の演出専門家である。

［2］ 批判＝「築地小劇場の反省を促す」（『演劇新潮』大一三・七）。

［3］ ゲーリング＝（一八八七～一九三六）ドイツの表現主義劇作家。

［4］ メイエルホリド＝（一八七四～一九四二）ソビエトの演出家。写実主義、心理主義に抗し戯曲を単なる素材視する立場で、前衛的な舞台を創造して注目されたが、やがて政治的理由でその方法は排撃の対象となった。

［5］ スタニスラフスキー・システム＝モスクワ芸術座で演出・俳優活動をしたスタニスラフスキー（一八六三～一九三八）によるリアリズム演劇の方法論で世界に広範な影響を与えた。

［6］ 平沢計七＝明治二二（一八八九）～大正一二（一九二三）職工出身の劇作家、労働運動家。小山内薫に師事。大正九年から十年にかけて東京府下の大島町で二回の労働劇上演を試み注目されたが、関東大震災中の亀戸事件で横死。「工場法」（大八）は代表作として知られている。

[7] 自立演劇＝職業的演劇ではなく主に各種職場で結成され、仲間とその家族の娯楽・教養のために活動する演劇。戦前はまれで戦後盛んとなった。
[8] 関係者＝佐々木孝丸、柳瀬正夢など。
[9] 「解放されたドン・キホーテ」＝当時のソ連教育人民委員ルナチャルスキーによる作品。
[10] 脱退メンバー＝演劇関係者では、藤森成吉・村山知義・佐々木孝丸など。残留組は久板栄二郎・佐野碩など。
[11] 「赤いメガフォン」＝村山知義（「一つの足跡」）によれば、昭和六年大晦日から翌正月にかけ、築地小劇場で次のような一三景からなるプログラムが二十一日にわたり行われたという。1 謹賀新年（久保栄）シュプレヒ・コール 2 今年も（村山）掛合漫才 3 霜（山田一）詩の立体的朗読 4 夜なべ（伊藤信吉）同 5 飢饉（八田元夫）6 農民を救え（島公靖） 7 弁当（同） 8 口先ばかりでは駄目だ（同） 9 子供は廻る（村山）演劇 10 泥棒（島）朝鮮語の寸劇 11 デマ（久保）掛合漫才 11・12 トラムの歌・プロットの歌 動作付きコーラス。
[12] 創作劇＝久板栄二郎の「断層」（昭和十年）、「北東の風」（十二年）、久保栄「火山灰地」（十三年）、長田秀雄「大仏開眼」（十五年）など。
[13] 「劇作」派＝岸田國士を中心として昭和七年に創刊された雑誌『劇作』の同人たちを指す。阪中正夫・川口一郎・田中千禾夫・小山祐士・内村直也・森本薫など。
[14] 〈文学座〉＝旧築地座の杉村春子・中村伸郎・宮口精二らの俳優が中心。昭和十三年三月、森本薫「みごとな女」・ジュール・ロマン「クノック」で第一回試演を行った
[15] 移動演劇＝公演プログラムの一例を示す。一、国民儀礼 二、宣誓劇 大東亜戦争 三、漫才 四、唄と踊 五、現代劇「鉱山の愛情」一幕 六、軽演劇「世紀の進発」。六時開演九時終了（『演劇画報』昭一八・三より）。
[16] 加東大介『南の島に雪が降る』（昭三六 文芸春秋新社）。また捕虜収容所では数千人規模の観客を収容する舞台も仮説されたという。
[17] 翻訳劇＝新協劇団＝フョードロフ「幸福の家」、東京芸術劇場＝イプセン「人形の家」、俳優座＝ゴーゴリ「検察官」。
[18] 特定作家の作品＝戯曲座＝三好十郎、新制作座＝真山美保・青果、手織座＝八田尚之、他に演劇座＝秋元松代。
[19] 作家＝自立演劇運動から出た作家＝堀田清美（日立亀有工場）・鈴木政男（大日本印刷）・大橋喜一（東芝小向工場）・原源一（日

立清水工場）・宮本研（法務省）など。

［20］教則本＝スタニスラフスキー『俳優修行』・千田是也『近代俳優術』・田中千禾夫『物言う術』等。

［21］戦後の第一世代＝飯沢匡・加藤道夫・三島由紀夫・福田恆存・矢代静一・八木柊一郎・安部公房・秋浜悟史など。

［22］第三群＝福田善之・別役実・ふじたあさや・寺山修司・清水邦夫・山崎正和・秋元松代・佐藤信・鈴木忠志・唐十郎など。

【参考文献】

▼演劇一般・日本演劇全般

早稲田大学坪内博士記念演劇博物館編『演劇百科大事典』（全六巻　一九六〇～六二　平凡社）
河竹登志夫『演劇概論』（一九七八　東京大学出版会）
早稲田大学坪内博士記念演劇博物館編『日本演劇史年表』（一九九八　八木書店）
河竹繁俊『概説日本演劇史』（一九六六　岩波書店）
諏訪春雄・菅井幸雄編『日本演劇史の視点』（講座日本の演劇　第一巻　一九九二　勉誠社）

▼戯曲・評論関係の基本的なテクスト

『日本戯曲全集　現代篇』（全一八巻　一九二八～二九　春陽堂）
『明治史劇集』（『明治文学全集』八五　一九六六　筑摩書房）
『新歌舞伎集』（『名作歌舞伎全集』二〇　一九六九　東京創元新社）
『明治近代劇集』（『明治文学全集』八六　一九六九　筑摩書房）
『近代戯曲集』（『日本近代文学大系』四九　一九七一　角川書店）
『昭和戯曲集』（『昭和文学全集』二四　一九五三　角川書店）
『現代戯曲集』（『現代日本文学全集』九二　一九五八　筑摩書房）
『現代日本戯曲大系』（第一期　一九七一～刊行中　三一書房）
加藤衛編『日本戯曲総目録―1880～1980』（一九八五　横浜演劇研究所）
野村喬・藤木宏幸編『近代文学評論大系九　演劇論』（一九七二　角川書店）

▼近代（および現代）演劇の展開にかかわる通史的なもの

秋庭太郎『日本新劇史』［上・下］（一九五五〜五六　理想社）
大笹吉雄『日本現代演劇史　明治大正篇』『同　大正昭和初期篇』『同　昭和戦前篇』『同　昭和戦中篇Ⅰ』『同Ⅱ』『同Ⅲ』『同　昭和戦後篇Ⅰ』（一九八五〜九八　白水社）
松本伸子『明治演劇論史』（一九八〇　演劇出版社）
小櫃万津男『日本新劇理念史　明治前期篇―明治の演劇改良運動とその理念―』（一九八八　白水社）
菅井幸雄『近代日本演劇論争史』（一九七九　未来社）
石沢秀二『新劇の誕生』（一九六四　紀伊国屋新書）
松本克平『日本新劇史　―新劇貧乏物語―』（一九六六　筑摩書房）
松本克平『日本社会主義演劇史―明治大正篇』（一九七五　筑摩書房）
諏訪春雄・菅井幸雄編『近代の演劇Ⅰ』『同Ⅱ』『現代の演劇Ⅰ』『同Ⅱ』（講座日本の演劇　5・6・7・8　一九九六〜七　勉誠社）
茨木　憲『昭和の新劇』（一九五六　淡路書房）
菅孝行『戦後演劇――新劇はのりこえられたか』（一九八一　朝日選書）
扇田昭彦『現代演劇の航海』（一九八八　リブロポート）
風間　研『小劇場の風景　つか・野田・鴻上の劇世界』（一九九二　中公新書）
扇田昭彦『日本の現代演劇』（一九九五　岩波書店）
渡辺　保『明治演劇史』（二〇一二　講談社）
中野正昭『ムーラン・ルージュ新宿座　軽演劇の昭和小史』（二〇一一　森話社）
井上理恵『菊田一夫の仕事　浅草・日比谷・宝塚』（二〇一一　閏月社）

▼戯曲史関連

加賀山直三『新歌舞伎の筋道』（一九六七　木耳社）
大山功『近代日本戯曲史』［全四巻］（一九六八〜七三　近代日本戯曲史刊行会）
越智治雄『明治大正の劇文学　―日本近代戯曲史への試み―』（一九七一　塙書房）

永平和雄『近代戯曲の世界』（一九七二　東京大学出版会）
日本近代演劇史研究会編『20世紀の戯曲Ⅰ　日本近代戯曲の世界』『同Ⅱ　現代戯曲の展開』『同Ⅲ　現代戯曲の変貌』（一九九八・二〇〇二・二〇〇五　社会評論社）
西村博子『蚕娘の繊糸　日本近代劇のドラマトゥルギーⅠ』『同Ⅱ』（二〇〇二〜三　翰林書房）

▼当事者の回想による演劇史談

岡本綺堂『明治劇談　ランプの下にて』（一九三五　岡倉書房　一九九三　岩波文庫に改版所収）
伊原敏郎『団菊以後』［正・続］（一九三七　相模書房　一九七三復刊　青蛙房）
喜多村緑郎『芸道礼賛』（一九四三　二見書房）
柳永二郎『新派の六十年』（一九四八　河出書房）
柳永二郎『絵番附・新派劇談』（一九六六　青蛙房）
田中栄三『新劇その昔』（一九五八　文芸春秋新社）
土方与志『なすの夜ばなし』（一九四七　河童書房）
土方与志・佐々木孝丸・八田元夫・村山知義・河原崎長十郎・山本安英『新劇の４０年』（一九四九　民主評論社）
佐々木孝丸『風雪新劇志―わが半生の記―』（一九五一　現代社）
中村翫右衛門『劇団五十年―わたしの前進座史』（一九八〇　未来社）
田村秋子・内村直也『築地座―演劇美の本質を求めて―』（一九七六　丸の内出版）
阿木翁助『青春は築地小劇場からはじまった　自伝的日本演劇前史』（一九九四　社会思想社現代教養文庫）
北見治一『回想の文学座』（一九八七　中公新書）
大橋喜一・阿部文勇編『自立演劇運動』（一九七五　未来社）
矢代静一『旗手たちの青春―あの頃の加藤道夫・三島由紀夫・芥川比呂志』（一九八五　新潮社）
戸板康二篇『対談日本新劇史』（一九六一　青蛙房）

▼作家論・演劇論その他

河竹登志夫『黙阿弥』（一九九三　文藝春秋）

渡辺保『黙阿弥の明治維新』(一九九七　新潮社)
白川宣力編著『川上音二郎・貞奴―新聞に見る人物像』(一九八五　雄松堂出版)
井上理恵『川上音二郎と貞奴　明治の演劇はじまる』(二〇一五年　社会評論社)
嶺　隆『帝国劇場開幕「今日は帝劇　明日は三越」』(一九九六　中公新書)
菅井幸雄『築地小劇場』(一九七四　未来社)
曽田秀彦『小山内薫と二十世紀演劇』(二〇〇〇　勉誠出版)
井上理恵『近代演劇の扉をあける』(一九九九　社会評論社)
金子幸代『鷗外と近代劇』(二〇一一年　大東出版社)
日本近代演劇史研究会編『岸田國士の世界』(二〇一〇年　翰林書房)
井上理恵『久保栄の世界』(一九八九　社会評論社)
西村博子『実存への旅立ち　三好十郎のドラマトゥルギー』(一九八九　而立書房)
田中單之『三好十郎論』(一九九五　青柿堂)
井上理恵編著『木下順二の世界　敗戦日本と向き合って』(二〇一四　社会評論社)
相馬庸郎『秋元松代　希有な情念の劇作家』(二〇〇四　勉成出版)
日本近代演劇史研究会編『井上ひさしの演劇』(二〇一二　翰林書房)
神山　彰『近代演劇の来歴』(二〇〇六年　森話社)
神山　彰『近代演劇の水脈』(二〇〇九年　森話社)
兵藤裕己『演じられた近代』(二〇〇五　岩波書店)

▼資料・年代記など

倉林誠一郎『新劇年代記・戦後編』『同・戦中編』『同・戦前編』(一九六六～七三　白水社)
戸板康二『対談日本新劇史』(一九六一　青蛙房)
田中栄三編『明治大正新劇史資料』(一九六四　演劇出版社)

第二章●演劇と〈作者〉――山本有三の場合

一　はじめに

山本有三は生涯に二十篇あまりの戯曲を発表している。処女作の作「穴」は明治四十四（一九一一）年、最後の「米百俵」は昭和十八（一九四三）年で、単純に数えれば劇作は延べ三十年余にわたることになるが、処女作と次の「津村教授」（大八）の間および「米百俵」とその前に発表された「女人哀詞」（昭五）の間には長い空白期間があり、また大正十五（一九二六）年に「生きとし生けるもの」で長編小説との取り組みが始まって後の創作劇は三篇に止まっている。したがって彼の劇作家としての活動の中心は大正後半期と見てよい。意外に短いようだが、それが近現代の演劇史における端境期と重なっていたことが興深い。

歌舞伎と新派は生き残りをかけた模索の時代を迎えており、明治末に産声をあげたばかりの新劇も間もなく築地小劇場による再出発を余儀なくされる足踏み状態にあった。そのために、各種の演劇は競って創作劇を求め、大正十（一九二一）年前後には文学者の多くが戯曲を手がける風潮（大正戯曲時代）が生じていた。戯曲史の上では、それは座付き作者による脚本とは本質的に異なる近代戯曲の、揺籃から自立にかけての試行錯誤の時代であったと見なし得る。

そうした中で、同じく『新思潮』出身の菊池寛や久米正雄が小説と戯曲の両道を進んだことを思うと、この間戯曲一筋だった有三の姿勢は興味深い。彼の存在を演劇史に位置付けようとする場合、大正期の混沌とした演劇の情況においてその姿勢が何を意味したかを改めて考える必要がある。

「『嬰児ごろし』漫談」▼注[1]の中で、劇場外の素人による戯曲がまだ相手にされなかった時代の自身を顧みて、彼は次のように書いている。

学校を出たばかりの若い連中の書いたものなんか、小むずかしい理屈を並べたものか、夢のような気分劇なんだから、あんな脚本は舞台にはかけられない。あからさまにそう言わないまでも、これが劇場当事者の真意だった。そんなわけで、われわれの戯曲は、文壇劇壇両方面から、締め出しをくった形であった。（略）もうこうなれば、すっぱり劇作をやめてしまうか、背水の陣をしいて本気に腰をすえるほかはなかった。そして私は後者を選んだ。よし、それならおれたちの戯曲だって、決してただ書生っぽの理屈劇だけではないというものを見せてやるぞ。板にかけられても、少しは見ごたえのあるもの、活字に組まれても、多少は読まれるようなもの、そういったものを書いてみせるぞ。

有三は、舞台の脚本としても、読み物（文学）としても通用する戯曲を書くことに自分の将来を掛けたという。これは注目に価する回想にちがいない。やや誇張して言えば当時の日本に脚本作者はいても、劇作家はいわば未生の存在であったからである。

作品の個性もそうだが、演劇における戯曲の中心性に関する主張、著作権をめぐっての訴訟、翻訳劇に頼ろうとする新劇運動の批判など、彼の折々の発言や行動は押しなべて〈劇作家〉のアイデンティティを主張して止まないものと解されてよい。表題のテーマに対する仮説をとりあえず示すなら、有三は最も意識的に〈劇作家〉を目指し、一般にそれを認知させるのに少なからぬ役割を果たした存在としてよいのではないか。以下その足跡の素描を試みたい。

二　ある挫折について

有三と演劇との関わりは、芝居好きの母に伴われて巡業の舞台に接した幼い頃の経験に始まるというが、呉服店奉公に出ていた明治三十六（一九〇三）年には、川上音二郎の翻案劇「オセロ」も見たと言い、[注2]はやくも彼が演劇の動向に関心を持ちつつあったことが窺える。一高に入学した年に自由劇場が開幕したことで、演劇への興味はますます嵩じたのだろう。土屋文明との対談[注3]では、乏しい小遣いをつぎ込んで各種芝居の見物を専らにした青春時代が回顧されている。有三は大正四（一九一五）年に二十八歳で東京帝大独文科を卒えるが、ドイツ語で書いたという卒論のテーマは「ハウプトマンの戯曲『織匠』の形式について」であった。

処女作の「穴」は一高時代の習作というべきだが、これが〈試演劇場〉で舞台化される幸運を経験し、また大正二（一九一三）年にはドイツに倣った日本初の野外劇場の催しを実現している。そして彼は大学卒業後間もなく、新派の井上正夫一座を経て、秋月桂太郎、川上貞奴、喜多村緑郎による（いわゆる新派三角同盟）一座の座付作者兼監督という職に就くことになる。報酬は月給百二十円と高額であった。

新劇の幕開きと共に演劇や劇作に夢を抱いた者は多いが、有三の経歴はごく恵まれたもので、そのまま進めば演劇現場の人としてそれなりの地位を得た可能性は十分ある。第三次『新思潮』の創刊号（大三・二）に同人の彼による「島村抱月先生に　芸術座の『海の夫人』を見て」という評が載っている。「先生は、舞台監督なるものが全然おわかりになっておらぬのみならず、実地に監督する能力もおありになりません。だから、舞台監督の職から身をお退きになるように」と前置きされた〈芸術座〉の舞台をめぐる痛烈な批判である。

　その内容は有三の演劇にかける熱意と、理論家としての力に加えて彼が芝居の見巧者でもあることを知らしめるに十分である。帝大出の芝居好きで西欧の演劇にも通じた理論家、すでに戯曲を舞台に乗せ、また野外劇を催した経験もある、このような新進は、当時の劇界にとっていかにも頼もしい人材あったに相違なく、大学卒業後の彼がすぐに演劇の現場に迎えられた成り行きも頷けよう。しかし、まもなく彼はそうした世界に身を置くことの非を悟らされたと言う。


「あんたは作者でしょう。作者が、こんな話しを持ってくるてえことが、どだい。まちがいですよ。」

　私ははっとして。おもわず首をあげました。

　喜多村は、立ったまま、衣装やに、帯をしめさせていましたが、すぐ前にある大きなけしょう鏡に、おんな役者、力枝のけばけばしい姿が、全身大で写っているんですよ。そりゃあ、あたりまえのことですけれども、その左の端っこにね、五分がりあたまの、やせっこけた男が、ちょこっと見えたんです。私は、その姿を見たとたんに、すぐ、まぶたをつむってしまいました。とても、目をあいちゃあいられませんでしたね。

　おれは作者なんだ。大学を出ているんだ。イプセンを読んでいるんだ。そんなこたあ、みんな、一ぺんに、ふっ飛んじまいましたよ。その時、鏡の中に見えた人間てえものは、なんのことはない、少しばかり空気を入れてもらって、やっとこさ立っている、からっぽの袋みたいな気がしましたね。▼注[4]

　有三らしく教訓的でまことによく出来た話だが、大正五（一九一六）年正月、巡業先の大阪浪速座での出来事で、体調を崩した秋月桂太郎のためにわずかな演出変更の相談を持ちかけ、座がしらの喜多村に撥ね付けられた時の回想である。当時の劇界での作者の地位を思い知らされということだろう。以後、彼は常に一定の距離を置いて演劇と関わろうとした。しかも演劇の種類を問わずそうあろうとしたことで、劇作家として有三の長所も短所も含めた個性が育まれたと言えそうである。

三　〈劇作家〉をめざして――「生命の冠」まで

有三が最初に発表した戯曲「穴」は、一高在学中に足尾を訪れた時の見聞をもとにしたという一幕劇である。登場するのは鉱山の最下層で働く工夫たちで、題材から言えば当時流行の社会劇を思わせるが、過酷な労働を強いる制度と切り結ぶようなドラマではない。主人公がストライキを企てる若い工夫たちに誘われても、結果は知れているとして応じない場面があるように、現実と対決する姿勢には乏しい。作品のテーマは「土の底も息づかひが苦しいが、抗外へ帰っても飯場ぢやい、顔はされねえし、あ、何処へ行つたら息がつけるんだか。」という結びの台詞に尽きているると言ってよい。若くして故郷を捨て、今は老いて病み疲れた身を抱えてなお生き続けざるをえない人生への懐疑と嘆息である。

人生の遣る瀬無さを告げる詩というべきこの劇は、翌年二月に〈試演劇場〉で舞台化されたが、それは思想的な背伸びとは無縁の写実的な台詞が当時の役者にはこなし易く、また観客にも共感され易いものであったからであろう。むしろ興味深いのは、続いてこの作を無断上演したある劇団に彼が抗議したというエピソードであろう。▼注[5]

処女作発表をきっかけに劇界との関係は広まっていくが、彼の作品が脚光を浴びるのはそれから十年近くの年月を経ての頃、つまり先にふれた大正戯曲時代に入ってのことである。大正八（一九一九）年から翌九年にかけて、「津村教授」・「嬰児ごろし」・「生命の冠」・「女親」と、力作が次々に発表され、各種劇団の舞台に乗せられたことによって、有三劇の評価はにわかに高まった。

「津村教授」と「女親」は共に結婚に伴う問題を扱い、虚偽の上に成り立った幸福か、真実を明かすことによる人間関係の破綻かという二律背反の問題に苦悩する主人公の姿を描き出している。興味深いのはいずれの作にも生命を維持するための食事そのものが他の生命を犠牲にしているという意味の台詞が見られることだろう。いささか極端な議論なのだが、それは人は他の犠牲によってしか生きられない、つまり生きることは本質的に残酷なことだという観念が当時の有三を強くとらえていたことを思わせる。

「生命の冠」[注6]はこの時期の頂点をなすとされる作品であり、発表の翌月小山内薫演出で初演された。樺太の缶詰工場主を主人公にして、あくまで契約を守ろうとして破産する彼の理想主義的な生き方が柱となる劇である。商道徳を貫けば家族を路頭に迷わせてしまうという現実の不条理は痛切に描かれながら、背景にある資本主義社会の問題は暗示に止まっている。有三はそれを社会問題として掘り下げようとはしない。理想家とその家族の心の葛藤にドラマの主眼を置き、家族が主人の理想に殉じ、甘んじて破産を受け入れる成り行きを描いている。そうである限り有三の現代劇の主題は常に生きることの本質的な残酷さという自然の摂理を嘆くことに帰着して終わるしかない。

おびただしい上演回数を持ち、戦前幾度も映画化された「嬰児ごろし」[注7]もまた、同様にドラマの要を心の苦しみに見出した劇である。すでに作家としての地位が定まった昭和三年、小山内薫が「唯泣くだけを目的にして劇場へくる有閑観客は、かういふ芝居を見て、さぞ堪能するだらう。しかし『明日働く力』を得ようとして劇場へくる勤労階級は、決してかういふ芝居を見てはならない。[注8]」と発言した時、有三は憤然として次のように反論した。

あの作品の主題をすなおに受け取る人であるならば、『嬰児ごろし」が単に見物を泣かせるためのお芝居でないことは、わかり過ぎるほど明白な事実である。ただ見物を泣かせようとしてかかっても、見物は決して泣くも

のではない。切々として内に訴うるものがあればこそ人ははじめて動かされるのだ。▼注[9]

すでにプロレタリア演劇の時代に入った新劇と、有三劇の位相差が鮮明に読み取れる応酬である。どうしようも無い現実に強いられて我が子を殺した女の嘆きや、哀れなその女を罪人として捕縛せざるを得ない巡査のやりきれない心に共感し、それをドラマの感動に昇華しえたからこそ観客は泣くのではないか。芝居は観客の人生や社会の問題に答えを出すために書くものではない、自分が切実に感じたことを主題化したから観客は感動してくれるのだというのが、有三の言い分であろう。

有三にとって、戯曲のモチーフや主題はあくまで作者のものであった。ことに際して一歩もゆずらない態度は、座付きの脚本作者とは区別されるべき〈劇作家〉の立場を主張したものともとれる。再反論した小山内は次のように言う。

『切々として内に訴ふるもの』とは何だ。詞は美しいが、畢竟それはセンチメントの刺激以外の何者でもない空疎なものなのだ。私はさういふものから芝居の観客を解放することが、新時代の劇詩人の重大な任務の一つではないかと思つてゐる。私は敬愛する山本有三君をいはゆる『狂言作者』にはしたくない。事実、山本君は決して『狂言作者』ではないのである。しかし『嬰児殺し』においては、実に遺憾ながら、山本君は可なり多く『狂言作者』であった。▼注[10]

『劇詩人』を劇作家と読み替えればはっきりするが、小山内は有三のこだわりに気づいている。二人の議論のすれ違いは、有三が実現した〈劇作家〉と小山内にとってのそれとの微妙だが決定的なずれの存在を示している。後に触れるようにそれは演劇にとって戯曲とは何かという本質的な問題にも通じている。また小山内の非難については、前

帝國劇場文藝座十月狂言第一【津村教授】『津村教授他の一室の場』

書羽かれ子の津村姪瑠璃子　守田勘彌の理科大學教授津村駿

▲『演芸画報』（大９・12）より「津村教授」

明治座二月狂言一番目（生命の冠）三幕目「有村留鑵詰製造場表手」

井上正夫の有村恒太郎　木村操の有村妻昌子　木下吉之助の有村妹輪子

◀『演芸画報』（大９・３）より「生命の冠」

▲『演芸画報』（大 10・4）より「嬰児殺し」

▲『演芸画報』（大 10・10）より「坂崎出羽守」

衛としての演劇に対する彼の夢を思う必要がある。幅広い階層に受け入れられると共に大衆的でもあった有三劇のモチーフはその夢を欠いている。二つの演劇観の対立は現代に至っても解決していないが、一般に愛でられるものはいつの時代も同じである。有三に小山内に同情する部分があったなら論争は実り豊かなものになりえただろう。そうならなかったことが、彼の劇作家としての体質的な限界を思わせるのである。

ともあれ有三にとっては、戯曲のモチーフや主題はあくまで作者のものであった。座付きの脚本作者で無い限りそれは彼に限らないことのはずだが、妥協を嫌う態度が目立っている。その後、「坂崎出羽守」の著作権侵害の訴えで社会的注目を集めるなど、▼注[11]〈劇作家〉の権威を主張することに関しては彼は常に闘争的であった。

四　歴史劇への移行が意味するもの

大正十（一九二二）年の「坂崎出羽守」以後の有三には、歴史の世界に場を求める傾向が目立ってくる。これは一般に大きな転機と見られ、有三理解の一つのポイントとして諸家の意見も多い。この作を詳しく分析した岩波剛は、最も妥当だと思われる説として、「歴史物は現在の諸制約を脱している点に於て、従って社会歴史批判なくして書き得る点に於いて、人間と人情を書くに便宜である」という唐木順三の見解を引いている。▼注[12]

なるほどそのとおりだが、現代劇から歴史劇への移行は、転機というより必然であったと見た方がよいのではないか。先にあげた「生命の冠」の主人公は、理想と現実の矛盾に苦しんでいると見えて、その実は己の意地のために苦しんでいる人間として描かれているのではないか。家族の心との融和が劇のカタルシスであることがそれを語っている。

有三にはもともと社会劇的な発想は個々の人生の悲惨に対して本当の救いにも解決にもならないという思いがあっ

たものと考えられる。社会制度が変わったところで、ついに解決され得ない個人の苦悩から人が解き放たれる可能性は、それぞれの心の持ち方にしかない。現代劇を書き継ぎながら、有三の関心はその一点に収斂していったのではなかったか。その場合、より自由に心の世界を扱おうとすれば、現代劇には余計な要素が多すぎる。最初の史劇「坂崎出羽守」は、まさに徹底した心理劇のための試みであった。

大阪落城の戦の際、救い出して来てくれれば千姫を嫁に与えるという家康の約束を信じ、後日それを反故にされた出羽守が、その不正を憎み憤るあまりに自滅する運命が描かれている。上田秋成に〈心せば妖魔となり、収むるときは仏果を得る〉(「青頭巾」)ということばがあるが、この劇には、その一方の極にどうしようもなく誘引されていく人間の姿がある。作者は自ら正当な権利と信じたものにあくまでも執着する主人公の心にぴったりと寄り添いながら、それが現実に対してまったく無力であるのみか、彼の人生を破壊せずにおかない心の闇をもたらすものであることを告げようとしている。そのどうしようもない苦しみを描き切った時、有三の劇はいわば〈心収むる〉人間の可能性に向けて旋回しはじめたのだと言ってよい。

二年の時を経て大正十二(一九二三)年に発表された「同志の人々」は、船倉という密室を舞台に、極限状況におかれた人間

有樂座五月狂言 第二「同志の人々」山本有三作

坂東簑助の田中河内介
市川段四郎の瑳磨介
中村もしほの是枝萬介

▲『演芸画報』(昭14・6)より「同志の人々」

心理を扱った傑作であり、おそらく有三戯曲の最高峰に位置する作品である。倒幕の義挙に邁進した報いが、互いに望まずして殺し殺される立場となることだったという不当な成り行きは「坂崎出羽守」と基本的に同じと言ってよい。じかしこの劇では主人公たちに、唯一許された自由は理不尽な運命をめぐる心の処理だけである。切腹の前に自らと子の死を義挙を成就するための犠牲だと説く父親の台詞は、いかにも芝居向きで型通りな得心のあり方でしかない。しかしおそらく有三にとってそれは問題ではなかった。みずから得心して宿命を受け入れる心持が重要なのだ。その意味でこの戯曲は「坂崎出羽守」の対極に位置している。

以降の彼は「人間と人情」を画くことを専らにしていく。その舞台は構成力に富んだドラマトゥルギーと六代目菊五郎の演技力との出会いによって大きな成功を収めた。しかし、そうしたテーマが戯曲によってしか実現できないかといえばそうとは思えない。確かに有三は近代的な心理劇の古典となったが、彼はそれ以上戯曲の可能性を追求しなかった。演劇表現の可能性をさまざまに追求する姿勢とはおよそ無縁であった。劇作家としての彼は、いわば文学によって単なる脚本ではない戯曲を実現してそこに自足したと言える。大正期の有三は小説にほとんど手を染めていない。作品を読み継いでくると、その間に彼にとってのドラマの主題は行き着くところまで行って、それ以上に発展の契機を持たず、自身もまたそれを十分感じていただろう事情が思われる。昭和に入って小説との本格的な取り組みが始まり、小説家有三の誕生をみたゆえんである。

なぜ有三は戯曲独自の可能性をもっと追求しなかったのか。今のところ推測というに止めるしかないが、一つには、彼が戯曲を演劇の一要素と割り切ることができなかったためであろう。「芝居むだ話」[注13]の「ちょうちんとロウソク」という文章で、彼は戯曲をロウソクに芝居をちょうちんに喩えて次のように述べている。

ちょうちんは、明かりがはいっていなくってはまったく価値のないものだが、ロウソクはちょうちんがなくっても火はともる。（略）いくらつぼんだり、ふくらんだりして、ちょうちんが横柄に構えているにしろ、どの道、明かりがなくっては用を足さないのだから、われわれはどっかと腰をおろして、明るい暖かい光のさす、よいロウソクを作りだすことに骨をおろう。

この戯曲中心主義は、例えば森鷗外が明治の演劇改良の時代に、「演劇とは何ぞや優人場に上がりて戯曲を演ずるを謂ふなり、されば戯曲ありて而る後に演劇あり彼は主たり此は客たるべし」と述べたように、[注14]近代の演劇概念の柱の一つをなす考えであった。つまり有三の確信は西欧近代劇を学んだことに因るともいえるが、また一つには、先に取り上げた若くして演劇現場に関わった折の苦い体験が彼にもたらした執着でもあったかも知れない。

自由劇場の翻訳劇中心の方針をめぐる小山内薫との対立は有名だが、戯曲のためではない、演劇のための演劇という概念を受け入れることができなかったことが、劇作家有三の限界であり、演劇の〈現代〉に関わる位置を占めるにいたらなかった理由であろう。

【注】

［1］『演芸画報』（昭六・一〇）。

［2］新潮社版『山本有三全集』第十二巻「年譜」（高橋健二・松川俊尋作成）参照。

［3］「青春を語る―自分に落第点を」（『現代日本の文学12　山本有三集』月報　昭四五・五　学習研究社）。

［4］「からっぽ」『山本有三集』（新潮日本文学11）月報（昭四四・八）。

［5］新潮社版全集の年譜に「九月、同じく『穴』が愛山会という劇壇によって名古屋御園座で上演されたが、作者に無断であったため、有三は劇団にたいして強い抗議を行う。」とある。

［6］大正九年一月、雑誌『人間』に発表、同年二月井上正夫一座により東京明治座で初演。

［7］大正九年六月、雑誌『大一義』に発表。大正十年三月東京有楽座で松本幸四郎・沢村宗之助らの歌舞伎俳優により初演。

［8］「『嬰児殺し』を見て泣く―帝国劇場―」。

［9］『東京朝日新聞』（昭三・一二・一九）。

［10］「再び『嬰児殺し』に就いて―山本有三君へ―」。

［11］大正十四年、松竹キネマが制作した映画「坂崎出羽守」が戯曲の著作権を侵害したものとして、有三は劇作家協会の後援を得て訴訟を起こし、和解によって得られた賠償金を協会に寄付して話題となった。「疑いを解く」（『東京日日新聞』大一四・七・二一）。

［12］「山本有三と『坂崎出羽守』」（諏訪春雄・菅井幸雄遍『近代の演劇Ⅰ』講座日本の演劇5　平九・二　勉誠社）。

［13］『大阪朝日新聞』（大一〇・一）。

［14］「演劇改良論者の偏見に驚く」『しがらみ草紙』（明二二・一〇）。

※　作品引用は『山本有三全集』（昭五二年　新潮社）に拠った。

▼補注

山本有三戯曲年表

1	穴（一幕）	『歌舞伎』明治四十四年三月
2	津村教授（三幕）	『帝国文学』大正八年二月
3	嬰児殺し（一幕）	『第一義』大正九年六月
4	生命の冠（三幕）	『人間』大正九年一月
5	女親（三幕）	『人間』大正九年九月
6	坂崎出羽守（四幕）	『新小説』大正十年九月
7	指鬘縁起（三幕）	『改造』大正十一年九月
8	同志の人々（二幕）	『改造』大正十二年五月

9　海彦山彦（一幕）　『女性』大正十二年七月
10　本尊（一幕）　『サンデー毎日』大正十三年一月
11　熊谷蓮生坊（三幕）　『改造』大正十三年六月
12　スサノヲの命（二幕）　『婦女界』大正十三年九月、十月
13　大磯がよひ（一幕）　『新潮』大正十三年十月
14　女中の病気（四場）　『演劇新潮』大正十三年十月
15　雪・シナリオ　『女性』大正一四年三月
16　父親（三場）　『改造』大正一四年九月
17　嘉門と七郎右衛門（二幕）　『文芸春秋』大正一五年六月
18　西郷と大久保（三幕）　『文芸春秋』昭和二年五月
19　霧の中（ラヂオ・ドラマ）　昭和二年七月、東京中央放送局依頼─『キング』昭和二年十一月
20　盲目の弟（四場）　『講談倶楽部』昭和四年十月　＊シュニッツラーの小説脚色
21　女人哀詞（四幕）　『婦女界』昭和五年一月〜三月
22　米百俵　『主婦の友』昭和十八年二月

第三章◉〈演劇の近代〉と戯曲のことば

——木下杢太郎「和泉屋染物店」と久保田万太郎「かどで」を視座として

一

近代文学を問い直すというコンセプトの下に〈演劇の近代〉について概論を試みよ、というのが与えられた課題なのだが、自由に書けという注文に甘えて〈読み〉を通じた作品論を柱にした考察を試みてみたい。

木下杢太郎に「三新作脚本の実演」(『スバル』明四四・七)という自由劇場第四回試演[注1]をめぐる劇評がある。長田秀雄「歓楽の鬼」、秋田雨雀「第一の暁」、吉井勇「河内屋与兵衛」を順に取り上げ戯曲と舞台についての自身の考えを披瀝した文章だが、その大部分は「歓楽の鬼」の批評に費やされており、その傾斜に当時の彼の関心がおのずから現われている。「脚本としては、是れのやうに、現代の生活を仕切り取つて一個の戯曲とする程愉快な仕事はあるまい。」ということばもそれを窺わせるのだが、問題は彼のいわゆる「現代の生活」とはどのようなものなのか、またそれを舞台にどのように表現するのかということである。

杢太郎はまず戯曲を建築に譬え「舞台上に現はるる一幕は、いはば建物の前面《ファサアド》である。この意味からいふと、戯曲は舞台の深さ以上の奥行きを有する立体でなければならぬ」と前置きした上で、「見物の想像力」を動かすための「暗指」の重要性を説いていく。「ゴルキイの『夜の宿』をこの前見た人は、屹度あの劇の五幕の後ろに、何かしらん『生活』という漠然たるものが始終暗指せられてゐたのに気が付いたであらう。」と言い、また「『現代の生活』と名付けられたる漠然たる事象は千言万言の文字、三五時間の演劇では現はし盡されぬ。而かも能く之を一幕のうちに見るのは、見物の頭が、実演の戯曲の後ろに暗指せられたる世界を感ずるからである。」と言を重ねる。

劇評の中で一度ならず言及があることからも判るように、理論的には鷗外の「ユリウス・バッブの戯曲論」(『スバル』明四二・二)の影響が考えられるが、「現代の生活」の総体を領略しようと志向することを近代劇の要件として熱っぽく語った文脈には読む者の心に訴えるものがある。なぜならそれは〈文学の近代〉を特徴づけるリアリズムの見果てぬ夢に通じているからである。

近代演劇の目指すところが「千言万言の文字、三五時間の演劇では現はし盡されぬ」「『現代の生活』と名付けられたる漠然たる事象」の領略であるなら、それはもとより不可能性を約束された挑戦ということになる。にもかかわらずこの時点での杢太郎は必ずしも悲観していない。「演劇の効果は、耳と目で見られた事、それのもつて居る筋というものの外に『想像力』!見物の想像力を刺戟しなければならぬ」と説き「小唄の一曲で文化文政の気分に成る」と例えをあげて、「所が、現代といふものはまだまとまつたTraditionにならないから、それがむづかしい。これ現代物の困難なる所以である。」と結論する時、そこにはむしろこのジャンルの将来に向けての期待めいたものが感じられる。その拠り所となったのは、理論にもまして当時最終的な完成にいたる過程にあった戯曲「和泉屋染物店」の方法に関わる彼なりの自負だったのではないか。

二

「和泉屋染物店」は「三新作脚本の実演」に先立つこと三カ月の明治四十四年三月、雑誌『スバル』に発表されている。大逆事件を素材に取り込みながら、「読む人は寂寞たる雪の夜の、しんみりとした染物店へ、外の雪を外套につけた黒衣の一人物がぬつと気味わるくはいつて来る時の目付き、様子、その情調に同感し、それ丈で満足して下さらねばならぬ」（戯曲集『和泉屋染物店』跋）という自作解説のために、「社会劇」から「情緒劇」までその評価の振幅がこれほど大きい作品は他に無い。しかし『スバル』の初出稿と定稿（戯曲集『和泉屋染物店』明四五・七　東雲堂）の内容には決定的な違いがある。以前拙稿でも取り上げたことがあるが、▼注[2] 初出稿には大逆事件を暗示した台詞が無く、主人公の幸一は単なる鉱山暴動の関係者として描かれている。つまりこの作品の初出形は同時代の一般的な社会問題を背景とした戯曲に止まっているのである。

大逆事件は明治四十三（一九一〇）年五月に始まった関係者の検挙によって世間に知られ、翌四十四年一月の大審院判決と同月中に刑が執行されたことで終結を見た。初出稿が書かれたのはそのすぐ後と考えられる。そして「三新作脚本の実演」の発表を経て一年余り後に現在流布している定稿が公にされたという順序になる。先に〈最終的な完成にいたる過程にあった〉という言い方をしたのはそれを踏まえてのことである。

とりあえず定稿によって作品の理解を進めよう。義太夫節によって幕があくと、舞台は正月元旦の雪の夜、ある地方の港町にある紺屋和泉屋の座敷で老若の女が世間話に興じている。やがて一人が去って身内だけが残されると、話は思い出に移りまた今の暮らし向きの上に戻って続く。過去と現在を行き交うしんみりとしたやり取りによって、観客はドラマを支える物語を理解し、また舞台の背後に広がる世界をおのずと想起することになる。古い家業を物堅く守ってきたこの店の生活にも今や時代の波が迫っている。「この三四年といふものは、どう云ふわけだか毎年毎

『スバル』（明44・3）の杢太郎による挿画

年不景気で困つてしまふ」と嘆く女主人には大きな時代の変化は読めないのだが、そのために生活の実感が直に伝わる。しかしそれにもまして彼女らの話を沈みがちにするのは東京で社会運動に加わっているらしい一人息子「幸一」についての不安であり、その帰宅を待つ今夜、あるいは現実のものになるかも知れぬある恐ろしい危惧である。

暗示的な対話の手法を駆使しながら、三味線の爪弾きや浄瑠璃の口ずさみを交えて進行する舞台は歌舞伎の世話物を思わせ、伝統的な生活感の世界をおのずと想起させる効果がある。主人公の幸一は、劇もほぼ残り四半分を過ぎて、噂話の暗示による観客の期待が頂点に達した頃にようやく登場する。不安の中でうわさされてきた待ち人がついに舞台に現われるという手法は、当時のいわゆる情緒劇、たとえばメーテルリンクの「闖入者」のプロットを想起させるものだが、その登場場面に至るやにわかにこの劇の世界は馴染み深い世話物の世界との違いを明らかにし、新旧思想の対立という近代劇にふさわしい主題を呈して終幕に向かうのである。

幕開き後間もなく語られる浄瑠璃は「新口村」、また人目を避けて峠越えで幸一を連れ帰った叔父には、その道中を語って「まるで駆落者かなんぞのやうに」という台詞がある。つまりこの劇の筋は、明らかに「梅川忠兵衛」の人口に膾炙した物語を型として襲用している。当時の観客の知識からすれば、劇の主題はまず「新口村」のそれに重なって予想されたに違いない。それは罪を犯して故郷に帰った主人公が肉親にもたらす絶望と悲しみ、その中で通いあう情愛であろう。しかしその馴染み深い物語を暗示しておきながら、この劇は伝統的な悲劇の主題を完成させる根本的な条件を故意に欠いている。

世話悲劇の主題は、登場人物たちの封建秩序に対する絶対的承服を前提としてはじめて成立するはずである。「新口村」の罪人たる忠兵衛は、彼を迎える父親と同じくその秩序に背くことの有罪性を疑うことは決してない。忠兵衛と同じ立場にいながら「和泉屋染物店」の幸一は、「自分の心の命令」を盾にした論理で悔いをも謝罪をも拒絶する。それゆえ彼以外の和泉屋の人々には幸一のことばは理解できないもので、両者の心はついに通い合うことがない。

やがて幸一が「世間に知れたら国中がつくりかへる」「あの事件」の関係者であることが明らかになる。作者はこのクライマックスに、それと知って「狂気した如く庭に飛び下り」、地べたに叩頭しながら自分に倣って「お上へも、ご先祖さまへも」詫びるように求める父親に対して、ただ立ち尽くして動こうとしない息子の姿勢を配している。両者の属する世界の相違と断絶をそのまま鮮やかに視覚化した終幕である。

三

さて「和泉屋染物店」は、簡単にいえば新旧思想が対立する「現代の生活」を描こうとした戯曲である。当時その種の劇が「従来の翻訳劇に得られなかつた新しいシツクリした感じを我々に与へてくれた」[注3]と評されるような、観客の心に投じるリアリティを獲得するのは容易なことではない。世話悲劇の型を襲用しながら、その物語の約束に背く主人公をそこに出現させるやり方はもとより冒険である。杢太郎はこの作品の定稿においてそれに半ば以上成功したとしてよいが、その方法について次に初出との違いを参照しながら整理してみよう。

最大の違いは既に述べたように幸一を大逆事件の関係者としたことである。

〈おけん〉　兄さんどうしたんですねえ。幸さんは。
〈清右衛門〉　仕方がない、山でとんだ騒動を起こしたのだ。—どうした理由《わけ》かおれにも分からん。
〈おけん〉　まあ—。
（以上初出）
〈おけん〉　兄さんどうしたんですねえ。一体幸さんは。
〈清右衛門〉　ええ、まあ何でも無いのだよ。何だつてそんなに喋々しく云ふのだよ。唯つまらない山の騒動さ。
（以上定稿）

両者の違いを見れば、その素材に対する意識の差は明瞭である。しかしそれにもまして興味深いのは、台詞に用いられたことばの質の変化である。

〈おけん〉　騒動つてやつぱり同盟罷工《ストライキ》なのですか。
〈清右衛門〉　屢《よく》あるやつさ。それは何でも無けれども、運悪るく幸一がその仲間へはいつて居たのさ。
〈おけん〉　どうしてでせうねえ。
〈清右衛門〉　仕方が無かつたのだらうよ。乗りかけた船と云ふわけで。あれは唯事務員で、みんなの為に口をきいてやつた丈だつたが—。

右のように初出では、「同盟罷工《ストライキ》」といった新しいことばも動員して幸一の行動や立場を具体的に示そうとした表現が目立つ。定稿には引用の対話が見当たらないのをはじめとしてそうした点が曖昧化されている。登場するまではう

わさによる暗示に止まる幸一の人物像の見えにくさは共通の傾向としてあるが、定稿では表現の全般的な抽象化に加えて、「心の革命」や「新しい自由の世界」への憧れを語る夢想的な台詞が初出の約三倍に達している。つまり幸一像をより抽象化し象徴的な性格を帯させながら、その内面をより多く語らせようとしたと考えられるのである。

ところで、二つのテクストには今ひとつ見逃せない差異がある。幸一の従姉妹に当たるらしい「おけん」に「おばさんも幸さんも、わたしがあすこへ娶に往つたのを好いことには思つては居なかつたでせうね。」（「初」「定」共通）という台詞があって、幸一登場以前のうわさ話のレベルで彼が家を離れた原因を暗示するものと受け取れる。初出稿でそれに照応すると判断されるのは「まさか女の事で騒動を起こすなどと、—お父さん、もうそんなのんきな世の中ぢや今は無いのです。それは昔の昔の世界の事ですよ。」という幸一の台詞である。

ひるがえって定稿ではそれが削られ、その代りに終末部の「〈幸一〉（おけんの手を振り拂はむとする）／〈おけん〉（涙声にて）幸さん、済みませんでした。堪忍して下さいよう。みんな私が悪かつたのです。」というやり取りが置かれている。「新口村」の浄瑠璃から想起される「昔の世界」の物語への通路を断ち切るところに成立した初出テクストに対して、定稿はむしろ物語への連想の促しを強化している。

細かく挙げればきりがないが、両者の差異を通じて見えてくるのは、定稿としてのテクストは世話悲劇の連想を促し、近代の思想などとは無縁な生活感の世界をより強固に構築する一方で、主人公幸一をそれとは隔絶した世界から訪れる者として象徴化する方法によって成立したということである。なぜそのような方法がとられたのか。

大逆事件という素材の問題に絡んで様々な見方があろうが、それはともかくとして、越智治雄は「まだまとまったTradition にならぬ「現代」という判断から導かれる方法意識をそこに見出している。▼注[4] 傾聴すべき指摘であり、それを了解した上で簡単に言えば日本の近代を構成する新旧両極を結びつけて、しかも破綻のない劇のありようを追及した結果がそうであったということだろう。旧時代から続く伝統的な生活感に支配された会話や対話によって劇世界のリアリティを確保し、そこに一方の極を担った主人公を投入する。その造型が象徴的であればあるほど観客の関心は個人的な物語の穿鑿よりも、彼の背後に広がる世界のイメージに向けられるはずである。

ところで、永井荷風の「新帰朝者日記」の中にある「整頓した徳川時代の文明が破壊せられて、新しい明治の未だ起らざる混沌乱雑な時代」という一節はよく知られているが、そのような「現代」の光景を、まるごとエキゾチックな「不可思議国」と見立てることで芸術的に領略しようとするのが詩人杢太郎が編み出した方法だった。それと比べてみるとこの戯曲の方法意識がより良く理解できそうだ。

詩であればコントラストの描出に腐心すればよい。しかし劇ではそうは行かない。新旧の相反する世界観から発した台詞を対話に仕立てたところで作り物の劇にしかならない。幸一の革命家としての物語を彼の生きてきた世界のことばで語らせたとすれば、リアルであろうとするほどコントラストのみ目立って浮いてしまうだろう。極端に言えば当時の観客にとっては英語と日本語の台詞を交互に並べられるのと同じことである。例えば「権力」ということばと「お上」ということばを使う人物の対話は本当には成り立たない。観客にリアルな舞台の印象を維持させるためには、なるだけその想像力や情緒の働きに水を差すことばを避けなければならない。「定稿」の幸一は彼の属してきた世界のことばを作者によって抑制された登場人物であり、その処置によってこの戯曲は当時のいわゆる問題劇、社会劇の白々しさ（例えばイプセン劇の登場人物もどきの台詞を用いた長田秀雄の「歓楽の鬼」）をまぬがれた次元で「現代」

を写実的に領略しえたのである。しかしそのために幸一の台詞は夢想的なものにならざるを得なかった。

〈幸一〉（略）今度東京で捕まつた私の友達だつてえらい人なのです。それを世間が罪人にしたのです。

〈徳兵衛〉お前は勿体ない事を云ふ。勿体ない事を言ふ。

〈幸一〉（夢遊病者の沈着を以って）世界が違ふのです。お互に理解しないのです。暗い夜の世界から私は始めて明るい世界を見たのですね。（略）積り積つた人の思が厚い洞の壁に孔を明けたのだ。其孔から明るい外が見えたのだ。もつと広い、広い金色に光つた海の表面が見えたのだ。その海の向ふに本当の都があつたのだ。さうです。その世界へ。広い、広い緑色の世界へ、私たちは行かなけりやならないのです。

〈徳兵衛〉（下駄を捜すが如く庭を見廻はして）幸一、お前は気が狂つたのか。

〈幸一〉（がつくりと我に帰りしものの如く）え、お父さん。

登場人物たち自身がことばの通じないことに苦しんでいる。両者の属する世界の断絶を鮮やかに描いて「現代の生活」すなわち日本の近代の二重性を舞台に現出したことは確かなのだが、旧い和泉屋の人たちが幸一との再会によって時代の真相を知り、彼らの生に関わるその意味の理解に導かれるようなことは起こらない。それは革命家である友人を「えらい人」と呼ぶしかないように、幸一が自らの世界のことばで自らの物語を語れないからである。リアリズム劇としての「和泉屋染物店」の達成と限界は根を同じくしていると言えよう。

四

久保田万太郎が杢太郎の影響下に出発したことは一般に知られたことだが、それについてしばしば引かれるのは次の回想である。

『暮れがた』は明治四十四（一九一一）年の十一月、『スバル』の新年号のために書いたものである。（略）田原町にゐるころで、子供の時分から経験して来た祭礼《まつり》の夕方のとめどない寂寥《さびしさ》を芝居にしようとわたしは企てた。だが、その半年まへ（だとおもつたが）に木下杢太郎氏の『和泉屋染物店』が出てゐなかつたならば、おそらくは、わたしに、この作を書く運びがつかなかつたであらう。――ことほど左様に、私は、当時、木下杢太郎氏の（といふよりも『和泉屋染物店』の）影響をうけた。木下杢太郎氏によつて、わたしは、わたし自身の道を見出すことが出来たといつてもそれは嘘ではない。

（「『雨空』のあとに」『雨空』大一〇・一一　新潮社）

万太郎の劇と「和泉屋染物店」の関係について、例えば大笹吉雄は「移り行く時代の流れと変らぬ生活という描写は『和泉屋染物店』で見たものだが、こういう古い生活の点描が、万太郎の戯曲にある様式性をもたらしているのはうたがいない」と述べているが、▼注[5]万太郎の劇が「和泉屋染物店」の全体ではなく半面を受け継ぐ形でその個性的な世界を織り成していったという了解に立った評価だろう。それは浅草近辺の市井の人々の生活を愛惜しつつ情緒的に描く芝居に執着し続けた作家という万太郎観の通念にも通じている。

なるほど幸一の登場しない「和泉屋染物店」を想像してみれば、万太郎劇の多くはそのバリエーションと見なされるのかも知れない。しかし先に引いた文章で万太郎が「木下杢太郎氏のといふよりも『和泉屋染物店』の」と殊更に断って見せたそのニュアンスには何か通説的な説明では了解しきれないものがある。はたして彼は「和泉屋染物店」が総体として志向していた劇の可能性に無関心でいられたのだろうか。おそらくそうではない。彼の戯曲「かどで」（『文芸春秋』昭六・四〜五）の存在がそれを証している。

さて万太郎の「かどで」は、さまざまなレベルの相似によって、「和泉屋染物店」との血脈を強く感じさせる作品である。まず後者が杢太郎の生家を思わせる地方の商家を舞台にしているのに対して、前者はやはり古い商家であった万太郎の生家そのものが舞台になっていること。▼注[6] またそれぞれの家業は時代の波に押されて続けて傾きかけているのだが、家内の人々はそれを見通せない日常を生きていること。そして家業を継ぐべき息子が家出して、彼らとは対照的な近代産業の世界に関わっていること。さらには、ドラマが一人の若者の帰宅を待つというプロットに支配され、その帰宅が一家の人々に悲しみと絶望をもたらす終幕に至ること。浄瑠璃の口ずさみあるいは清元のそれの挿入や、結ばれたかも知れぬ男女の物語があったことの暗示、そして幸一の帰宅が正月元旦という年の門出の日に当たることなど、読み比べてみれば万太郎が「和泉屋染物店」の一面でなく方法を含めた全体を強く意識しつつこの作をなしたことはまず疑えないのである。

五

「かどで」は一幕三場の構成で、袋物製造販売をなりわいとする下町の老舗「近常」がドラマの舞台である。その題名には、子飼の職人秀太郎が年季奉公を終えて独り立ちする、そのめでたい〈かどで〉に当たる日という意味合いと、かつてこの家から嫁入りさせた女中の夫がストライキに巻き込まれて工場を首になり、回状をまわされて働き口が無いため、とうとう一家で北海道におちていくしかない羽目となって暇乞いに立ち寄った。その悲しい〈かどで〉の意味が重なっっている。

プロットの大枠は、一人前の職人になった喜びを親に告げようと勇んで出かけた秀太郎の帰りを、店の皆で祝ってやろうというので待っている。ところが彼がなかなか帰ってこない。いずれ登場するだろう人物に対する観客の期待に支えられた時間の流れの中で劇が進行し、その人物が現われた時にすべてが決着する。基本構造は「和泉屋染物店」と全く同じである。

秀太郎が登場するまでの間に、まず細工場での職人たちの仕事風景の中で交わされていく世間話を交えたやり取りの場、居間での女将と元の女中の対話の場。そして再び細工場にもどってひっそり現われた秀太郎と一人居残り私語とをしていた職人の対話の場がある。この三場の仕事風景や台詞のやりとりを通じて、劇はこの家の旧いなりわいをさながらに見せながら、そこに生きる人々の生活感、人生観を暗示的に描き出し、やがてこの店を河の中州のようにして流れつつある大状況としての「現代」を浮上させるのである。

かどで

□

職人の一

同　二

同　三

同　四

同　五

彦　市　もと「近常」にゐた職人

おのぶ　「近常」の内儀

おせん　もと「近常」にゐた女中

秀太郎　「近常」子飼の職人

外に職人四五人、女中一人。

□

現代。

□

（戯曲集『かどで』昭九・二　文体社）

では時間を追って具体的に考えてみよう。最初の場面は仕事の手を動かしながら、ある「待合の内儀《かみ》さん」の不運を職人たちがうわさしているところから始まっている。不況の中でどうしても必要な金のために家を売ろうと辛苦してきたその内儀が、やっと買い手がついて後は登記を済ませれば金が受け取れる、待ちに待ったその日にたまたま役所の登記業務が停止となった。それを知ったとたんに彼女が卒倒してしまった、という話である。

〈彦市〉・・・・と、お前《めえ》、それを聞くなり、ううんと一つ行つてしまつたといふぢやアねえか。
〈職人の一〉その待合の内儀さんが？
〈彦市〉（うなづく）その内儀さんが・・・・
〈職人の二〉戯談ぢやアねえ。（信じられないやうにわらふ）
〈彦市〉いいえ、全く。・・・・嘘ぢやアねえ。

以上幕開きから連続したやり取りで、観客は「近常」の細工場でそれぞれ休み無く手を動かしながら、折から油を売りに来ていた元の職人仲間〈彦市〉の相手をする職人たちに途中から同伴することになる。〈彦市〉と〈職人の一〉はかつての同輩格で、歌舞伎の割台詞の呼吸を思わすやりとりがその場の話をリードし、一番若い職人が至極まともに興味を持って驚いたり、憤慨したり、不審がったりする役柄、両者の中ごろの年齢の二、三人が茶々を入れる。またそのぐるりには黙々と仕事を続けていて、時に小首をかしげる年取った職人たちがいる。ここで展開されるのは総じて劇的対話というより、ある出来事をめぐる物語を作り出していくやりとりである。それは観客にこの店の外に広がる世間を想像させると共に、彼らの生活感や人生観を暗示するものである。

下町ことばによる台詞はいかにも万太郎調であり、倒置が多くまた独特の間が設けられているために、まとまりきらない感情や思考が、その尾を引きずりながらやりとりされる。観念的でも、美的でもなくまさに日常的で実際的であり、観客の想像力を強く刺激して物語に導く力を持っている。話題はまことに自然に世間のうわさから身内の事情をめぐるものに移っていく。対話によって感情の対立が起こるわけでも行動が促される訳でもないが、観客は彼らの話に出てきた「秀太郎」の登場を待つ気分と、渡り台詞を思わせる調子に引き込まれて飽きることがない。その間に観客には、袋物製造販売といった旧い手工業の商売がだんだん立ち行かなくなりつつある時代や、その状況をまだ対岸の火事のように思っているこの店の人々の意識、そして家業を継ぐべき一人息子が家出して職人たちの顰蹙を買っているらしい事情がおのずと見えてくる。

この作品の舞台には伝統的な生活感に支配された世界がいかにもリアルに現出している。プロセニアムの額縁を通して「何かしらん『生活』といふ漠然たるもの」が暗示されなければならないとした杢太郎の劇に対する注文が果たされた趣があり、「和泉屋染物店」の前半部の対話が描き出したと同種のものがここではより徹底して構築されていると言えるだろう。

昭和７年10月、築地座公演
戯曲集『かどで』（昭９・２　文体社）より

作者のそうしたねらいと方法意識を如実に語るかのようなやりとりもある。登記所で失神した内儀に同情する若い職人（職人の四）は、登記停止が新聞で予告されていたと聞かされて、なんだそれなら知らなかった方が悪い、と納得しかけるのだが、さらに話が進んで素人の無知に商売人が付け込むからくりを聞かされると、再び登記所の融通の利かなさに憤慨して、役所にも都合があると説く〈彦市〉と次のようなやりとりになる。

〈彦市〉 つまりは台帳の整理だ。・・・・復興局の方で思ふやうにそれが運ばないんだ。（略）・・・・だから登記所ばかりわるいわけぢやアない。
〈職人の四〉 （略）・・・・そのためにみすみす難儀をするもののあるのを知らない顔は酷いと思ひます。
〈彦市〉 でも、それは。・・・・だから、ちゃんと新聞にも・・・・
〈職人の四〉 読みアしません。・・・・みやアしません、そんなもの、あたりまへの人間が・・・・

さて、実はこの作品の最も注目すべき特徴であり、「和泉屋染物店」との重要な相違点をなしているのは、庶民的な生活感を帯びたことばを重ねていく中で、ある種のことばを徹底的に差別化して取り込むという方法である。引用の終わりの台詞は登場人物の口を借りてその原理を明かしているようなものと言ってよい。ある種のことばとは「登記所」「新聞」▼注[7]「税務署」「警察」「区役所」さらに「労働」「ストライキ」といった近代社会の制度と結びついたことばである。

家出した息子をうわさする台詞を見てみよう。

〈職人の一〉 けど、また、どうして旦那のやうな堅い人の種にあんなやくざな風来人の出来たものか。
（略）
〈職人の四〉 どこにゐるんです。いま？
〈彦市〉 こツちに・・・・東京にゐるさうだ。
〈職人の四〉 何をしてゐるんです。
〈彦市〉 （はき出すやうに）何をしてゐるか。

〈職人の五〉（口を出す）労働してゐるさうです。
〈職人の四〉　労働？（五のはうを向く）

言わば登場人物総がかりの仕組みにより「労働」ということばが差別的に抽出されることで、「近常」の人々にとっての「あたりまへの人間」が生きる世界と、物事が世知辛くなるばかりの外の世界との二重構造が暗示される仕組みである。

ただし「あたりまへの人間」が肯定され愛惜されているのかと言えば、必ずしもそうでないのが他の万太郎劇と異なるところだろう。〈彦市〉はいかにも訳知りで、若い〈職人の四〉の世間知らず振りとは好対照の頼もしさを感じさせる。彼は新しい事業に手を出して失敗した同業の老舗「山庄」を指して、「人間は我慢だ、（略）かういふ世の中になると余計よくそれが分かる。・・・・我慢だ、畢竟それ一つだ。・・・・」と説き、「袋物やはどこまでも袋物やで行く。（略）・・・それが出来なかつたんでつまり色んなことに手を出したんだ。・・・支那料理やもはじめたんだ・・・」と教訓する。観客が最も感情移入しやすいのは〈職人の四〉だが、やがて終幕に至って、そのまじめで堅実な考え方がもはやただの頑迷な思い込みに過ぎないものに成り果てていた現実が暴露されるのである。

奥座敷で交わされる女主人と元女中の女との対話は「虫が知らす」「大切《だいじ》な門出に泪は不吉」「運だよ、みんな人の運だよ」といった文句を重ねる情緒的な台詞で終始している。それは要するに「ストライキ」による失職をたまたま降りかかった天災のように感じ、それに紋切型の繰言でしか対処しえないレベルの意識を暗示している。細工場でのやりとりで描かれた生活感あるいは人生観とそれは表裏の関係にあるものだろう。

「近常」の人々の意識と相容れないことばを抽出的に示すことで、日本の近代の二重性を観客に示唆しつつ劇は進行して、いよいよ待ち人が登場する第三場となる。すべてプロットがその意味を明らかにするこの場は全体の十分の一にも満たない長さである。年季が明けた喜びで踊るように出かけた〈秀太郎〉がなかなか帰らなかったのは、親元に報告しての帰途、職人たちのうわさで道楽者以下に見なされていたこの店の一人息子とたまたま出会ったためだと知れる。無残に意気消沈した〈秀太郎〉と居残り仕事をしていた一人の職人との間に交わされるのは次のような対話である。

〈秀太郎〉　この稼業の、このさき、さういつてもみこみのないつて事が分かつたんです。
〈職人の三〉　この稼業の?
〈秀太郎〉　ええ、袋物やといふ稼業の。
〈職人の三〉　なぜ?
〈秀太郎〉　手工業つてものはもう立つ瀬のなくなるばかりなんです。
〈職人の三〉　手工業?
〈秀太郎〉　ええ、手でするわざの・・・・
〈職人の三〉　どうして?
〈秀太郎〉　機械です。・・・・機械の時代なんです、もう・・・・
〈職人の三〉　だれがいつた、そんなこと?
（中略）
〈秀太郎〉　おそかれはやかれ立ち行かなくなるんです。
〈職人の三〉　つまり山庄になるのか?
〈秀太郎〉　いいえ、山庄さんにはそれが分かつてゐたんです。（略）

〈職人の三〉　と、近常は？
〈秀太郎〉おやぢにはそれが分らない。おやぢはたゞがせいに正直にさへやつてゐればそれですむと思つてゐる。それだけ可哀想だ。・・・・しみじみさういつてでした。
〈職人の三〉・・・・
〈秀太郎〉水はもう足もとまで来てゐるんです。・・・・逃げたつてもう逃げ切れないんです。・・・・今までそれを知らなかつたんです、・・・・馬鹿だつたんです。・・・・

皆が待ちかねていた秀太郎は、一人前の職人になるための修行も年季奉公も全く無駄だったと目の前を真っ暗にして帰ってくる。彼にとってめでたいかどでの日であったはずのものが、実はそうでなかったということがいきなり観客にも分かる。「水はもう足もとまで」と珍しく比喩を用いた台詞によって、これまで二種の言葉で暗示されていた新旧の世界がまさに重なろうとするイメージの中に、「近常」の人々を押し流していく時代の全体像がありありと想起されるはずである。

北海道に旅立つ暇乞いに来た元女中の〈おのぶ〉と〈秀太郎〉との間に、淡い恋の思いが通っていたというエピソードも見逃せない。それがなぜあるのか。二人を一緒にさせていればという女主人の悔いは、あるいは秀太郎と共にめでたい門出を祝いえていたかもしれない彼女の不運を哀れんでのことである。しかし実はその悔いも哀れみも意味を失うような現実を明かしてこの劇は閉じられている。「和泉屋染物店」の終幕で〈幸一〉への思いを捨てて嫁いだ〈おけん〉の後悔が、あり得たかも知れぬ二人の人生を暗示していたプロットは確かに引き継がれながら、しかし容赦なく否定されているのである。

さて、「かどで」は「和泉屋染物店」の方法や主題を継承しながらその限界を超えようとした作品だったというのがここまでの結論なのだが、なぜそう言えるのか。

「かどで」と「和泉屋染物店」の決定的な違いは〈幸一〉が観客の前に登場しないことである。別の作品だから当たり前だ、と思われるかも知れないが、実は彼は劇の世界には確かに存在している。職人たちのうわさの中で〈政さん〉と呼ばれている「近常」の家出した一人息子がそれである。彼が帰宅していたら、新しい時代の到来を迎えながら「それが分からない」「おやぢ」との間で、「和泉屋染物店」の終局そのままの光景が演じられたに違いない。〈幸一〉そのものに当たる〈政さん〉を舞台から遠ざけ、その代わりに皆に待たれる時間のうちに彼のことばの使い《メッセンジャー》と化していた〈秀太郎〉を帰宅させる。その登場がドラマにもたらす意味において〈秀太郎〉もまたもう一人の〈幸一〉に他ならないが、こうしたいわば身代わりのプロットを介して新旧の時代を出会わせることで、ことばは宙に浮くことなく見事に通じるのである。その方法こそ「和泉屋染物店」の宿題に対する万太郎の回答だったのではないか。

六

杢太郎は「三新作脚本の実演」で劇のことばの要件として、観客の想像力にうったえる暗示の力の必要を強調していた。それを極めて組織的に駆使したのが「かどで」の作劇方法である。新旧異なる生活意識に根ざしたことばの出会いを描かなければ、「現代の生活」の総体は領略できないという事情は、日本の近代を通じて変らないリアリズム劇の課題の一つであったに相違ない。ある意味でそれはすでに明治初年代、河竹黙阿弥の散切物（例えば『東京日《にちにち》新聞』明六）の試みに端を発した問題である。プロレタリア文学（および左翼演劇）最盛期の昭和のはじめ、すなわち「かどで」が書かれた時代においてそれは明治末の「和泉屋染物店」の時代より一層強く、かつ一般的に意識されたはずである。「かどで」はそうした時代の演劇に対する万太郎なりの挑戦であったとも言えよう。

思えば異なる世界のことばを背負った登場人物たちの出会いを描こうとするのは極めて困難な課題である。対話の型だけは作れても図式以上のものではない。李太郎はそれゆえ〈幸一〉の台詞を夢想的に処理した。万太郎はそれに対して新しい世界のことばをそのまま劇に取り込んで違和感を生じない方法を考えた。これは目立たないが演劇の近代を考える場合に見逃せない出来事に相違ない。「新聞」、あるいは「手工業」ということばが使われた対話に明瞭に見て取れるその方法意識について、もはや繰り返すまでもないが、しかしそれはついに日本の近代にあって異なる世界の物語を生きる人物同士が直接出会う舞台を作り出し得なかった。〈政さん〉の代わりに〈秀太郎〉を登場させたことが「かどで」という作品の到達点でありまた限界である。「和泉屋染物店」と「かどで」と、それぞれの到達点と限界は日本における〈演劇の近代〉の宿命的なアポリアの一つのかたちを示すものにちがいない。

【注】

［1］自由劇場第四回試演は、明治四十四年六月一日二日の両日にわたって行われた。長田秀雄は自作が演目に入ったこの試演について、後年次のように述べている。「これまで紙上戯曲として発表してゐた全然歌舞伎の伝統を離れた三つの創作劇が上演されたといふ点から見ればこの時が日本の新劇運動の発端ともいへるであらう。」（「明治の戯曲」『日本文学講座』昭六・九　新潮社）。

［2］「李太郎『和泉屋染物店』の成立をめぐって」（『国文神戸』昭五四・三）。

［3］倉開二六「『和泉屋染物店』と『霊験』」（『歌舞伎』大三・一〇）。

［4］「大正期の戯曲─その出発点の素描─」（『国語と国文学』昭三六・一一）、後『明治大正の劇文学』一九七一・九　塙書房）。

［5］『ドラマの精神史』（一九八三・六　新水社）。

［6］好学社版『久保田万太郎全集』第九巻（昭二二・三）「後記」に次のようにある。「わたくしはわたくしの生れた浅草の家の生活……祖父の代からの袋物製造販売業者の生活に取材して、小説〝朝顔〟（明治四十四年一月）を書き、〝ふゆぞら〟（大正二年七月）を書き、〝弟子〟（大正十二年五月）を書いた。そして、そのあと、戯曲にこれを扱った。この作である。」

［7］　杢太郎の「和泉屋染物店」でも「新聞」が次のように話題にされている。万太郎はこれを記憶していたはずである。

徳兵衛。　そしてお前は東京であんな騒動を起して、それから鉱山《やま》へ逃げて行つて……あの新聞に出て居た恐ろしい事はみんな本当の事だつたのか。

幸一。　新聞ですつて？　新聞に何か出て居たのですか。新聞なんてものが本当の事を書くものですか。ありや皆《みんな》権力のある世に諛ふ事ばかりなのですよ。

※　268ページの写真は昭和二六年一一月、明治座における新派公演の舞台。花柳喜章の幸一と花柳章太郎のおけん。日本近代文学大系49『近代戯曲集』（昭四九・八　角川書店）より。

初出一覧

本書に収録した論文の初出は以下の通りである。ただし、すべてに多かれ少なかれ改稿、増補の手が入っていることをお断りしておく。

第Ⅰ部　読みによる戯曲研究の射程

第一章　森鷗外「仮面」論―伯林はもつと寒い……併し設備が違ふ―
「森鷗外「仮面」論―〈伯林はもつと寒い……併し設備が違ふ〉―」（『成蹊大学文学部紀要』一九九六（平八）年三月）

第二章　岡田八千代「黄楊の櫛」論―鷗外・杢太郎の影―
「岡田八千代「黄楊の櫛」を読む―鷗外・杢太郎の影―」（『演劇学論集　日本演劇学会紀要43』二〇〇五（平一七）年一〇月）

第三章　岸田國士「沢氏の二人娘」論―菊池寛「父帰る」を補助線として―
「「沢氏の二人娘」論―「父帰る」を補助線として」（日本近代演劇史研究会編『岸田國士の世界』翰林書房　二〇一〇（平二二）年三月）

第四章　井上ひさし「紙屋町さくらホテル」論―〈歴史離れ〉のドラマトゥルギー―
「紙屋町さくらホテル―歴史離れのドラマトゥルギー―」（日本近代演劇史研究会編『井上ひさしの演劇』翰林書房　二〇一二（平二四）年一二月）

第Ⅱ部　読みのア・ラ・カルト

第一章　谷崎潤一郎「お国と五平」
「谷崎潤一郎　お国と五平」（日本近代演劇史研究会編『20世紀の戯曲　日本近代戯曲の世界』社会評論社　一九九八年（平一〇）二月）

第二章　横光利一「愛の挨拶」

「横光利一『愛の挨拶』」（日本近代演劇史研究会編『20世紀の戯曲　日本近代戯曲の世界』社会評論社　一九九八（平一〇）年二月）

第三章　矢代静一「絵姿女房―ぼくのアルト・ハイデルベルグ」

「矢代静一『絵姿女房』」（日本近代演劇史研究会編『20世紀の戯曲　Ⅱ　現代戯曲の展開』社会評論社　二〇〇二（平一四）年七月）

第四章　田中千禾夫「マリアの首―幻に長崎を想う曲」

「田中千禾夫『マリアの首』」（日本近代演劇史研究会編『20世紀の戯曲　Ⅱ　現代戯曲の展開』社会評論社　二〇〇二（平一四）年七月）

第五章　渋谷天外「わてらの年輪」

「渋谷天外『わてらの年輪』」（日本近代演劇史研究会編『20世紀の戯曲　Ⅱ　現代戯曲の展開』社会評論社　二〇〇二（平一四）年七月）

第六章　恩田陸「猫と針」

「猫と針―ミステリーはドラマの母たりうるか―」（現代女性作家読本刊行会編『現代女性作家読本⑭　恩田　陸』鼎書房　二〇一二（平成二四）年二月）

第Ⅲ部　演劇史・戯曲史への視界

第一章　近現代演劇史早わかり　上・下

「演劇Ⅰ　旧劇から新劇へ」・「演劇Ⅱ　戦前から戦後へ」（野山嘉正・安藤宏編『近代の日本文学』放送大学教育振興会　二〇〇一（平一三）年三月）

第二章　演劇と作者―山本有三の場合

「近現代演劇史における有三の位置」（『国文学　解釈と鑑賞』至文堂　二〇〇八（平二〇）年六月）

第三章　〈演劇の近代〉と戯曲のことば―木下杢太郎「和泉屋染物店」と久保田万太郎「かどで」を視座として―

「〈演劇の近代〉をめぐる私的覚え書―杢太郎『和泉屋染物店』と万太郎『かどで』を視座として―」（『国語と国文学』一九九七（平九）年五月）

あとがき

本書の内容についてはじめは小説論と戯曲論を二本柱とする構成を考えていた。若い頃から文学と演劇のどちらにも引かれて、良く言えば両方やれる悪く言えばどっちつかずの研究者としてずっと過ごしてきた私にはそうしたスタイルも研究の中仕切りにふさわしい気がしたからである。それから一年半余りを経てようやく刊行しようとしている本の中身は御覧のようなものとなった。いささか時間がかかり過ぎた仕事だがこれで良かったと思っている。まことに口幅ったいが、その間に戯曲を読む喜びを多くの人に知って欲しいという気持ちが動機の中心を占めるものとなってきたからだ。

おそらく現在の演劇学の関心から離れたところで揚げる花火だが、授業などで一度でも経験すれば戯曲の読み解きも小説に劣らず面白いという声が返ってくる。優れた戯曲にはそれだけの豊かな奥行きが備わっているのでそれが当然で、シナリオとは本質的に違うのに食わず嫌いはもったいないことだ。劇場での享受には確かにそこでしか得られない演劇の感動がある。けれども最高のアンサンブルに出会えるのは稀なことだ。最近リーディングによる舞台も増えてきた。戯曲を読むことにそれ固有の魅力があるゆえだろう。その愉楽は舞台（演出家）を介した作品との出会いとは本質的に異なったものに違いない。そのこともこれから折につけ考えていきたいなどと思っている。

この本の編集を進める中で作品を読み返す機会が重なるうちに、劇文学という言葉が生きていた時代への興味が新たに膨らんできたのは思いがけないことだった。坪内逍遙・森鷗外からはじまるとして下限は結局どのあたりになるのか改めてそれを考えるのも面白い。とにかく演劇と文学という問題を意識しながら近現代戯曲を縦横に読んでいきたい。そんなおおどかな思いをもたらしてくれた点では、私にとってこの本の制作はやはり中仕切りであるのかも知れない。

製作期間が長引いたのは、後述のように途中で出版社の変更を余儀なくされた事情にもよっている。校正の回数は通算して五校に及んだ。繰返し目を通すうちにどうしても直したくなる。初出とは随分違ったものも多いことをお断りしておきたい。

いろいろな意味でつたない書物ではあるけれど、はじめて自分の論集を上梓できることはまことにうれしい。私の中ではやはり本というのは特別なものなのだ。そう思うと今さらのことながら、良き師や良き友人、知人との出会いにはいくら感謝しても足りない。お礼をしようにもすでに故人となられた方も少なくないのが口惜しく、お名前をみな挙げたいところだが止めにしよう。ただ大学院の演習で初めて戯曲を読む興味を教えてくださった越智治雄先生と、作品の読み解きを柱にした研究の魅力を教えてくださった三好行雄先生のお名を記して献詞としたい。さだめしお二人は泉下で顔を見合わせ苦笑されていることだろうが。

本書はもともと双文社出版から発行の予定で、同社の小川淳氏に励まされて苗木まで育ちながら、昨秋の思いがけない同社解散で宙に浮きかけたのを、幸いに笠間書院の池田圭子社長、橋本孝編集長の特段のご厚意とお力添えを得て成木となったものである。西内友美氏には素敵な装丁を考えていただいた。以上記して謝意を表したい。

なお、本書は成蹊大学学術研究成果出版助成を受けて刊行されたものである。

二〇一六（平成二八）年二月

林　廣親

索引

［書名・人名・事項］

■く

■け

■こ

■さ

戯曲を読む術《すべ》

戯曲・演劇史論

著者

林 廣親

（はやし・ひろちか）

1953 年、奈良県奈良市生まれ。
神戸大学文学部卒業、東京大学大学院人文科学研究科国語国文学専攻博士課程中途退学。東京大学文学部助手を経て、現在成蹊大学文学部教授。
専門は日本近代文学および演劇。

近著に「志賀直哉の文体―覚え書き風に」(『国語と国文学』、平成 25 年 11 月)。「志賀直哉『好人物の夫婦』を読む―信じていた、でも言ってほしかった―」(『成蹊國文』、平成 27 年 3 月)。「春夫と演劇」(『佐藤春夫読本』、平成 27 年 10 月、勉誠出版) など。

平成 28（2016）年 3 月 31 日　初版第 1 刷発行

ISBN978-4-305-70801-4 C0093

発行者

池田圭子

発行所

〒 101-0064

東京都千代田区猿楽町 2-2-3

笠間書院

電話 03-3295-1331　Fax 03-3294-0996

web :http://kasamashoin.jp/

mail:info@kasamashoin.co.jp

装丁　笠間書院装幀室　印刷・製本　モリモト印刷